Stefan Roduner ▪ Blutrote Leidenschaft

Stefan Roduner

Blutrote Leidenschaft

Kriminalroman

Das ist ein Roman. Handlungen und Personen sind frei erfunden. Ähnlichkeiten mit lebenden oder verstorbenen Personen sind rein zufällig.

© 2024 by Neptun Verlag
Rathausgasse 30
CH-3011 Bern/Schweiz

Umschlagsgestaltung: Giessform, Bern
Lektorat und Korrektorat: Katharina Engelkamp
Satz und Druck: AZ-Druck- und Datentechnik GmbH, Kempten

ISBN 978-3-85820-347-2
Alle Rechte vorbehalten

www.neptunverlag.ch

Prolog

Sie blickte nach oben. Atemberaubend. Der Schmerz war für Sekunden vergessen. Ein Rotmilan kreiste über ihrem Kopf. Elegant. Graziös. Angetrieben von winzig kleinen, kaum sichtbaren Flügelschlägen segelte er durch die Luft. Die Frühlingssonne verlieh seinem Gefieder die buntesten Farben. Der Vogel flog so tief, dass sie in seinem gräulichen Kopf die Augen erkennen konnte. Die schwarzen Pupillen waren von einer mattgelben Iris umschlossen.

Tränen des Glücks rannen über ihr Gesicht, ob dem fantastischen Schauspiel, welches ihr die Natur bot. Schnell mischten sich Tränen der Trauer und der Angst darunter. Sie machte sich grosse Sorgen um ihre Zukunft. Wie ging es weiter? In wenigen Tagen wurde sie Mutter. Alleinerziehend, mit gerade einmal vierundzwanzig Jahren.

Zwei Monate war es her, als sie der nächtliche Anruf der Polizei wie ein Blitz aus heiterem Himmel traf. Eine Verwechslung, hatte sie sich eingeredet.

Erst als sie ihn leblos vor sich liegen sah, wurde ihr bewusst, dass sie ihn für immer verloren hatte. Robert war unter ein Auto geraten. Er war die Zuverlässigkeit in Person gewesen. Sehr vorsichtig. Trotzdem war er auf dem Zebrastreifen von einem Wagen erfasst worden. Wieso? Das blieb bis heute ungeklärt. Der Wagen war nach dem Unfall weitergefahren. Es gab keine Zeugen.

Robert war an diesem bitterkalten Februarabend allein unterwegs gewesen. Auf dem Weg zum Haupt-

5

bahnhof. Auf dem Weg zu ihr und ihrem gemeinsamen ungeborenen Kind.

Immer noch kreiste der Milan über ihr. War dem prächtigen Tier bewusst, was es mit seinem spitzen Schnabel und den langen Krallen anrichten konnte? Jetzt schwang sich der Rotmilan mit gewaltigen Flügelschlägen in die Höhe. Sie schaute ihm nach, bis er nur noch als schwarzes Pünktchen am Himmel zu sehen war. Schlussendlich verschwand er am Horizont.

Ihr Sohn sollte in Zufriedenheit und Freiheit aufwachsen. So wie dieser majestätische Greifvogel. Sie wollte ihm ihre ganze Liebe schenken. Sie freute sich auf Milan, der in Kürze das Licht der Welt erblicken würde.

1. Kapitel

Beinahe vierunddreissig Jahre später

Die ZSC Lions hatten gewonnen. Der Gegner war richtiggehend an die Wand gespielt worden. Acht Mal war der Puck im gegnerischen Tor gelandet. Der Torhüter der Lions hatte nur einmal hinter sich greifen müssen. Arno Früh war in ausgelassener Feststimmung. Aus den Lautsprechern seines alten Opel Vectra erklang ‹We Are the Champions› von Queen. Die Hymne für Sieger schlechthin. Er sang lauthals mit. Schräge Töne. Er sass allein im Wagen. Niemand störte sich daran.

Eishockey war seine Leidenschaft. Wenn die Lions zu ihren Sturmläufen ansetzten, schlug sein Herz höher. Wie elegant der Topskorer die schwarze Hartgummischeibe jeweils an seinem Stock führte. Als wäre sie mit Leim daran befestigt. Seine Schüsse kamen mitunter mit bis zu hundertfünfzig Kilometern pro Stunde aufs gegnerische Tor. Wenn der Stürmer seine Arme jubelnd nach oben riss, tat es ihm eine Sekunde später die gesamte Halle gleich.

Meist teilte Arno die Freude über die Siege der Lions mit seiner Freundin. Heute war er allein im Hallenstadion. Irina hatte sich mit einer Freundin verabredet. Mit einer Kollegin, die er nicht kannte.

Seine eigene Eishockeykarriere musste Arno sehr früh beenden. Mit zwanzig Jahren wurde er zum zweiten Mal am Knie operiert. Die Ärzte rieten ihm, künftig auf Spitzensport zu verzichten. Er hatte es bis in die zweithöchste Spielklasse der Schweiz geschafft. Er war ein hoffnungsvolles Talent gewesen. Viele Grossklubs hatten bereits die Fühler nach ihm ausgestreckt.

Morgen hatte er frei. Der Abend hätte nicht schöner sein können. Das gute Spiel und der Gedanke daran, morgen ausschlafen zu können, machten ihn glücklich. In einer Bar genehmigte er sich ein Bier. Beim Anblick des frischgezapften Gerstensafts, mit herrlicher Schaumkrone, bemerkte er erst, wie ausgetrocknet seine Kehle war. Drei Mal setzte er das Glas an, schon war es leer.

Als er wieder in seinen Wagen stieg, schaute er auf die Uhr. Kurz nach Mitternacht. Ob Irina schon zuhause war? Bestimmt. Wahrscheinlich schlief sie schon tief und fest.

Über Affoltern und Regensdorf fuhr er nach Hause. Er gähnte und freute sich auf das Wasserbett. Bald würde es ihn in die schönsten Träume schaukeln. In Träume über weitere Siege der Lions. Die Playoffs standen kurz bevor. Die Lions spielten diese Saison zum letzten Mal im Hallenstadion um den Schweizer Meistertitel. Der neue Löwenkäfig in Zürich-Altstetten war ab der nächsten Saison bezugsbereit.

Vielleicht noch fünf Minuten, dann hatte er es geschafft. Er fuhr auf der Wehntalerstrasse in Richtung Dielsdorf. Beidseits der Strasse war dichter Wald. Es ging in eine Kurve. Vor ihm tauchten die Frontlichter eines Wagens auf, der auf der entgegenkommenden Spur stand. Neben dem Auto, es war ein weisser BMW, stand ein Mann und schwenkte eine brennende Taschenlampe auf und ab. Der Lichtstrahl blendete Arno. Sofort ging er vom Gas. Eine Panne? Oder gar ein Unfall? Der Mann trug eine schwarze Hose. Er war in eine dicke, ebenfalls dunkle Jacke gehüllt. Auf dem Kopf trug er eine Wollmütze, die Kopfhaare waren nicht zu sehen. An den Händen lederne Handschuhe. War es wirklich so kalt? Ein langer schwarzer Bart zierte sein Kinn. Arno trat auf die Bremse. Seine Frontlichter zündeten dem Fremden direkt ins Gesicht. Ein feines Gesicht, mit weichen Zügen und porenfreier Haut. Der Typ war jung. Sehr jung.

Arno liess den Wagen noch einige Meter rollen, hielt an und liess das Fenster der Fahrertür nach unten. «Was gibt's? Haben Sie ein Problem?»

Der Mann zeigte hinter sich. Hinter dem BMW lag etwas am Boden.

«Oh, mein Gott!»

Jetzt erkannte Arno, dass es sich um einen menschlichen Körper handelte. Daneben lag ein Motorrad. Sein Puls ging schneller. Er griff in die Jackentasche und holte sein Handy hervor. Der Fremde machte einen Schritt auf ihn zu und sagte: «Polizei und Krankenwagen sind bereits informiert. Ich brauche Ihre Unterstützung bei den Erste-Hilfe-Massnahmen.»

Der Mann sprach Hochdeutsch mit Schweizer Akzent. Komisch.

Arno legte das Handy auf den Beifahrersitz. Vor einem halben Jahr hatte er den letzten Nothilfekurs besucht. In der Firma wurden solche Schulungen regelmässig angeboten. Im Moment war alles weg. War die Person am Boden schon tot? Er versuchte sich zu konzentrieren. Zuerst musste der Unfallort gesichert werden. Er stellte die Warnlichter an, stieg aus dem Wagen und folgte dem Fremden. Wie ging das nochmal? Er war völlig durch den Wind. Er musste die am Boden liegende

9

Person ansprechen. Das Motorrad schien nicht gross beschädigt zu sein. Nichts deutete auf einen heftigen Sturz hin.

«Haben Sie die Person angefahren?»

«Ich? Nein, sicher nicht.»

Der Motoradfahrer lag regungslos auf dem Rücken. Mit gespreizten Beinen. Arno beugte sich über ihn. Er war nicht ansprechbar. Er reagierte weder auf die Frage, wer er sei, noch auf die Frage, wie es ihm ginge. Er zog ihm die Handschuhe aus, um seinen Puls zu fühlen. Feine kleine Hände kamen zum Vorschein. Die Fingernägel waren blutrot lackiert. Das war kein Kerl. Arnos Puls ging noch schneller.

«Das ist eine Frau.» Er schaute den Fremden an.

Dieser zuckte mit den Schultern. «Spielt das eine Rolle?»

Arno atmete tief durch.

Plötzlich leuchteten Scheinwerfer auf. Kam schon Hilfe? Der Krankenwagen? Oder zumindest die Polizei? Arno schaute in grosser Hoffnung in Richtung Scheinwerfer. In diesem Moment spürte er einen harten Gegenstand im Nacken.

«Versteck dich hinter dem BMW, aber schnell, und sei still. Sonst …!»

Das musste der Lauf einer Pistole sein. Arnos Knie wurden butterweich. Er tat, wie ihm geheissen, und ging hinter dem weissen Wagen in Deckung. Die am Boden liegende Frau wurde in Windeseile gesund, stand auf und hievte das Motorrad hoch.

Das Auto kam langsam angefahren und hielt an.

«Kann ich helfen? Ist etwas passiert?»

War das nicht Pavels Stimme? Sollte er sich bemerkbar machen? Nein, das könnte den Tod bedeuten. Der Fremde würde die Nerven verlieren und ihn abknallen. Der Kerl, der Arno leicht verdeckt mit der Pistole in Schach hielt, winkte ab. «Danke, es ist alles in Ordnung.»

«Okay, ich dachte schon, Sie hätten einen Unfall gehabt. Schönen Abend noch.»

Ja, das war Pavel, sein Nachbar. Er konnte ihm auch nicht helfen. Arno sah nur noch die Rücklichter seines Wagens, die in der Ferne verschwanden. Er wollte aufstehen. Der Typ drückte ihm den Lauf noch fester an den Hinterkopf, also sank er wieder auf die Knie. Der kalte Asphalt war Gift für seine vom Sport schon arg lädierten Kniegelenke, doch er wollte weiterleben und tat, was der Kerl von ihm verlangte.

Die Frau, immer noch mit schwarzem Helm auf dem Kopf, machte sich daran, seinen Wagen zu durchsuchen. Normalerweise ein nutzloses Unterfangen – nur nicht heute. Geldscheine in Höhe von 36.000 Schweizerfranken lagen in einem Plastikbeutel in einer Sporttasche auf dem Rücksitz. Arno hoffte vergebens, dass die Frau das Geld nicht finden würde. Sie stieg triumphierend mit der Sporttasche aus dem Wagen. Sein wohlverdientes Geld war weg. Innerhalb von Sekunden. Als hätten die beiden davon gewusst.

Wie sollte er das dem Autohändler klarmachen? Sein neuer Wagen, ein Hyundai Tucson in Phantom Black, wartete in einer Werkstatt in Zürich darauf, bezahlt und abgeholt zu werden. Verdammte Scheisse! Verflucht! Er, der sich sonst immer sehr gepflegt ausdrückte, fluchte innerlich in den bittersten Tönen.

«Komm her!», befahl der Typ der Frau. Sie sagte kein Wort, legte die Sporttasche auf den Boden und kam auf die beiden zu. Der Mann übergab ihr die Pistole und zog einige Kabelbinder aus der Jackentasche. Arno wurde von der Frau in Schach gehalten. Zitterte sie, während sie ihm die Pistole vors Gesicht hielt? Klar, ihre Nerven flatterten. Und wie. Er wollte sie genauer ansehen, schaute auf das heruntergezogene Visier. Die Scheiben waren schwarz getönt. Er erkannte kein Gesicht.

«Kopf runter, schau auf den Boden!», schrie der Typ barsch. Jetzt legte er Arno Kabelbinder um beide Handgelenke und zog heftig zu.

«Autsch!»

«Still! Ich kann auch anders. Ich kann dich auch gleich erschiessen.»

Bluffte er?

«Verstanden?»

Arno nickte und biss auf die Zähne. Der Schmerz war kaum auszuhalten. Beinahe hätte es ihm die Beine unter dem Boden weggezogen. Er musste stark sein. Er wollte weiterleben. Er war zu jung zum Sterben.

«Komm!» Der Bärtige schob ihn an den Strassenrand über den Radweg auf eine Seitenstrasse. Er führte ihn zu einem Verkehrsschild, das das Verbot anzeigte, links abzubiegen. Arno ahnte, was jetzt kam.

«Setz dich hin und zieh die Beine an.»

«Bitte nicht.»

«Tu, was ich dir sage!»

Arno setzte sich. Durch die bereits angelegten Kabelbinder wurde er mit neuen an den Rohrpfosten gefesselt. Zuletzt wurden die Füsse zusammengebunden. Wie ein

Häufchen Elend sass er im feuchten Gras. Der Fremde schaute ihn herablassend an und gab ihm zum Abschied einen Tritt ans Schienbein. Welcher Schmerz! Er konnte nicht anders und heulte auf wie ein Wolf – was den Fremden lachend dazu anhielt, noch ein zweites Mal zuzutreten. Arno schlotterte vor Kälte. Die Feuchtigkeit des Bodens durchdrang seine Jeans.

Die Frau stellte seinen alten Opel Vectra auf dem Parkstreifen entlang der Wehntalerstrasse ab. Der Kerl hob die Sporttasche auf und öffnete den Kofferraum seines Wagens. In hohem Bogen landete die Tasche darin. Er stieg ins Fahrzeug und fuhr davon. Die Frau schwang sich aufs Motorrad und folgte ihm. Beide Fahrzeuge hatten abgeklebte Nummernschilder.

Tränen rannen über Arnos Gesicht. Es konnte lange gehen, bis ihn hier jemand fand. Zu lange? Würde er die Nacht überleben? Kamen die gar zurück und jagten ihm eine Kugel in den Kopf? Er wähnte sich in einem bösen Traum. Die Schmerzen in den Knien und an den Hand- und Fussgelenken mahnten ihn jedoch, wie real das alles hier war. Es war dunkel. Nur der Mond spendete etwas Licht. Die Stille liess ihn erschauern.

Ein Auto fuhr von Dielsdorf herkommend in Richtung Regensdorf, wenige Meter an ihm vorbei. Er wollte sich bemerkbar machen, doch sein Geschrei drang nicht bis ins Wageninnere. Er musste sich darauf einstellen, die Nacht im Gras zu verbringen. Wenn er sich nur keine Lungenentzündung holte.

Plötzlich hörte er ein Rascheln. Wildschweine? Er hielt den Atem an. In der Abenddämmerung hatte er ganz in der Nähe schon mal eine Rotte beobachtet, die sich genussvoll im Schlamm suhlte. Womöglich stiess ihm gleich ein mächtiger Keiler seine Hauer dutzendfach in den Bauch.

Es war ein Reh, welches sich durchs Dickicht zwängte und über die Strasse in den Wald rannte. Arno atmete auf. Es wurde wieder still. Diese Ruhe war unerträglich. Sie liess ihn auf bizarre Ideen kommen. Was ging wohl gerade im Kopf des Gangsters vor? Hatte er schon den Gedanken gefasst umzukehren und ihm das Hirn aus dem Kopf zu pusten? Tote Zeugen konnten bekanntlich nicht sprechen. Er hatte dem Kerl immerhin für Sekunden ins Gesicht gesehen und hätte der Polizei eine vage Beschreibung abgeben können.

Gelegentlich fuhr ein Wagen vorbei, ohne von ihm Notiz zu nehmen.

Er wusste nicht, wie lange er schon hier sass. Das Zeitgefühl war ihm abhandengekommen. Wurde es bald hell, oder war es immer noch mitten in der Nacht? Sicher würde ihn seine Freundin bereits vermissen. Sein Handy lag im Wagen. Bestimmt hatte sie schon versucht, ihn telefonisch zu erreichen. Oder schlief sie tief und fest und ahnte nicht, was vorgefallen war?

Er nickte ein. Als er erwachte, sah er wie ein Streifenwagen vor seinem Auto anhielt. Zwei Polizisten stiegen aus. Hoffnung keimte in ihm auf.

«Sicher wieder ein junges Pärchen mit einem dringenden Bedürfnis!», hörte er den grösseren Polizeibeamten mit schallender Stimme zum kleineren sagen.

Die beiden lachten.

Jetzt machte sich Arno bemerkbar. Er wollte laut um Hilfe rufen, doch aus seinem Mund kam nur ein heiseres Krächzen. Die Polizisten horchten auf. Blitzschnell zog der Grössere der beiden seine Pistole und schaute sich um. Arno versuchte es nochmals, diesmal mit grösserem Erfolg. «Hilfe! Bitte helfen Sie mir!» Jetzt zückte auch der zweite Polizist seine Dienstwaffe. Langsam kamen die beiden näher, mit gezogenen Pistolen. Doch es war zu dunkel, sie konnten ihn nicht genau erkennen.

«Kommen Sie mit erhobenen Händen auf uns zu. Ganz langsam», sagte der eine.

«Das würde ich gerne, aber ich bin gefesselt.»

«Vorsicht, Hugo, das könnte eine Falle sein.»

«Bitte befreien Sie mich. Die Gangster sind weg. Ich bin allein hier!»

Der kleinere Polizist holte eine Taschenlampe aus dem Dienstfahrzeug und leuchtete damit in Arnos Richtung. Jetzt standen die zwei vor ihm.

«Kantonspolizei. Mein Name ist Hugo Binder. Das ist mein Kollege Jean Meisterhans», sagte der untersetzte Polizist, der höchstwahrscheinlich kurz vor der Pension stand. Sein Kollege war bedeutend jünger, von grosser Statur und gertenschlank. Kurz ging Arno das berühmte Komiker-Duo Dick und Doof durch den Kopf. Seine Lage war jedoch zu ernst zum Lachen. Er schaute die beiden flehend an.

Meisterhans befreite ihn von den Fesseln, während Kollege Binder zum Streifenwagen zurückeilte, um Verstärkung und die Ambulanz anzufordern.

«Können Sie aufstehen?», fragte Meisterhans, nachdem er ihm die letzte Fessel mit einem roten Schweizer Taschenmesser durchtrennt hatte.

Arno versuchte aufzustehen, was ihm nicht auf Anhieb gelang. Er war wie gelähmt. Stundenlang hatte er regungslos dagesessen. Mit Hilfe des Polizisten kam er schliesslich auf die Beine. Er wankte, konnte sich aber auf den Füssen halten. Er wurde zum Streifenwagen geführt und hinten rechts öffnete Binder die Autotür. Arno liess sich zitternd aufs Polster fallen. Der grosse Beamte öffnete den Kofferraum, kam zurück und legte ihm eine silberfarbene Wärmedecke über die Schulter.

«Möchten Sie etwas trinken?» Arno nahm die volle Halbliterflasche Mineralwasser aus der Hand des Polizisten. Nur mit Mühe gelang es ihm den Verschluss zu öffnen. Gierig führte er die Flasche zum Mund. Nicht der ganze Inhalt fand den Weg in den Rachen, mindestens die Hälfte davon rann ihm auf den Pullover. Er schlotterte noch mehr.

Aus der Ferne hörte er Sirenen, es mussten mehrere Fahrzeuge sein. Sie kamen näher. Verschwommen erkannte er drei Polizeifahrzeuge und einen Krankenwagen. Sie hielten. Es fühlte sich an, als sähe er sich einen Krimi an. Als sässe er mit einer Tüte Chips und einem Bier vor dem Fernseher. Als wäre er Zuschauer. Ein völlig Unbeteiligter. Doch er war die Hauptperson. Alles drehte sich um ihn. Das wurde ihm erst bewusst, als sich ein Sanitäter um ihn kümmerte.

Jetzt war auch ein Notarzt vor Ort. Für erste Untersuchungen wurde er ins Innere des Krankenwagens geführt.

«Mir geht es gut. Ich möchte jetzt gehen», sagte er. Die Situation war ihm unangenehm.

«Wir müssen Sie durchchecken.» Der Blutdruck wurde gemessen.

«Wie heissen Sie?», fragte der Arzt.

«Wie ich heisse?»

«Ja, wie heissen Sie? Und wo wohnen Sie?»

«Ähm, ähm, ich heisse …»

Der Arzt und der Sanitäter tauschten besorgte Blicke.

«Ich heisse Arno Früh. Ich bin aus Dielsdorf.»

«Wie geht es Ihnen? Haben Sie Schmerzen?»

«Bitte, ich möchte jetzt nach Hause gehen. Meine Freundin wartet auf mich.»

«Wie heisst Ihre Freundin?»

«Wie meine Freundin heisst?»

«Ja, wie heisst sie?»

«Irina Kiteishvili.»

«Wir werden sie informieren», meldete sich ein vor der offenen Tür zum Krankenwagen stehender Polizist zu Wort.

«Nein, bitte rufen Sie Irina nicht an! Sie soll sich keine Sorgen machen.»

«Sie hat sich bereits bei uns gemeldet.»

«Wieso?»

«Herr Früh, ich muss Ihnen etwas sagen.»

«Ja?

«Bei Ihnen zuhause wurde diese Nacht eingebrochen.»

«Was?» Jetzt verstand Arno gar nichts mehr. Ihm wurde schwindlig.

«Ihre Freundin hat sich kurz nach eins bei uns gemeldet mit der Nachricht, dass bei Ihnen eingebrochen wurde. Das heisst, die Türen wurden zwar nicht gewaltsam geöffnet, aber in der Wohnung herrschte ein heilloses Durcheinander.»

«Wie geht es meiner Freundin? Ist sie okay?»

17

«Den Umständen entsprechend gut. Sie wird gut beschützt. Die Spurensicherung ist immer noch in der Wohnung.»

Arno atmete auf.

«Die müssen meinen Hausschlüssel mitgenommen haben.»

«Wer sind die?»

«Das Pärchen, das mich überfallen hat.»

«Es waren ein Mann und eine Frau?»

«Ja.»

«Ist Ihnen etwas Besonderes an den beiden aufgefallen?»

«Mmh, ich muss überlegen ...»

«Wie waren die beiden bekleidet? Wie haben sie gesprochen? Mit was waren sie unterwegs? Herr Früh, auch der kleinste Hinweis könnte von grossem Nutzen sein.»

2. Kapitel

Am frühen Nachmittag bog Milan Sommer bei Rümlang von der Flughofstrasse in die Klotenerstrasse ein. Sein Ziel war der Heli-Grill. ‹Zombie Zoo› von Tom Petty dröhnte aus den Lautsprechern seines weissen Mitsubishi Space. Er sang mit. Am Wochenende hatte er mit seiner Band einen Auftritt in einem Club in Zürich. Den Song hatten sie neu ins Repertoire aufgenommen. Gegen die fünfzig Gigs jährlich absolvierte er mit seiner vierköpfigen Coverband.

Halbtags arbeitete Milan bei einer Werbeagentur und seit kurzem hatte er sich als Privatdetektiv selbstständig gemacht. Er war ein vielbeschäftigter Mann und liebte seine drei Jobs. In der Werbeagentur war Kreativität gefragt, in seinem Job als Privatdetektiv musste er vorsichtig und akribisch genau arbeiten und mit der Musik konnte er seine künstlerische Ader ausleben.

Er überholte eine Gruppe Inlineskater und stellte den Wagen zweihundert Meter weiter vorn am Ende des Waldrands ab. Die restlichen Meter ging er zu Fuss. Er stand in der Warteschlange vor einem ausgedienten Helikopter, einem Mi-8, der als Imbissstand diente. Endlich war er an der Reihe.

«Guten Tag, Sie wünschen?»

Er bestellte sich einen Rindfleisch-Burger mit Barbecue-Sauce, Salat, Röstzwiebeln und Gurken-Relish, dazu eine Dose Bier. Er bezahlte und machte es sich mit dem Getränk auf einer Bank neben dem Grill gemütlich. Bis der Burger genussbereit war, musste er sich einen Moment gedulden.

Nachdem er aufgerufen worden war, machte er sich mit dem Burger in der einen und der Bierdose in der anderen Hand, auf den Weg zu einem künstlich angelegten Wall. Der kleine Hügel war für die Plane-Spotters aufgeschüttet worden und diente ihnen als perfekte Aussichtsplattform. Im Herbst 2023 musste der Hügel und der Imbiss der Flughafenerweiterung weichen. Es war vorgesehen ihn an einen anderen Standort zu versetzen.

Oft kamen Flugzeugfans aus halb Europa angereist, um eine seltene Maschine tausendfach zu fotografieren. Der Flughafen Zürich war ein sehr beliebter Ort. So nah wie hier kamen sie selten an die beliebten Objekte heran.

Heute war nicht viel Betrieb, nicht mal eine Handvoll Leute waren auf dem Hügel, nur drei Senioren. Jeder der drei meinte, der grösste Fachmann in Bezug auf die fliegenden Maschinen zu sein. In der Weidmannsprache hätte man vom Jägerlatein gesprochen. Einen der drei hätte schon mal ein Flugzeug bei der Landung um ein Haar am Scheitel gestreift, erfuhr Milan. Na ja.

Er setzte sich auf eine Bank und amüsierte sich über die drei älteren Männer. Sie diskutierten händeringend und zogen zwischendurch an ihren dicken Stumpen. Eine Comedy-Vorstellung im Theater am Hechtplatz wäre nicht erfrischender gewesen.

Nach zehn Minuten war der Spuk vorbei, die Senioren hatten ausgeplaudert.

Der Flugverkehr stand im Moment still. Milan war allein auf der Plattform. Er beobachtete einen grossen Vogel, der in einiger Entfernung am Himmel kreiste. Es war ein Rotmilan. Seine Mutter hatte ihm dutzendfach erzählt, dass eines dieser Tiere der Grund für seinen Vornamen war. Immer wenn er am Himmel einen Milan sah, wurde er sentimental. Er dachte an seinen verstorbenen Vater, hatte ihn nicht kennenlernen dürfen. Er kannte ihn nur von Bildern. Seine Mutter hatte stets nur Gutes über ihn erzählt. Er sei seinem Vater sehr ähnlich, nicht nur vom Aussehen her. Auch er sei ein liebenswerter Filou gewesen, ein Spitzbube.

Milans Augen wurden feucht. Wie gern hätte er als kleiner Bub mit seinem Daddy Fussball gespielt. Ohne Vater aufzuwachsen war nicht einfach gewesen. Manchmal war er deswegen gehänselt worden. Wieso hatte ihn dieses verfluchte Auto erfasst? Laut Polizeirapport war er in ein heranfahrendes Auto gerannt. Selbstmord? Unmöglich. Er hatte sich bestimmt darauf gefreut einen Sohn zu bekommen. Vielleicht hätte er überlebt, wenn der Unfallfahrer sofort einen Krankenwagen gerufen hätte. Es gab keine Bremsspuren am Unfallort. Das feige Arschloch hatte sofort die Flucht ergriffen.

Der Rotmilan segelte lautlos durch die Luft. Ein herrliches Bild. Er hätte ihm stundenlang bei seinen Flugkünsten zusehen können.

«Ein Milan macht noch keinen Sommer.»

Milan schaute nach rechts. Er hatte nicht bemerkt, dass jemand neben ihm stehen geblieben war. Es war ein junger Mann, etwa in seinem Alter. Ja, er durfte etwas über dreissig sein.

«Wie bitte?»

«Ein Milan macht noch keinen Sommer», wiederholte der Typ, diesmal etwas lauter.

Milan lachte laut auf. «Macht er doch. Obwohl, dem Sprichwort nach, ist von einer Schwalbe die Rede. Zudem haben wir gerade mal Anfang März.»

Der Fremde schaute ziemlich verdattert drein.

Er klärte ihn auf. «Mein Name ist Milan Sommer.»

Beide lachten. Der Typ streckte ihm die Hand entgegen. «Arno Früh.»

«Freut mich. Bist du auch ein Flugzeugfreak?»

«Eigentlich nicht.»

«Wieso bist du denn hier? Nur wegen der da?» Milan deutete auf die dunkel gebratene Bratwurst, die Arno in der linken Hand hielt.

«Nö. Ich brauche etwas Ablenkung.»

«Ablenkung?»

«Ich habe eine schlimme Nacht hinter mir.»

«Schlecht geschlafen?»

«Gar nicht.»

«Wieso?»

«Ich wurde überfallen. Mein halbes Erspartes ist weg.»

«Shit.»

«Das kannst du laut sagen.»

«Erzähl mir davon. Vielleicht kann ich dir helfen.»

«Wie willst du mir helfen? Die Gauner sind mit meinem Geld über alle Berge.»

«Ich bin Privatdetektiv.»

***

Irina Kiteishvili stieg in den Zug. Sie arbeitete in einer kleinen Modeboutique im Zürcher Niederdorf. Es war kurz nach fünfzehn Uhr. Offiziell hätte sie erst um zwanzig Uhr Feierabend gehabt, doch sie hatte ihre Chefin gebeten, sie heute früher gehen zu lassen. Sie litt unter Kopfschmerzen und einem grossen Schlafmanko. Die Polizei war erst gegen sechs Uhr in der Früh mit der

Spurensicherung in der Wohnung durch gewesen. Sie hatte keine Minute geschlafen. Eigentlich hätte sie daheimbleiben sollen.

Sie wählte eine Telefonnummer. Vergebens, Arno nahm nicht ab. Wo trieb sich ihr Freund herum? Zwei Minuten später versuchte sie es erneut, diesmal mit Erfolg. «Arno, wo bist du?»

«Beim Heli-Grill in Rümlang. Ich habe per Zufall einen Privatdetektiv getroffen und ihm vom Überfall erzählt.»

«Du hast was?» Irina wirkte verärgert.

«Ich habe ihm erzählt, was vergangene Nacht passiert ist. Er nimmt sich der Sache an.»

«Das ist etwas für die Polizei. Lass nicht jeden herbeigelaufenen Typ an unserem Privatleben teilnehmen.»

«Milan macht einen seriösen Eindruck.»

«Milan?»

«Milan Sommer. Der Privatdetektiv.»

«Nochmal, das ist der Job der Polizei. Lass diesen Kerl aus dem Spiel. Ich bin in einer halben Stunde daheim.»

«Du hast auch gehört, was die Polizisten gesagt haben. Die Chance, die Täter zu schnappen, sei statistisch betrachtet verschwindend klein. Die Polizei hat keine Zeit sich gross um unseren Fall zu kümmern, dafür gibt es zu viele richtige Verbrechen. Du weisst schon, Morde, Vergewaltigungen, Körperverletzungen und so weiter.»

«Arno, wir leben in der Schweiz, nicht in Tijuana.»

«In der Schweiz gab es zum Beispiel im letzten Jahr immerhin beinahe zweihundert Tötungsdelikte, wenn

man die versuchten dazuzählt. Das habe ich letzthin irgendwo gelesen.»

Irina stöhnte mürrisch ins Telefon.

«Soll ich dich am Bahnhof abholen?»

«Ich gehe zu Fuss nach Hause», sagte sie verärgert
und legte ohne Abschiedsgruss auf.

***

Arno schob den Grund für Irinas schlechte Laune der
Müdigkeit zu und nahm sich vor, ihr bald wieder ein Lächeln ins Gesicht zu zaubern. Er fuhr mit Irinas altem
Seat Ibiza zum Bahnhof Dielsdorf. Sein Wagen war immer noch bei der Polizei, wegen der Spurensicherung.
Mit dem Autohändler hatte er einen neuen Termin ver-
einbart, morgen konnte er sein neues Auto abholen. Er
hatte das Geld heute online überwiesen. Das hätte er
von Anfang an tun sollen. Er war einfach zu altmodisch
in diesem Punkt. Viel Geld war nicht mehr auf seinem
Sparkonto.

Endlich fuhr der Zug ein. Eine Minute später kam
Irina die Treppe der Bahnhofsunterführung hinauf.
Völlig in sich gekehrt ging sie in Richtung Bahn-
hofstrasse. Hatte sie ihn wirklich nicht bemerkt oder
hatte sie wieder mal ihre Tage? Sie konnte recht anstrengend sein. Er liebte diese Frau mit den grünen Katzen-
augen. Was er an ihr nicht mochte, waren ihre ständigen
Stimmungsschwankungen. Er drückte auf die Hupe. Sie
drehte ihren Kopf kurz in seine Richtung und ging weiter.

«Die spinnt», sagte er zu sich selbst. Was hatte er nur wieder falsch gemacht. Sie passten eigentlich nicht zusammen, stritten sich oft um Kleinigkeiten.

Er startete den Motor, hielt neben ihr an und liess das Fenster nach unten. «Bitte Schatz, steig ein.»

Mit ernster Miene stieg sie zu, ohne ihn eines Blickes zu würdigen. Schweigend fuhren die beiden in die Südstrasse. Er stellte das Auto in die Tiefgarage. Als sie aussteigen wollte, nahm er sie bei der Hand. «Bitte, Irina, was hast du? Was habe ich getan?»

«Ich will nicht, dass sich ein Fremder in unser Privatleben einmischt.»

«Milan?»

Sie nickte.

«Er mischt sich nicht in unser Privatleben ein. Er hilft uns die Gauner zu finden. Ich möchte nicht, dass die mein ehrlich verdientes Geld verprassen. Und denk an den Schmuck, den sie aus deiner Schatulle gestohlen haben.»

«Der ist versichert.»

«Geld ersetzt keine Erinnerungsstücke.»

«Dein schwülstiges Gerede kannst du dir sparen.»

«Ich möchte, dass das Gaunerpärchen hinter Schloss und Riegel kommt. Der Rest der Welt soll vor diesen Taugenichtsen beschützt werden. Die hätten mich erschiessen können.»

Irina schüttelte den Kopf. «Ich gebe es auf.»

«Milan kommt in einer Stunde vorbei. Dann wirst du ihn kennenlernen. Er ist ein sympathischer Kerl.»

«Muss das sein? Ausserdem, es ist nicht aufgeräumt.»

«Ich denke, Milan wird Verständnis dafür haben, dass wir die Unordnung, die die Einbrecher hinterlassen haben, noch nicht beseitigt haben.»

Arno zog die Hände seiner Freundin zu seinem Mund und hauchte einen Kuss darauf. Sein Blick fiel sofort auf ihre Fingernägel. Sonst hatte sie ihre Nägel immer farblos lackiert, heute waren sie blutrot. Blutrot, wie bei der Motorradfahrerin. Als er ihr den Handschuh ausgezogen hatte, war sein Blick geradezu auf diese Fingernägel fixiert. Diese Farbe würde er nie mehr vergessen. Die Frau hatte in etwa Irinas Statur gehabt. Gesicht und Haare hatte er wegen des Helms nicht gesehen. Irina? War die Frau Irina gewesen? Nein, das konnte nicht sein. Er verwarf den Gedanken gleich wieder.

«Schöne Fingernägel hast du, so schön rot. Sieht toll aus.»

«Darf ich nicht mal modisch sein? Die Farbe ist im Moment sehr trendy», sagte Irina schnippisch, stieg aus dem Wagen und ging in Richtung Wohnungstür. Arno folgte ihr nachdenklich.

Sie wusste, dass er in der Nacht mit viel Geld unterwegs gewesen war. Er schaute auf ihren runden wohlgeformten Po. War das nicht derselbe, der in der Nacht in einem Motorradkombi verpackt auf der Strasse gelegen hatte? Ach was, dachte er, ich schaue einfach zu viele Krimis.

***

«Milan ist ein komischer Vogel», sagte Irina, nachdem der junge Privatdetektiv die Wohnung verlassen hatte.

«Er ist in Ordnung. Ich habe grosses Vertrauen in ihn.»

«Ach ja? Hast du nicht gesehen, wie er mir ständig auf den Po gestiert hat?»

Arno lachte. «Du hast auch einen verdammt schönen Arsch.»

«Mach dich nur lustig über mich.»

«Irina, Milan ist in Ordnung. Ich weiss nicht, was du gegen ihn hast.»

«Er gefällt mir nicht. Ich möchte nicht, dass er nochmal herkommt.»

«Ich habe ihn engagiert. Die Räuber sollen ihre Strafe erhalten.»

«Was kostet dich der Typ? Der ist bestimmt keinen müden Penny wert.»

«Das lass mal meine Sorge sein. Ich frag dich auch nicht, was dein neuer Nagellack gekostet hat. Oder wieso du schon wieder mit neuen Markenschuhen herumstolzierst.»

«Was hast du gegen meinen neuen Nagellack?»

«Nichts, er macht dich hocherotisch. Ausgesprochen sexy.»

«Arschloch! Du gehst mir heute dermassen auf die Nerven.» Sie schmetterte die Tür hinter sich zu und schloss sich im Bad ein.

Draussen schien immer noch die Sonne. In der Wohnung gewitterte es gewaltig. Arno stellte die Kaffeemaschine an. Wieso war seine Freundin dermassen schlecht gelaunt? Was hatte sie gegen Milan? Er hörte, wie sie Schublade um Schublade im Bad aufriss und lauthals vor sich hin fluchte. In solchen Momenten wünschte er sich wieder Single zu sein, das Leben zu geniessen und keine Verpflichtungen zu haben. Einfach das zu tun, was er gerade wollte.

Die erste Zeit mit Irina war sehr harmonisch verlaufen, doch nach einigen Monaten Beziehung hatte sie immer wieder mal ihre Aussetzer. So komisch wie heute war sie noch nie drauf gewesen, dazu noch ohne Grund. Er überlegte. War sie die Frau, die ihm das Geld aus dem Auto geklaut hatte? Nein, nein, nein. So dreist konnte Irina nicht sein. Oder doch? Hatte sie Angst davor, dass Milan ihr auf die Schliche kam?

Arno löffelte etwas Zucker in den Espresso und nahm auf der Couch Platz. Er trank die Tasse in einem Zug aus.

Auf dem Salontischchen lag ein Magazin mit Motorradbekleidung. Diesen Katalog hatte er noch nie gesehen. Seltsam. Irina interessierte sich für Lederkombis und Motorradhelme? Sie hatte keine Freude daran gehabt, als er ihr sagte, er wolle sich eine Harley kaufen. Im Moment war der Kauf einer solchen Maschine sowieso in weite Ferne gerückt. Er hatte andere Sorgen.

Wie gut kannte er seine Freundin überhaupt? Er kannte nicht mal die Kollegin, mit der sie gestern aus gewesen war. Er kannte niemanden aus ihrem vorigen Leben. Ihre Eltern lebten in Georgien, Geschwister hatte sie keine. So hatte sie es ihm jedenfalls erzählt. Konnte er ihr trauen? Freunde? Fehlanzeige. Meist hatte sie wie eine Klette an ihm geklebt. Erst seit einigen Wochen ging sie manchmal ohne ihn in den Ausgang, angeblich immer mit dieser Kollegin aus dem Geschäft. Er kannte nicht mal den Namen dieser Person. So sehr hatte es ihn auch nicht interessiert. Er war froh, hatte Irina Anschluss gefunden.

Plötzlich öffnete sich die Badezimmertür. Arno schaute auf. Seine Freundin stürmte an ihm vorbei und verschwand im Schlafzimmer. Zwei Minuten später kam sie zurück. Sie nahm ihre Jacke und sagte: «Ich geh nochmal raus. Ich halte es hier nicht mehr aus.» Schwupp, schon war sie verschwunden. Ohne einen Abschiedsgruss. Ohne Kuss. Ohne ein Lächeln – aber mit viel Schminke im Gesicht und einer Fratze, die zum Töten bereit schien.

***

Milan sass in seiner Wohnung in Kloten. Er studierte die Notizen, die er in Arno Frühs Wohnzimmer gemacht hatte. Wer hatte alles von dem vielen Geld gewusst, das er im Auto mitführte? Mit Bestimmtheit seine Freundin. Milan hatte sie als mürrische Person kennengelernt. Sogar den Handschlag hatte sie ihm verwehrt und mehr als ein knappes ‹Hallo› hatte sie nicht über ihre Lippen gebracht. Normalerweise war sie mit Arno an den Eishockeyspielen. Wieso an diesem Abend nicht? Vielleicht, weil sie die Motorradfahrerin war, die ihm die Falle gestellt hatte? Ach was. So einfach konnte es nicht sein. Er musste Arno nochmals treffen. Allein. Es gab viele Fragen die noch offen im Raum standen. Er wählte seine Nummer.

«Früh.»

«Hi, Arno. Ich habe noch einige Fragen an dich.»

«Komm doch nochmal vorbei.»

«Ich möchte dich allein sprechen.»

Arno lachte. «Das trifft sich gut. Mein Hausdrachen ist nicht da.»

29

«So habe ich es nicht gemeint.»
«Aber ich.»

* * *

Eine halbe Stunde später sass Milan erneut in Arnos Wohnzimmer. Dieser servierte Kaffee und setzte sich dann zu ihm.
«Arno, bitte versteh die Frage nicht falsch.»
«Schiess los.»
«Wäre es möglich, dass Irina die Motorradfahrerin war?»
«Weisst du was? Das ist mir auch schon durch den Kopf gegangen. Aber irgendwie kann ich es mir nicht vorstellen. Kenne ich meine Freundin wirklich so schlecht?»
Milan zuckte mit den Schultern. «Der Bankangestellte, bei dem du das Geld abgehoben hast, käme natürlich auch in Frage.»
«Es war kein Kerl, sondern eine junge Frau.»
Milan horchte auf. «Eine Frau?»
«Ja.»
«Interessant. Weisst du, wie sie heisst?»
Arno schüttelte den Kopf. «Ich könnte es herausfinden. Ich gehe morgen einfach nochmal hin.»
«Wo ist die Bank?»
«In Zürich. Ich bin ein Riesenidiot. Ich habe zu der Frau am Schalter gesagt, dass ich hoffe, das Geld sicher nach Hause zu bringen. Ich habe ihr erklärt, dass ich vorher noch zum Eishockeyspiel gehe.»
«Was hat sie darauf geantwortet?»
«Hopp ZSC!»

«Sonst nichts?»

«Nein, aber sie hatte einen Smile drauf wie ein Zahnarzt, wenn er seinen Kontostand abruft.»

«Also eine weitere Verdächtige.»

«Ich bin wirklich ein Idiot. Diese Motorradfahrerin war bestimmt die Bankangestellte.»

«Reine Theorie. Es könnte auch anders gewesen sein. Du hast mir gesagt, dass dein Nachbar am Tatort angehalten hat und du dich hinter dem BMW in Deckung bringen musstest.»

«Ja, Pavel Jaskin.»

«Kein Schweizer Name.»

«Er ist aus Prag, also Tscheche, lebt aber schon lange in der Schweiz. Er wohnt gleich unter mir.»

«Können wir ihn besuchen? Vielleicht ist ihm etwas aufgefallen.»

«Einen besonders guten Draht habe ich nicht zu ihm, habe noch keine zehn Sätze mit ihm gewechselt.»

Arno und Milan gingen ins Treppenhaus und klingelten bei Pavel Jaskin. Nichts. Sein Fernseher lief, und zwar in einer Lautstärke, die vermuten liess, dass da ein Schwerhöriger hauste. Milan drückte nochmals auf die Klingel. Wieder geschah nichts.

«Komisch. Er scheint hier zu sein, öffnet aber nicht», sagte Milan.

Er klingelte ein weiteres Mal, diesmal etwas länger. Es waren Schritte zu hören. Die Tür öffnete sich einen Spalt breit, ein mürrisches Gesicht war zu sehen. «Ja? Was ist?»

«Hallo, Pavel. Darf ich dich was fragen?»

«Schiess los, aber mach schnell, es läuft Fussball. Slavia gegen Sparta.» Pavel blieb wie angewurzelt unter der Tür stehen. «Nun sag schon.»

«Du warst doch gestern …» In diesem Moment erklang lauter Torjubel. Pavel setzte seinen dicken Hintern in Bewegung und stürmte ins Wohnzimmer. «Verfluchte Scheisse! 1:0 für Slavia. Mein Tipp geht wieder furchtbar in die Hose.»

Arno und Milan folgten ihm ins Wohnzimmer. Rauchgeschwängerte Luft strömte ihnen entgegen.

«Dein Tipp?», sagte Arno.

«Verdammt! Ich habe zweitausend Mäuse auf einen Sieg von Sparta gesetzt. Jetzt ist das ganze Geld weg.»

«Zweitausend Franken?» Arno pfiff durch die Zähne.

«Geht's dich was an?!»

«Es sind noch vier Minuten zu spielen», sagte Milan mit einem Blick auf den Fernseher. Er versuchte die Situation zu beruhigen.

«Du glaubst wohl auch noch an den Storch. Um Kinder zu kriegen, musst du ficken. Zwei Tore in vier Minuten. Wie soll das gehen?» Pavel liess sich auf die Couch fallen. «Verdammte verfluchte Scheisse! Alles Geld ist weg. Arbeitslosengeld gibt's noch lange nicht.»

Der halbvolle Aschenbecher wurde gegen die Wand geschleudert. Milan und Arno zuckten zusammen.

«Bitte, Pavel», versuchte ihn Arno zu beruhigen.

«Alles scheissegal! Ich gebe eine Runde aus.» Er ging in die Küche und holte drei Budweiser aus dem Kühlschrank. Er stellte die drei Dosen auf den Salontisch. Eine davon nahm er wieder in die Hand und öffnete sie mit lautem Zischen. Es war bestimmt nicht seine erste heute.

«Was bleibt ihr hier wie angewurzelt stehen? Greift zu! Feiern wir meinen Untergang! Setzt euch endlich hin!»

Um die Situation nicht zum Eskalieren zu bringen, nahmen Arno und Milan Platz und öffneten ihre Dosen ebenfalls. Pavel hob seine hoch und schrie: «Auf Pavel Jaskin, die grösste Lusche auf diesem gottverdammten Planeten!»

«Prost, Pavel», erwiderten Milan und Arno.

Pavel nahm einen grossen Schluck und liess diesem einen lauten Rülpser folgen. «Was wolltest du mich fragen, Arno?»

«Du warst doch vergangene Nacht mit deinem Auto unterwegs.»

«Ich?»

«Ja, zwischen Regensdorf und Dielsdorf hast du neben einem weissen BMW angehalten. Ist dir etwas Besonderes aufgefallen?»

«Wie kommst du auf die Idee? Die Polizei hat mich heute schon dasselbe gefragt. Hast du denen das gesagt? Ich bin seit drei Tagen nicht mehr aus dem Haus gewesen.»

«Bitte, Pavel, ich habe dich gesehen.»

«Willst du sagen, ich sei ein Lügner?!» Pavels Augen funkelten gefährlich.

Erneuter Torjubel aus dem Fernseher. Slavia führte 2:0. Der stämmige Innenverteidiger hatte nach einem Eckball mit dem Kopf eingenickt. Pavels Gesicht lief blutrot an. Er schmiss sein halbvolles Bier in Richtung

Fernseher. Volltreffer! Das Bier floss über den Bildschirm auf das TV-Möbel.

«Okay, wir gehen», sagte Milan und stand auf. Arno folgte ihm. Beim Hinausgehen sahen die zwei, wie sie aus dem halbgeöffneten Schlafzimmer von zwei nackten Damen angestarrt wurden. Von zwei nackten Damen in Strapsen, mit grossen Brüsten – auf einem Poster verewigt.

«Mich zuerst als Lügner hinstellen und dann einfach den Schwanz einziehen und abhauen! Wisst ihr, was ihr seid? Die armseligsten Halbaffen, die mir je zu Gesicht gekommen sind! Verschwindet, ich will euch nie mehr sehen! Ihr seid Paviane! Rotärsche! Schleimscheisser! Verkorkste Vollidioten! Arschgesichter!»

Dann fiel die Tür ins Schloss.

3. Kapitel

«Guten Morgen, Herr Früh. Freut mich, dass es heute geklappt hat. Ihre Zahlung ist auf unserem Konto eingegangen.»

«Ich will den Wagen endlich fahren. Er hat mich schliesslich 72.000 Franken gekostet.»

Der Autohändler schaute ihn stirnrunzelnd an. «Ich verstehe nicht ganz.»

«Ich wollte gestern schon vorbeikommen und den Wagen bar bezahlen, aber ich wurde ausgeraubt. Die ganzen 36.000 Franken wurden mir gestohlen.»

Sein Gegenüber machte ein geschocktes Gesicht. «Das tut mir leid.»

Arno sah durch die geöffnete Tür zur Werkstatt. Der Lehrling stand in einem schmutzigen Blaumann im Türrahmen. Er hatte ein sehr feines, beinahe feminines Gesicht. Arno hatte das Gefühl, dass der junge Mann seine Ohren spitzte und dem Übergabegespräch interessiert zuhörte.

«Herr Früh, ich zeige Ihnen die wichtigsten Details Ihres neuen Wagens.»

Arno folgte dem Mann in die Werkstatt und nahm in seinem neuen, auf Hochglanz polierten Hyundai Tucson Platz.

Als er zehn Minuten später mit seinem neuen Stolz vom Hof fuhr, sah er den Lehrling mit der Büroangestellten tuscheln. Zu gern hätte er sich die Fingernägel der jungen Frau angesehen. Sah er überall Gespenster?

Der Wagen fuhr sich gut, beinahe geräuschlos. Als Arno an der Stelle, wo sich der Überfall ereignet hatte, vorbeifuhr, schnürte es ihm die Kehle zu. Dieses Gaunerpärchen musste schnellstmöglich dingfest gemacht werden. Es ging nicht an, dass sich in der friedlichen Schweiz zwei aufführten als wären sie Bonnie und Clyde. Ob Milan schon weitergekommen war? Kaum, sonst hätte er sich bestimmt gemeldet. Sollte er ihn anrufen und ihm von seinen zwei neuen Tatverdächtigen aus der Autowerkstatt erzählen?

In diesem Moment klingelte das Handy. Milan wollte wissen, ob er schon abgeklärt habe, wie der Name der Bankangestellten war. Arno wendete den Hyundai und fuhr nochmals nach Zürich.

***

‹Nina Andermatt› stand auf ihrem Namensschild. Sie trug eine hochwertige hellblaue Bluse. Ihre dunklen Haare hatte sie hochgesteckt. Ihre Fingernägel waren mit Lack überzogen. Mit blutrotem Lack. Sie lächelte ihn an. Waren ihre Nägel vor zwei Tagen schon rot lackiert gewesen? Arno überlegte.

«Guten Tag. Der ZSC hat klasse gespielt vorgestern.»

«Sie kennen mich noch?»

«Klar, so einen sympathischen Mann vergisst man nicht so schnell.» Ihre Wangen liefen rot an.

«Danke für die Blumen. Sie sind zu charmant.»

«Eigentlich hätte ich Sie nicht schon wieder erwartet.»

«Wie meinen Sie das?»

«Nicht gerade wenig Geld haben Sie vorgestern abgehoben. Dachte nicht, dass Sie schon Nachschub brauchen.»

Arno war sichtlich irritiert. Ziemlich unverschämt, was diese Bankangestellte da von sich gab. Aber ihre schönen Augen und ihr flacher Bauch und alles, was dazwischen lag, liessen ihn darüber hinweghören. Er konnte seinen Blick nicht von ihrem wohlgeformten Busen lassen. Der Frau schien das bewusst zu sein. Sie zwinkerte ihm keck zu.

«Wieviel darf es heute sein?»

«Wie? Was?»

Sie kicherte. «Sie wollen doch Geld. Oder sind Sie nur hier, um zu reden?»

Arno zögerte. Er nahm den Geldbeutel aus der hinteren Hosentasche und zückte eine Zweihundertfrankennote.

«Bitte wechseln Sie mir diese Note in Euro.»

«Ah, geht's nach Deutschland?»

«Nur zum Einkaufen.»

Sie wechselte das Geld und sagte freundlich: «Bis zum nächsten Mal.»

Arno war froh wieder draussen zu stehen. Er brauchte dringend Abkühlung. Diese Frau hatte sein Blut in Wallung gebracht. Ihre direkte Art hatte ihn erstaunt, aber auch gefesselt. War sie die Frau, die ihn ausgeraubt hatte? Unmöglich, so wie sie ihn angelächelt hatte. Nina Andermatt war scharfzüngig, hatte das Herz aber bestimmt am rechten Fleck, unter ihrem linken Busen. Er war bestimmt schön straff und mindestens eine gute Handvoll. Und dieser knackige Arsch. Die Bilder, die gerade vor seinem geistigen Auge abliefen, waren nicht jugendfrei. Völlig in Gedanken überquerte er den Fussgängerstreifen. Ein langes Hupen liess ihn aus seinen erotischen Träumen erwachen.

«Penner, du hast Rot!» Ein genervter Autofahrer zeigte ihm durchs geöffnete Seitenfenster den Vogel und gab Vollgas.

Blitzartig war Arno wach. Uff, das war gerade nochmal gut gegangen. Beinahe hätte ihn das Auto erfasst. Es begann leicht zu regnen. Arno beschleunigte seine Schritte. Plötzlich öffnete der liebe Gott die Schleusen. Sintflutartig prasselte der Regen vom Himmel, innerhalb von Sekunden war er völlig durchnässt. Er hatte schon mit dem Gedanken gespielt umzukehren und die Bankangestellte um ein Date zu bitten. So wie er jetzt aussah, würde sie ihn kaum wiedererkennen. Im Schaufenster einer Kleiderboutique spiegelte er sich, er sah wortwörtlich aus wie ein begossener Pudel, zudem hatte er eine Freundin. Er wusste nicht, ob die Beziehung zu Irina noch lange hielt, aber momentan war er noch mit ihr liiert.

Nina Andermatt, blutrote Fingernägel, ging es ihm durch den Kopf. Er sah überall nur noch blutrote Fingernägel. Fehlte nur noch, dass ihm Milan Sommer beim nächsten Treffen mit blutroten Fingernägeln gegenüberstand.

***

Milan sass im Wohnzimmer, es war kurz vor zwanzig Uhr. Normalerweise war der Freitag nicht der Tag, um den Abend allein zuhause mit einer Tasse Tee mit Honig zu verbringen, doch der Job als Sänger verlangte ihm eine gewisse Disziplin ab. Hätte er morgen mit seiner Band keinen Auftritt, würde er den Abend in einem Pub oder einer Bar geniessen, und das bestimmt nicht mit einem Lindenblütentee vor sich. Am Tag vor einem Konzert schonte er sich jeweils. Tee mit Honig tat seinen Stimmbändern gut. Sein Bandkumpel Alejandro Wolf hatte ihn angerufen und zu überreden versucht, an eine abgefahrene Party zu kommen, er hatte abgesagt. Alejandro war eine richtige Rampensau und liess nichts aus. Er brauchte seine Stimme nicht an den Konzerten. Seine irren Gitarrensoli brachten die Menge jeweils zum Kreischen. Besonders gut spielte er, wenn er schon einige Biere intus hatte. Seine kleinen Brüder, die Zwillinge, waren bedeutend seriöser, schon beinahe Lämmer. Ruben sang nebenbei in einem Gospelchor und war bei der Kripo, Tico war Zahnarzt. Im Kreis der Familie Wolf hatte Milan schon manchen geselligen Abend verbracht. Salma, die mexikanische Mutter, machte die besten Fajitas und Vater Willfried zauberte trotz Schweizer Herkunft hervorragende Margaritas auf den Tisch.

Milans Handy klingelte. ‹Arno Früh› erschien auf dem Display. Er nahm ab.

«Hey, Arno, was gibt's?»

«Die Bankangestellte heisst Nina Andermatt. Ich war gestern nochmal auf der Bank.»

«Wie ist die Farbe ihrer Fingernägel?»

«Blutrot. Aber sie hat bestimmt nichts mit der Sache zu tun.»

«Bist du dir sicher?»

«Sie sieht aus, als könne sie keiner Fliege was zuleide tun.»

«Arno, das sind die Schlimmsten. Ich werde sie jedenfalls etwas genauer unter die Lupe nehmen. Geht das in Ordnung?»

«Klar, du bist der Detektiv.»

«Ich werde mich ab Sonntag wieder um den Fall kümmern.»

Sie beendeten das Telefongespräch. Bei Milan machte sich Hunger bemerkbar in Form eines gewaltigen Knurrens im Magen. Er ging in die Küche und öffnete den Schrank. Suppe? Nein. Durch den Tee schwitzte er schon genug. Spaghetti? Nein, das hatte mit Arbeit zu tun. Er entschied sich schlussendlich für die Florentiner. Er liebte diese Sorte Biskuits. Innerhalb von fünf Minuten war die Packung leer.

***

Samstag, am späteren Abend. Noch fünf Minuten, dann ging es raus auf die Bühne. Der Club war gut gefüllt. Die Menge skandierte: «Milan! Milan! Milan!»

Er guckte nervös hinter dem Bühnenvorhang hervor auf die grölende Meute. Einige bekannte Gesichter waren hier, Cindy an vorderster Front. Er freute sich schon darauf, mit ihr die Nacht zu verbringen. Die Blondine liess beinahe keinen Auftritt von ‹Milan And The Wolves› aus. Wenn man so wollte, konnte man sie als sein Groupie bezeichnen. Schon oft hatte er gemerkt, dass sie mehr von ihm wollte. Als Freundin konnte er sie sich beim besten Willen nicht vorstellen. Ihre Art war etwas gar billig. Er hätte alles von ihr haben können, sie hätte ihm keinen Wunsch abgeschlagen. Ein Mann wollte auch ein wenig um die Gunst einer Frau kämpfen. Ihre glatten langen Haare waren der Wahnsinn, ihr Schmollmund wie zum Küssen gemacht, bestimmt waren die Lippen aufgespritzt. Scheissegal, sie waren samtweich und geschmeidig. Ihre endlos langen Beine schlossen sich nahtlos an ihren Knackarsch. Milan war sich im Klaren, viel Schlaf würde er diese Nacht nicht abbekommen. Jetzt hatte sie ihn gesehen, sie winkte ihm augenzwinkernd zu. Er grüsste zurück, sie warf ihm einen Kussmund zu.

Endlich war es so weit. Wie ausgehungerte Wölfe stürmten Milan, Alejandro, Ruben und Tico die Bühne und stimmten ihren ersten Song an. ‹A Girl Like You› von Edwyn Collins. Schon in diesem Stück hatte Alejandro sein erstes Gitarrensolo und so für dreissig Sekunden die Aufmerksamkeit des gesamten Publikums für sich – das heisst, beinahe des ganzen Publikums, Milan sah, dass Cindys Augen nur auf ihn fixiert waren.

***

Eine weitere Frau in der Menge konnte ihren Blick nicht von Milan lassen. Sie war von einer Freundin dazu überredet worden, zum Konzert zu kommen. Lieber wäre sie daheim geblieben, Clubs und Bars waren ihr ein Gräuel, das war nicht ihre Welt. Sie war eher die Stubenhockerin. Wenn schon ausgehen, dann um in einem gediegenen Lokal fein zu essen. Sie liebte den Rummel nicht. Ausser am Kopf, an den Füssen und an den Händen war praktisch kein Millimeter an ihrem Körper frei von Tattoos. Sie war gewissermassen ein Ganzkörperkunstwerk, in dem eine Menge Geld steckte, gestochen von den hipsten Tattoo-Künstlern. Jetzt war sie froh hier zu sein. Auf der Bühne stand er – der Traummann, den sie schon lange gesucht hatte. Frei von Tattoos, soviel sie sehen konnte. Jedenfalls hatte sie bisher keines entdeckt.

Diesen Mann musste sie kennenlernen! Diese Ausstrahlung, diese Stimme. Hatte er überhaupt Interesse an ihr? Einer, der auf der Bühne und somit gern im Mittelpunkt stand, wollte bestimmt kein stilles Wasser.

***

Als Milan ‹Hey Everybody› von 5 Seconds of Summer anstimmte, vergass er beinahe den Text. Er hatte die Frau längst bemerkt, die ihn aus der dritten Reihe fixierte. So etwas Hübsches hatte er auf diesem Planeten noch nie gesehen. Dieser sexy, beinahe etwas melancholische Blick erweckte in ihm seinen Beschützerinstinkt. Diese Frau musste er kennenlernen, sie war wie für ihn gemacht. Anscheinend schien er ihr auch zu gefallen. So verriet es jedenfalls ihr schüchterner Blick, der sich jedes Mal senkte, wenn er sie ansah. Milans Herz begann zu hüpfen. War heute der Tag gekommen, an dem er die Frau fürs Leben finden sollte? Wobei, die vielen Tattoos auf ihren Armen liessen ihn wieder unsicher werden. Die Männer standen bestimmt Schlange bei ihr. Ob sie sich dann ausgerechnet für ihn entscheiden würde? Sprücheklopfer, welche in Kneipen für Unterhaltung sorgten, waren bestimmt im Vorteil beim weiblichen Geschlecht. So einer war er definitiv nicht. Die Frau stand bestimmt auf auffallende Typen mit Hipster-Bärten. Äusserlich war er doch eher der Normalo, er hatte weder Tattoos noch andere Extravaganzen. Er war ein Typ, den man an jeder Strassenecke traf, hübsch zwar und mit einem riesengrossen Herz und einem doch eher ungewöhnlichen Job, doch keine auffällige Erscheinung. Wobei, zu verlieren hatte er nichts. Sie konnte ihm nicht mehr als eine Abfuhr erteilen. Damit hatte er Erfahrung. Total verschwitzt schaute Milan nach der dritten Zugabe ins Publikum. Der Club leerte sich, die Fremde war verschwunden. Sie stand nicht mehr da, wo sie das ganze Konzert über gestanden hatte. Würde er sie wiedersehen? Er musste. Er wollte diese Frau kennenlernen. Für einen Detektiv sollte es kein Problem sein, sie zu finden. So verausgabt hatte er sich lange nicht an einem Konzert. Schuld daran war die hübsche Fremde, die jetzt irgendwo in der Menge untergetaucht war.

Plötzlich stand Cindy hinter ihm, sie musste sich unbemerkt auf die Bühne geschlichen haben. Er fühlte ihre Hände an seinem Po, ihre flinken Finger wanderten blitzschnell nach vorn in seinen Schritt.

«Bitte, Cindy, hör auf.»

«Was ist mit dir los? Schwul geworden?»

Er nahm Cindys Hände von seinem Körper. «Ich habe Kopfschmerzen.»

«Oh je. Jetzt hat der Herr Migräne? Diese Ausrede ist für uns Frauen gemacht. Lass dir was Besseres einfallen.»

«Cindy.»

«Ich habe sie schon gesehen.»

«Wen hast du gesehen?»

«Die Frau.»

«Welche Frau?» Milan mimte den Unwissenden.

«Stell dich nicht dümmer an, als du bist. Ich habe Augen im Kopf.»

«Ich weiss wirklich nicht, wovon du sprichst.»

«Du hast sie angesehen, als wäre sie ein Schokotörtchen.»

«Cindy, von wem sprichst du?»

«Weisst du was? Du kannst mich mal! Du bist ein Weichei! Ein Knallfrosch! Kaum siehst du eine andere Frau, bin ich Luft für dich.»

«Cindy.»

«Scher dich zum Teufel! Fick doch diese verdammte Tussi!» Cindy ging einige Schritte bis zum Bühnenverantwortlichen, hakte sich bei ihm ein und verliess mit ihm die Bühne.

Milan sah den beiden nach und dachte: Schlampe. Billige Schlampe.

***

Schweissgebadet drehte sich Milan im Bett von einer Seite auf die andere. Er konnte nicht einschlafen. Es war gerade erst drei Uhr in der Nacht, wie er mit einem Blick auf den Wecker feststellte. Seine Gedanken waren bei der fremden Schönen. So hatte ihm bislang noch keine den Kopf verdreht. Vielleicht kannte einer seiner Bandmitglieder die Frau. Er wollte die drei beim Katerfrühstück danach fragen. Sie hatten auf zehn Uhr bei Alejandro abgemacht. Er wohnte in Dübendorf, allein in einer kleinen Altbauwohnung.

Milan stand auf. An Weiterschlafen war nicht zu denken. In der Küche machte er sich einen Espresso. In einer roten Hugo-Boss-Unterhose und mit nacktem Oberkörper setzte er sich auf die Couch, nahm die Fernbedienung in die Hand und zappte durchs TV-Programm. Für Hitchcocks ‹Die Vögel› war er nicht in der richtigen Stimmung, für die Wiederholung von ‹Inas Nacht› fehlte ihm die gute Laune, ‹Die heissen Nächte

44

der Josefine Mutzenbacher› gab ihm den Rest. Er stellte den Fernseher ab. Nichts, dass ihn auf andere Gedanken gebracht hätte. In seinem Hirn hatte es nur noch Platz für diese Frau, von der er nicht mal den Namen kannte. Er musste versuchen an etwas anderes zu denken. Am besten ging dies mit Arbeit.

Er nahm sein Notizbüchlein vom Salontisch und blätterte darin. Irina Kiteishvili, Pavel Jaskin und Nina Andermatt hatte er feinsäuberlich auf eine Seite geschrieben – alles Tatverdächtige, die für den Raub von Arnos Geld in Frage kamen. Bisher hatte Milan nur Pavel und Irina persönlich kennengelernt. Pavel war ein sehr schräger Vogel. Jähzornig und übermässigem Alkoholkonsum nicht abgeneigt. Zudem steckte er sein ganzes Geld in Fussballwetten. Ein Glückspilz schien er in diesem Unterfangen nicht zu sein. Der Typ war spielsüchtig. Wieso hatte er abgestritten, an diesem Abend am Tatort angehalten zu haben? Hatte er etwas mit der Sache zu tun? Wollte er sich so ein Alibi verschaffen? Hatte Arno ihn verwechselt? War es nicht Pavel, der dort angehalten hatte, sondern ein anderer Typ, dessen Stimme Pavels ähnlich war? So musste es gewesen sein. Gesehen hatte er ihn nicht, nur gehört. Sollte er den Tschechen von der Liste streichen?

Arnos Freundin könnte auch etwas mit der Tat zu tun haben. Sie war ziemlich sauer, dass Arno ihn, Milan, beauftragt hatte. Wieso? Hatte sie Angst, dass er ihr bald auf die Schliche kam?

Nina Andermatt hatte gewusst, dass Arno viel Geld im Wagen mitführte. Das machte sie ebenfalls verdächtig. War er auf einer falschen Spur? Vielleicht wurde Arno zufällig ausgewählt und ausgeraubt. Milan wollte sich über die Bankangestellte, über Arnos Freundin und über den tschechischen Nachbar etwas besser informieren. Ruben Wolf, sein Bandkollege, der bei der Kripo arbeitete, konnte ihm bestimmt weiterhelfen. Gern gab Ruben zwar keine Informationen weiter, als Polizist hatte er Schweigepflicht, mit etwas Geschick konnte er ihm aber trotzdem meist pikante Details entlocken.

4. Kapitel

Sonntagmorgen. Arno sass vor dem Fernseher, Irina war im Bad. Sie hatte sich etwas beruhigt. Gestern hatte sie ihm vor dem Einschlafen sogar mal wieder einen Kuss gegeben. Irina eine Räuberin? Davon war Arno wieder weggekommen. Er gähnte. Das Fernsehprogramm hielt ihn nicht davon ab, wieder müde zu werden.

«Schatz, ich gehe noch eine Runde joggen.» Irina stand plötzlich im Trainingsanzug vor ihm.

Offenbar starrte er sie mit offenem Mund an. Sie sagte: «Frühstück gibt's erst nach dem Sport. Du kannst den Mund wieder schliessen.»

«Äh …, okay.»

Schon komisch, Irina, die sonst Sport immer als Mord bezeichnete, huschte in schwarzen Trainingshosen und ebenfalls schwarzer Jacke durch die Tür.

Arno ging ans Fenster. Eine Minute später sah er, wie sich seine Freundin auf dem Vorplatz das rote Stirnband über den Kopf stülpte. Jetzt kam Pavel des Weges. Er blieb auf ihrer Höhe stehen. Sie sprachen mit-einander. Pavel gestikulierte wild mit den Händen. Er schien aufgebracht zu sein. Beschwerte er sich bei ihr über ihn, weil er ihn angeblich als Lügner hingestellt hatte? Zu gern hätte er dem Inhalt des Gesprächs gelauscht.

Nach kurzer Zeit beendeten die beiden das Gespräch, Pavel kam ins Haus. Sollte er ihn im Treppenhaus abfangen? Besser nicht – wenn der Kerl wieder austickte. Die Detektivarbeit wollte er Milan überlassen. Vielleicht befriedigte Irina seine Neugier nach ihrer Rückkehr.

Seine Freundin trabte die Südstrasse entlang. Jetzt blieb sie wieder stehen, neben einem weissen Auto. Die Marke konnte Arno nicht erkennen, der Wagen war zu weit weg. Sie sprach mit der Person, die im Auto sass. Wo hatte er nur seinen Feldstecher? Bis er ihn fand, würde ihm entgehen, was jetzt ablief. Wahrscheinlich nur jemand, der nach dem Weg fragte.

Er blieb am Fenster stehen. Jetzt ging Irina um das weisse Auto herum. In diesem Moment fuhr ein blauer Lieferwagen im Schneckentempo vorbei und verdeckte die Sicht. Als er vorbeigefahren war, konnte Arno Irina nicht mehr sehen. War sie eingestiegen? War sie weitergejoggt? Der weisse Wagen fuhr langsam davon.

***

Milan, Ruben und Tico sassen am Esstisch. Alejandro war in der Küche und nahm die Kaffeemaschine in Betrieb. Frisches Brot, Salami, Butter, Honig und eine Flasche Orangensaft standen auf dem Tisch.

«Hey, Alejandro, wo bleibt der Champagner?», rief Tico. Milan und Ruben lachten.

«Champagner? Kannst du haben. Musst ihn dann aber auch trinken!»

Alejandro kam mit der gekühlten Flasche in der rechten Hand ins Wohnzimmer und stellte sie auf den Tisch. Er holte vier Champagnergläser aus der Vitrine.

Ruben nahm die Flasche in die Hand und las: «José Michel Tradition Brut. Ein guter Tropfen.»

«Für euch ist mir nichts zu teuer.»

«Ich nehme lieber einen Espresso», sagte Milan und schob das Glas von sich.

48

«Weichei», spottete Alejandro, «wir sind Musiker und keine Pussys.»

Weichei? Das hatte Milan letzten Abend schon jemand an den Kopf geworfen, mit hasserfülltem Blick und in grosser Wut.

«Milan, ist es aus mit Cindy? Habe sie gestern mit dem Bühnenverantwortlichen rummachen sehen», sagte Tico.

Milan warf ihm einen kurzen Blick zu, verdrehte die Augen und hob die Brauen.

«Oh, hätte ich das jetzt nicht sagen sollen?»

«Schon gut. Sie ist äusserlich sowieso nicht mein Typ.»

Alejandro lachte auf. «Darum musstest du auch ihr Inneres erforschen?» Er bildete mit seinem linken Zeigefinger und dem Daumen einen Kreis und stiess den rechten Zeigefinger darin hin und her.

Tico und Ruben lachten.

«Klar, wir hatten unseren Spass. Mehr war da nicht.»

«Und jetzt geht's ab ins Kloster?»

«Alejandro, hör auf. Ich habe keinen Bock auf deine dummen Scherze.»

«Ist ja gut. Nimm nicht alles persönlich.»

Milan sagte nichts mehr. Er hätte die drei Brüder gern über die unbekannte Frau ausgefragt. Vielleicht kannte einer von ihnen die tätowierte Schönheit. Im Moment war nicht der richtige Zeitpunkt. Alejandro hätte wieder mit seinen Sprüchen angefangen und diese hätte er nicht ertragen.

Alejandro und Tico gingen auf die Terrasse, um zu rauchen. Milan sass mit Ruben am Tisch.

«Ruben, ich hätte da einige Fragen an dich. Ich ermittle in einem Raubüberfall»

«Komm heute Abend zu mir, dann können wir ungestört reden. Tico und Alejandro geht das nichts an.»

«Super. So gegen sieben?»

Milan und Ruben wohnten nur wenige Gehminuten voneinander entfernt. Von der Geissbergstrasse, in der Milan eine schöne Dachwohnung bewohnte, war es ein Katzensprung bis zur Auenstrasse. Milan gefiel es in der Flughafenstadt, hier war er aufgewachsen. Er konnte sich nicht vorstellen woanders zu leben. Kloten war seine Heimat. Die tonnenschweren Kolosse, die scheinbar schwerelos durch die Luft schwebten, faszinierten ihn jeden Tag aufs Neue.

***

«Wie war es?», fragte Arno, als Irina durch die Wohnungstür kam.

«Anstrengend.»

Ach ja? Verschwitzt sah sie nicht aus. Beinahe so, als käme sie von einem Spaziergang zurück.

«Ich springe schnell unter die Dusche. Ich habe Brötchen mitgebracht.»

Sie verschwand im Bad.

Da konnte etwas nicht stimmen. Wenn er eine Stunde joggte, war er schweissdurchtränkt und konnte danach kaum sprechen. Irina, die ja wirklich nicht als Sportskanone bekannt war, atmete ruhig und gleichmässig. Wo war sie in dieser Stunde gewesen? Joggen bestimmt nicht. War sie in den weissen Wagen gestiegen? Hatte sie einen Liebhaber? War er ihr nicht mehr gut genug? Sie trug ein Geheimnis mit sich herum. Er musste wissen, was da los war. Vielleicht sollte sich Milan an ihre Fersen heften, wenn sie die Wohnung das nächste Mal unter einem fadenscheinigen Argument verliess.

Irina kam aus dem Bad und verschwand in der Küche. Er hörte, wie sie den Kühlschrank öffnete. «Butter und Honig?»

Er bejahte. Eigentlich war ihm der Appetit so ziemlich vergangen.

Am Tisch sprachen die beiden nicht miteinander. Sie assen schweigend ihre beschmierten Brötchen.

Sollte er Irina fragen, was sie mit Pavel gesprochen hatte? Er wollte keinen Streit. Früher hatte sie ihm erzählt, was sie den Tag über erlebt hatte, seit einigen Wochen war das anders. Er hatte manchmal das Gefühl, dass er seiner Freundin jedes einzelne Wort aus der Nase ziehen musste. Manchmal tat sie, als wäre Reden mit Schmerzen verbunden. Irina war nicht mehr die Frau, in die er sich vor einem Jahr verliebt hatte. Es war nur eine Frage der Zeit, bis es zwischen ihnen zum grossen Knall kam. Ihm ging ein Zitat des preussischen Offiziers Ferdinand von Schill nicht mehr aus dem Kopf: ‹Lieber ein Ende mit Schrecken als ein Schrecken ohne Ende.› Sollte er jetzt aufstehen und Irina sagen, sie solle ihre Habseligkeiten packen?

***

‹R. Wolf› stand auf der Klingel. Milan drückte darauf, zwanzig Sekunden später ging der Türöffner und er huschte ins Treppenhaus. Mit dem Lift ging es in die zweite Etage.

«Milan, altes Haus. Komm herein.»

Ruben bat ihn mit einem breiten Grinsen in die Wohnung. Er war ein Sonnenschein, immer gut gelaunt, hilfsbereit, ein Kumpel, wie man sich keinen besseren wünschen konnte. Sein pechschwarzes Haar hatte er von seiner Mutter geerbt. Ruben trug die Haare etwas kürzer als sein Zwillingsbruder Tico. Mit gleicher Frisur wäre es gar für Freunde schwierig, die beiden voneinander zu unterscheiden. Charakterlich waren die Zwillinge einander ziemlich ähnlich.

«Setz dich auf die Couch», sagte Ruben und verschwand in der Küche. Milan setzte sich und beobachte die farbenfrohen Fische, die in einem riesigen Aquarium durchs Wasser glitten. Die Neonsalmler waren in einem grösseren Schwarm unterwegs. Die Kakadu-Zwergbuntbarsche, die sich in den Pflanzen versteckten, glänzten in den buntesten Farben. Einige Saugwelse befreiten das Becken von Algen. Den Fischen zuzusehen hatte etwas Beruhigendes.

«Um was geht es in deinem Fall?»

Milan erschrak. Er hatte nicht bemerkt, dass Ruben plötzlich neben ihm sass. Zwei dampfende Tassen mit Kaffee standen auf dem Salontisch.

«Ein Mann aus Dielsdorf wurde Opfer eines Raubüberfalls. Ihm wurden 36.000 Franken aus dem Wagen gestohlen.»

«Wer führt schon so viel Geld im Wagen mit.»

«Er wollte damit sein neues Auto bezahlen.»

«Barzahlung eines Wagens? Wie altmodisch. Dafür gibt es Banken, die das Geld an die Autohäuser überweisen.»

«Darum geht's jetzt nicht. Es ist nun mal passiert und der Mann möchte das gestohlene Geld zurück.»

«Und wie kann ich dir helfen?»

Milan nahm einen Schluck Kaffee. Verdammt, war der heiss!

«Es gibt einige Verdächtige. Ich brauche Informationen über folgende Personen: Irina Kiteishvili, das ist seine Freundin; sie benimmt sich seit Tagen komisch. Sein Nachbar, ein gewisser Pavel Jaskin, verhält sich ebenfalls verdächtig. Dazu kommt Nina Andermatt, sie ist die Bankangestellte und hat meinem Klienten das Geld am Schalter ausgehändigt. Von ihr bräuchte ich die Adresse und weitere Details, wenn es denn welche gibt.»

Milan schrieb die drei Namen auf ein Blatt Papier und reichte es Ruben.

«Ich werde mich morgen, sobald ich im Büro bin, darum kümmern. Milan, nie ein Wort davon zu jemandem. Das würde mich meinen Job kosten.»

«Ehrenwort, Ruben.» Milan machte eine Geste des Schwörens.

«Ich rufe dich morgen an.»

«Ruben, du bist ein wahrer Freund.»

***

Pavel Jaskin schmiss die schwarze Werkzeugtasche in den Kofferraum seines Wagens. Sekunden später fuhr er aus der Tiefgarage. Es war stockdunkle Nacht, Mitternacht stand kurz bevor. Über Regensdorf fuhr er nach Zürich-Affoltern.

An der Riedhaldenstrasse stellte er seinen Wagen auf einen Parkplatz mit Blauer Zone und ging mit der schwarzen Werkzeugtasche zu Fuss in Richtung Regulastrasse. Eine Katze huschte über die Strasse. Den aufgesetzten Hut mit der breiten Krempe hatte er tief ins Gesicht gezogen. Die dunkle Jacke hatte einen langen Riss auf der Seite. Vor einigen Tagen, als es blitzschnell gehen musste, war er aus dem Fenster gesprungen und damit am Rahmen hängengeblieben.

Auf der Höhe eines grösseren Wohnblocks blieb er stehen. Er schaute sich um, ging einige Schritte, wieder blickte er um sich. Die Luft war rein, keine Menschenseele war zu sehen. Er steuerte auf den Eingang des Wohnblocks zu.

Eine gute Stunde später trat Pavel wieder vom Wohnblock her auf die Regulastrasse. Den knappen Kilometer bis zu seinem Wagen ging er langsamen Schrittes. Wieder hatte er seinen Hut tief ins Gesicht gezogen. Die schwarze Werkzeugtasche war sichtlich schwerer geworden.

Er verstaute die Tasche im Kofferraum seines Wagens und stieg ein. Ein Streifenwagen der Polizei kam angefahren. Er war noch weit weg und fuhr langsam. Pavel duckte sich tief in den Sessel und wartete eine Minute. Die Streife war vorbei. Er drehte den Schlüssel im Zündschloss und fuhr los.

**

Arno lag wach im Bett. Immer wieder musste er an den Überfall denken. Diese schreckliche Nacht ging ihm nicht mehr aus dem Kopf. Was, wenn ihn der Mann erschossen hätte? Seither schlief Arno schlecht. Ein kurzer Blick auf den Wecker verriet ihm, dass es viertel nach vier Uhr morgens war, in zwei Stunden musste er aufstehen. Von Irina hörte er nichts, nicht den geringsten Laut, nicht mal ein leises Atmen. Lebte sie noch? Lag sie überhaupt neben ihm? Er tastete nach ihr. Seine Hand griff ins Leere. Wo war sie? Irgendwas stimmte nicht. Zwanzig Minuten später war er wieder im Halbschlaf. Trotzdem nahm er wahr, wie die Schlafzimmertür aufging und Irina hineinhuschte. Es war sonst nicht ihre Art nachts aufzustehen. Sollte er sie darauf ansprechen? Er war zu müde und stellte sich schlafend.

Irina wälzte sich im Bett hin und her. Was beschäftigte sie? War sie krank? Hatte sie Bauchschmerzen? Oder Kopfschmerzen? War sie gar schwanger? Oh, mein Gott, bloss nicht, dachte Arno. Ein Kind mit Irina, das konnte er sich nicht vorstellen. Die Beziehung würde wahrscheinlich bald in die Brüche gehen. Er hatte gemerkt, wie unterschiedlich sie waren. Von wegen Gegensätze ziehen sich an. Am Anfang vielleicht schon, aber seit einigen Tagen dachte er immer öfter an Trennung. Irina vielleicht auch?

Er schlief wieder ein, bis ihn der Wecker aus den Federn klingelte.

Nach einem Kaffee, einer Dusche und dem Zähneputzen wollte er kurz nach sieben die Wohnung verlassen. Er suchte seinen Schlüsselbund, an dem Firmen-, Auto- und Hausschlüssel hingen. Hatte er den Hausschlüssel nicht inwendig an der Haustür steckenlassen, so wie immer? Jetzt steckte Irinas Hausschlüssel dort. Sie musste in der Nacht die Wohnung verlassen haben. Was war mit ihr los?

Arno fand seinen Schlüsselbund auf dem Schuhschrank, dort wo normalerweise ihr Schlüssel lag.

Kopfschüttelnd verliess er die Wohnung und ging in die Tiefgarage.

***

Am Montagnachmittag klingelte Milan an Rubens Wohnungstür, dieser hatte Frühschicht und war schon zuhause. Er habe News über die Bankangestellte, hatte er ihm am Telefon gesagt.

Bei einem Espresso erzählte er Milan von den Früchten seiner Recherchen.

«Wirklich? Bist du sicher?»

«Milan, ich kann lesen.»

«Damit schiesst sie für mich an die oberste Stelle auf der Liste meiner Verdächtigen.»

«Du brauchst Beweise.»

«Schon klar», sagte Milan leicht genervt. «Was konntest du über Pavel Jaskin in Erfahrung bringen?»

«Er ist seit Monaten arbeitslos und hat Geldsorgen. Es laufen mehrere Betreibungen gegen ihn. Einige tausend Franken auf die Schnelle könnte er gut gebrauchen.»

«Klingt ebenfalls sehr tatverdächtig.»

«Hätte er wirklich am Tatort angehalten, wenn er in die Sache verwickelt gewesen wäre? Das kann ich mir nicht vorstellen.»

«Vielleicht gerade darum, um sich ein Alibi zu verschaffen. Wobei, dann hätte er es doch zugegeben.»

«Übrigens, noch was: Der Tscheche hat seit drei Wochen keinen Führerschein mehr.»

«Ach ja?»

«Er wurde mit Alkohol am Steuer erwischt, zum wiederholten Mal. Der Ausweis wurde ihm auf unbestimmte Zeit entzogen.»

«Da haben wir es. Das ist der Grund, weshalb er abstritt, am Tatort gewesen zu sein: Fahren ohne Führerschein.»

«Wahrscheinlich. Mit dem Überfall hat er kaum etwas am Hut.»

«Wurden DNA-Spuren am Tatort gefunden?»

«Positiv. Der Überfall auf der Strasse und der Diebstahl in der Wohnung wurden von derselben Täterschaft begangen. Zumindest die Frau war an beiden Tatorten dabei.»

«Das kommt für mich nicht überraschend. Die haben meinem Klienten den Schlüssel abgenommen. Sie haben ihn nach der Tat in seinen Briefkasten geschmissen.»

«Und jetzt? Wie gehst du weiter vor?»

«Muss überlegen. Vielleicht ist auch die Freundin meines Klienten die Täterin. In der Wohnung ist ihre DNA sowieso überall. Sie könnte die Frau auf dem Motorrad gewesen sein.»

«Klingt ziemlich surreal.»

«Es gibt nichts, was es nicht gibt.»

«Stimmt.»

«Vielleicht sind es mehr als zwei Täter. Die Freundin des Überfallenen könnte den Tipp für den Überfall gegeben haben.»

«Könnte sein.»

«Mein lieber Freund, du könntest mir einen Gefallen tun.»

«Oh, Milan, wenn du so redest, weiss ich, dass du wieder etwas Illegales im Schilde führst. Ich sage schon mal nein.»

«Hör mir doch erst mal zu.»

«Na dann schiess los.»

«Ich besorge dir die DNA von Irina und du lässt diese auswerten.»

«Nein. Davon lass ich meine Finger. Mir gefällt mein Job. Ich möchte ihn gern behalten.»

«Du hast Beziehungen. Keine Menschenseele würde davon erfahren. Ausserdem, mein Kunde bezahlt gut.»

«Nein und nochmals nein! Diese Idee kannst du dir gleich aus dem Kopf schlagen. Zudem, bei der Sicherung der Spuren wurde denen der Wohnungsbewohner bestimmt Beachtung geschenkt.»

«Sicher?»

«Hundertpro.»

«Vielleicht auch nicht. Polizisten sind auch nur Menschen. Wie komme ich da nur weiter?»

«Am besten auf legalem Weg. Möchtest du noch etwas trinken?»

«Hast du Bier hier?»

«Ein Klosterbräu?»

Milan nickte.

Ruben ging in die Küche und kam mit zwei Flaschen zurück. Die beiden prosteten sich zu.

«Etwas anderes, Ruben ...»

«Ja?»

«Am Samstag war eine Frau an unserem Konzert. Ich muss sie unbedingt wiedersehen.»

«Mach ein Date mit ihr. Lade sie zum Essen ein, oder geh mit ihr ins Kino.»

«Es gibt da ein Problem.»

«Ist sie verheiratet?»

«Ich hoffe nicht. Ich weiss weder, wie sie heisst, noch, wo sie wohnt. Ich habe diese Frau noch nie gesehen. Unsere Blicke trafen sich und es hat Boom gemacht.»

«Oh Mann, du glaubst an die Liebe auf den ersten Blick?» Ruben stiess Milan scherzhaft gegen die Schulter.

«In diesem Fall ja. Von meiner Seite aus sicher.»

«Du in einer Beziehung. Das kann ich mir gar nicht vorstellen. Wie lange ist das her?»

«Etwas über sieben Jahre. Die Frauen gehen mir meist schnell auf die Nerven.»

«Dann schmink dir die Alte ab.»

«Bei ihr ist es anders. Als sie mich angesehen hat, lag ein Hauch von Magie in der Luft. Ihre Augen strahlten wilde Leidenschaft, aber auch Melancholie aus.»

Ruben lachte. «Wie poetisch. Ich wusste gar nichts von diesem Talent bei dir. Goethe würde vor Neid erblassen, wäre er noch unter den Lebenden.»

«Ich muss diese Frau wiedersehen. Ich spüre es, das könnte passen.»

Ruben klopfte sich auf die Oberschenkel. Er lachte erneut los. «Milan, dich hat es ganz schön erwischt.»

«Ich denke seit Samstagabend nur noch an sie. In meinem Kopf hat es keinen Platz mehr für andere Dinge.»

«So kenne ich dich gar nicht. Ich dachte immer, du wärst der geborene Junggeselle.»

«Der letzte Samstag hat alles verändert. Ausserdem, es wird Zeit, eine feste Bindung einzugehen.»

«Stimmt, du bist immerhin schon vierunddreissig. Also schon bald ein alter Mann.»

«Ruben!»

«Erzähl mir mehr von der Frau.»

«Ich weiss nichts über sie. Nichts.»

«Milan, du machst mir Angst. Das nennt man Torschlusspanik.»

«Verdammt nochmal, ich liebe diese Frau! Ja, ich habe Schmetterlinge im Bauch und könnte kotzen vor lauter Nervosität.»

«Über was habt ihr gesprochen? Du hättest sie immerhin nach ihrer Telefonnummer fragen können.»

«Ich habe kein Wort mit ihr gesprochen. Ich habe sie von der Bühne aus gesehen. Sie hat mir immer wieder Blicke zugeworfen. Nach dem Konzert war sie fort. Unauffindbar.»

«Mein Gott, du bist blind vor Liebe. Vielleicht ist sie die grösste Zicke zwischen dem Schwarzwald und den Glarner Alpen.»

«Vielleicht. Aber wenn ich sie nicht treffe, werde ich es nicht herausfinden.»

«Wie sieht sie aus?»

«Zauberhaft, einfach nur zauberhaft.»

«Geht's auch etwas genauer?»

«Schwarze mittellange Haare, dunkle Augen, dunkler Teint, Tattoos.»

«Seit wann stehst du auf Tattoos? Du hast es also gern etwas verrucht?»

«Ruben, sei mal für einen Moment ernst.» Milan fasste ihn an die Schulterblätter. «Ich liebe diese Frau! Ich bin total von der Rolle.»

***

Milan stieg in seinen Mitsubishi. Beim zweiten Versuch sprang der Wagen an. Ins Navi gab er die Freihofstrasse in Zürich ein. Er drückte aufs Gaspedal und fuhr los.

Die Freihofstrasse liegt unweit des Letzigrund Stadions, dort wo der FC Zürich und der Grasshopper-Club um Punkte kämpfen, wo Bon Jovi, Robbie Williams und Ed Sheeran schon die Massen begeistert haben. In diesem ehrwürdigen Stadion lief der Deutsche Martin Lauer im Jahr 1959 einen Weltrekord über 110 Meter Hürden und doppelte zwei Stunden später über die längere Distanz nach – heutzutage ein Ding der Unmöglichkeit.

In der Freihofstrasse stellte Milan seinen Wagen auf ein weisses Parkfeld. Er schaute auf die Uhr: kurz vor neunzehn Uhr. Nina Andermatt hatte längst Feierabend und müsste zuhause sein. Sie war für ihn mittlerweile die Hauptverdächtige in seinem Fall, sie und ihr Freund.

Milan ging einige Minuten die Strasse auf und ab und überlegte. Er hatte sich dazu entschlossen, bei der jungen Bankangestellten zu klingeln, nun klügelte er sich eine Taktik aus.

Jetzt stand er vor dem Wohnhaus. Er war kurz davor, die Türklingel zu drücken. Sein Handy in der Hosentasche vibrierte, er holte es hervor und schaute aufs Display. ‹Die Beste›, stand darauf. Seine Mutter. Er ging einige Schritte vom Haus weg und nahm ab.

«Hallo Ma, wie geht's?»

«Nicht schlecht. Kommst du morgen zum Abendessen vorbei?»

«Ich kann es einrichten. Sagen wir um achtzehn Uhr? Bis dann.»

Er verstaute sein Handy in der Hosentasche und ging wieder in Richtung Haus. Die Haustür öffnete sich und ein Mann trat ins Freie. Er war um die dreissig Jahre alt und trug einen ungepflegten Bart. Das schwarze Cap hatte er sich tief ins Gesicht gezogen. ‹Washington Capitals›, stand darauf. Der Typ rempelte ihn an, würdigte ihn aber keines Blickes. Er schien es eilig zu haben. War er es? Vielleicht. Vertrauenswürdig sah er jedenfalls nicht aus.

Milan drückte auf die Klingel. Einige Sekunden später ging der Türöffner. Er stiess die Tür auf und huschte ins Treppenhaus. Er ging die Stufen hoch. Endlich, im zweiten Stock stiess er auf die Beschriftung ‹N. Andermatt›. Die Wohnungstür war nur angelehnt, er klopfte an.

«Komm rein. Nimm deinen ganzen Kram mit und verschwinde!», hörte er eine Frauenstimme.

Milan stiess die Wohnungstür auf und trat zögernd ein. Im Wohnungsflur stand eine junge Frau und schaute ihn mit grossen Augen an. Sie hatte dunkle Haare und ein hübsches Gesicht. Nina Andermatt. Sofort fiel ihm die Farbe ihrer Fingernägel auf. Sie waren blutrot gefärbt.

«Wer bist du?»

Er ging nicht auf ihre Frage ein. «Ist Ben da? Ich will zu Ben.»

Die Frau war geschockt. «Ben Bissig?»

Milan nickte.

«Was willst du von ihm? Woher hast du meine Adresse?» Milan spürte ihren Zorn. «Ich habe dich was gefragt.»

«Na ja, ich kenne ihn vom …, du weisst schon.»

«Aus dem Knast?»

Er nickte.

«Er hat dir meine Adresse gegeben?»

Milan sagte nichts.

«He, ich habe dich was gefragt! Hat er dir meine Adresse gegeben?»

Milan nickte erneut.

«Dieses verdammte Arschloch! Sieh zu, dass du Land gewinnst.»

Nina schob ihn rückwärts aus der Tür, zurück ins Treppenhaus. Sie ging zurück in die Wohnung und schloss die Tür ab.

Er hätte sich bei seinem Vorhaben mehr Erfolg gewünscht. Doch eines wusste er, Ben Bissig und Nina Andermatt musste er im Auge behalten.

Milan öffnete den Kofferraum seines Wagens. Darin befand sich ein kleines Kleiderlager. Im Handumdrehen war er umgezogen. Die blaue Jacke tauschte er gegen eine in weisser Farbe aus. Im Wagen klebte er sich einen gepflegten Bart an. Er hatte ihn für viel Geld erworben. Er war haargenau auf seine natürliche Haarfarbe abgestimmt. Die nach hinten frisierten Haare strich er nach vorn und befestigte sie mit viel Haarspray. Zum Schluss setzte er sich eine schwarze Hornbrille auf. Er schaute in den Rückspiegel und lachte. So hätte ihn nicht mal seine Mutter erkannt. Er sah aus wie ein Streber. Einer, der seinen Kopf immer nur in Sachbücher steckt. Er richtete sich auf einen langen Abend ein und liess die Lehne des Fahrersitzes etwas nach hinten. Es durfte schon etwas bequem sein. Einschlafen jedoch, das kam nicht in Frage. Er griff zur Mineralwasserflasche, die im Getränkehalter stand, und nahm einen Schluck. Das Wasser schmeckte abgestanden, die Flasche hatte er bestimmt schon vor einer Woche zum ersten Mal geöffnet.

Den Blick stets auf das Haus gerichtet, in dem Nina Andermatt wohnte, sass er schon über eine Stunde im Wagen. Viel war nicht passiert. Vor etwa zwanzig Minuten war eine Frau mit einem Kinderwagen aus dem Haus gekommen. Vor zwei Minuten war ein alter Mann mit seinem Dackel von einem Spaziergang zurückgekehrt. Selbst das Abendprogramm im Schweizer Fernsehen wäre unterhaltsamer gewesen. Er war nicht hier, um sich gut zu unterhalten. Er wollte den Fall so schnell wie möglich lösen. Vielleicht kam Ben Bissig nochmal vorbei. Wohnte er gar bei ihr? Unterdessen wusste er mit Bestimmtheit, dass der Kerl, der ihn vor der Haustür angerempelt hatte, Ben Bissig war. Ruben hatte ihm auf sein Bitten hin ein Polizeifoto des Ex-Knastis aufs Handy geschickt. Milan dankte es seinem Kumpel. Ruben hatte sich beim Versenden des Fotos bestimmt beinahe in die Hose gemacht. Er war top seriös. Sehr zuverlässig. Manchmal kam er für Milan seriöser rüber als der Papst während der Erteilung des österlichen Segens Urbi et orbi von der Loggia über den Portalen des Petersdoms aus. Das war Ruben. Charakterlich voll in Ordnung. Ruhig. Abgeklärt. Dabei stammte er zur Hälfte aus dem Land, in dem Tequila und Pulque fliessen. Tico, sein Zwillingsbruder, war ihm sehr ähnlich. Mexikaner waren normalerweise heissblütig, leidenschaftlich und feurig, so wie ihre Speisen. Alejandro, der Älteste, war durch und durch Mexikaner. Auch von der Hautfarbe her war er etwas dunkler als Ruben und Tico. Hatte Alejandro tatsächlich denselben Vater wie die Zwillinge? Oder war er ein Kuckuckskind? Wobei, das hätte er Salma niemals zugetraut.

Das Leben als Detektiv war nicht immer interessant. Die Arbeit bestand oft aus Warten, so auch heute. Mittlerweile war es dunkel geworden. Milan schlief beinahe das Gesicht ein. Plötzlich kam Nina Andermatt aus dem Haus und damit Bewegung ins Spiel. Er war auf einen Schlag hellwach.

Im Rückspiegel sah er, wie sie auf dem Gehsteig in Richtung Badenerstrasse spazierte. Er blieb einen Moment im Wagen sitzen. Als sie hundert Meter von ihm entfernt war, stieg er aus und folgte ihr unauffällig. Die junge Frau überquerte die Badenerstrasse. Auf Höhe des Letzigrund Stadions zog sie ein Handy aus ihrer Gucci-Tasche, wählte eine Nummer und hielt es sich ans Ohr. Milan war zu weit weg, er konnte kein Wort verstehen. Er folgte ihr weiter in Richtung Albisriederplatz. Auf Höhe der Zypressenstrasse blieb sie stehen, zündete sich eine Zigarette an und ging weiter. Milan musste sich beeilen, ihre Schritte wurden immer schneller. Zweihundert Meter weiter verschwand sie in einem Restaurant.

Jetzt war auch Milan beim Lokal angelangt. Für einen Moment blieb er vor dem Eingang stehen. Mit den Händen prüfte er nochmals den Sitz des Barts. Dann trat er ein.

***

Arno schaute auf die Uhr, es war schon spät. Irina hatte ihm geschrieben, dass sie mit einer Kollegin in Zürich etwas trinken gehe. Er wartete auf ihre WhatsApp-Nachricht, war müde und wäre gerne schlafen gegangen. Sein Handy blieb auch in der nächsten halben Stunde stumm.

War Irina wirklich mit einer Kollegin unterwegs? Er traute seiner Freundin nicht. Es war nicht normal, dass sie unter der Woche um die Häuser zog. Noch vor einem Monat wäre sie nach der Arbeit sofort nach Hause gekommen und den ganzen Abend keine Sekunde von seiner Seite gewichen. So sehr er sich damals ein wenig Distanz von ihr gewünscht hätte, so sehr ärgerte er sich heute über ihr Eigenleben, das sie plötzlich entwickelt hatte.

Er ging ins Bad und putzte sich die Zähne. So konnte er sich gleich ins Bett fallen lassen, nachdem er seine Freundin am Bahnhof abgeholt hatte.

Was war das? Hatte es eben an die Wohnungstür geklopft? Arno ging ins Wohnzimmer. Jetzt klopfte es schon wieder, ganz leise. Wer war das? Sein Herz begann schneller zu schlagen. Er schaute durch den Türspion und drehte den Schlüssel im Türschloss.

«Irina, wieso hast du nicht geschrieben?»

«Ich wollte nicht, dass du nochmal aus dem Haus musst, habe gerade noch den letzten Zug erwischt und bin den Rest zu Fuss gegangen.»

«Irina, ich mag es nicht, wenn du um diese Uhrzeit allein unterwegs bist. Da draussen lauern viele Gefahren.»

«Du siehst, ich bin heil angekommen. Ich bin nicht aus Pappe. Ausserdem weiss ich mich zu wehren.»

Sie zog den Pfefferspray aus dem Handtäschchen. Arno hatte ihn vor zwei Wochen gekauft, nachdem sie tagsüber im Niederdorf von einem wildfremden Kerl bedrängt worden war. Damals war sie um Haaresbreite Schlimmerem entgangen. Nur weil ihre Chefin im richtigen Moment um die Ecke kam und um Hilfe schrie, liess der Kerl von ihr ab.

Irina trat in die Wohnung, gab Arno einen flüchtigen Kuss und verschwand im Bad.

Er setzte sich auf die Couch. Komisch, Irina sagte, sie habe den letzten Zug genommen. Er schaute auf die Uhr, es war vierzig Minuten nach Mitternacht. Nicht mal Mujinga Kambundji hätte es in solch kurzer Zeit vom Bahnhof Dielsdorf bis in die Südstrasse geschafft. Irgendetwas konnte da nicht stimmen.

5. Kapitel

Es war kurz vor zwölf Uhr mittags. Milan hatte Feierabend in seinem einen Job in der Werbeagentur. Den ganzen Morgen hatte er vor dem Computer gebrütet. Kein guter Slogan war ihm in den Sinn gekommen. Der Kunde wollte das fertige Werbeprodukt Ende Woche begutachten. Normalerweise sprudelten die Ideen nur so aus seinem Kopf. Heute war er blockiert. War das neue trendige Sommergetränk prickelnd bis in die Fussspitzen? Zu einfach. Eine Flasche von die Bier, die so schön hat geprickelt in meine Bauchnabel, hatten wir schon in einer anderen Werbung. Was war das nochmal? Genau, Schöfferhofer Weizen.

Die Zeit wurde knapp. Morgen musste eine zündende Idee her. Heute war er zu stark abgelenkt.

***

Milan hatte News für Arno. Die beiden hatten im Café der Bäckerei-Conditorei Fleischli bei der Post Bülach abgemacht. Ausgerechnet heute Morgen war Milans Auto nicht angesprungen, er musste mit der Bahn in die Werbeagentur nach Zürich, jetzt war er damit unterwegs nach Bülach.

Der Zug fuhr in Rümlang ein. Er hasste das Zugfahren, es gehörte ganz und gar nicht zu seinen Lieblingsbeschäftigungen.

Nervös trommelte er mit den Fingern auf die Ablage des Abteils. Plötzlich wurde er noch nervöser. Sein Herz begann zu schlagen, als hätte er gerade einen Dreifachsalto gemacht. Hatte er Halluzinationen? Sie sass auf einer Bank auf dem Perron – die Schöne vom Konzert. Die Frau, die ihm die letzten Tage das Einschlafen so erschwert hatte. Ihre Blicke trafen sich für einen Moment. Sie senkte ihren Blick sofort, schaute wieder hoch, lächelte, senkte ihren Blick erneut. Sollte er aussteigen? Das war seine Chance. Die Schöne sass nur wenige Meter von ihm entfernt. Er musste sich schnell entscheiden. Sitzenbleiben oder aufstehen? Das Date mit Arno sausenlassen, oder seine Traumfrau erneut aus den Augen verlieren?

Der Lokomotivführer nahm ihm die Entscheidung ab. Der Zug setzte sich langsam in Bewegung. «Verdammte Scheisse», fluchte Milan leise vor sich hin, «bin ich ein Idiot.»

«Was haben Sie gesagt?» Das alte Mütterchen ihm gegenüber schaute ihn fragend an.

«Entschuldigen Sie, ich habe gerade mit mir selbst geredet.»

«Da bin ich aber beruhigt, dass das auch jungen Leuten passiert. Ich erwische mich auch manchmal dabei, aber ich bin alt. Sie sind jung. Ich hoffe, Sie nehmen keine Drogen.»

Die Alte ging ihm sowas von auf die Nerven. Er blieb freundlich, war schliesslich gut erzogen. «Keine Angst, ich nehme ganz bestimmt keine Drogen.»

«Das hat Karli selig auch immer gesagt und dann ist er an einer Überdosis gestorben. Heroin. Mit fünfundzwanzig Jahren hat er mich mit den Kindern allein zurückgelassen.»

«Das tut mir leid.»

Die Frau ging ihm immer noch auf die Nerven. Kurz kam etwas Mitleid auf. Sie hatte bestimmt kein leichtes

Leben. Zum Glück stieg sie in Oberglatt aus, er hätte sie nicht länger ertragen, er hatte seine eigenen Probleme. Er hatte soeben die Frau, die ihm so viel bedeutete, zum zweiten Mal aus den Augen verloren. Er überlegte. Diese Frau wusste eigentlich ziemlich viel über ihn, sie kannte den Namen der Band, in der er sang. Sie kannte zumindest seinen Vornamen. Wenn sie denn wollte, wäre es für sie ein Leichtes gewesen, ihn ausfindig zu machen. Das hatte sie bis jetzt nicht getan, also schien das Interesse nicht gegenseitig zu sein. Aber wieso hatte sie ihn so freundlich angelächelt? Spielte sie ein grausames Spiel?

Er war so in Gedanken versunken, dass er es beinahe verpasst hätte in Bülach auszusteigen.

Die siebenhundert Meter bis zur Bäckerei legte er zu Fuss zurück.

Arno sass schon im Gartenbereich, mit einer eisgekühlten Cola vor sich. Milan setzte sich zu ihm, drückte ihm die Hand und stand gleich wieder auf. Er holte sich an der Theke ein Mineralwasser und ein Salamisandwich.

«Und? Was hast du mir zu erzählen?» Arno zupfte mit dem linken Daumen und dem Zeigefinger nervös an seinem linken Ohrläppchen herum, was Milan ziemlich auf die Nerven ging. Er liess sich jedoch nichts anmerken.

«Ich war gestern Abend bei Nina Andermatt.»

«Und? Was hast du herausgekriegt?»

«Zuerst war ich in ihrer Wohnung. Mann, war die sauer, als ich sie nach Ben Bissig gefragt habe.»

«Ben Bissig?»

«Das ist ihr langjähriger Freund. Er sass sechs Jahre im Knast. Er hat eine Tankstelle überfallen.»

«Dafür sitzt man sechs Jahre?»

«Für Raub gibt es mindestens fünf Jahre. Er hat eine geladene Waffe benutzt und eine Geisel genommen.»

«Der Freund von Nina Andermatt ein Krimineller? Das macht sie natürlich noch verdächtiger. Wie kommst du an diese Informationen?»

«Ich habe gute Beziehungen. Aber es kommt noch dicker.»

«Okay, erzähl weiter.»

«Nina Andermatt hat mich wütend aus ihrer Wohnung geschmissen. Danach habe ich sie von meinem Wagen aus observiert. Lange Zeit ist nichts passiert. Plötzlich ist sie aus dem Haus gegangen. Ich bin ihr zu Fuss gefolgt.» Milan legte eine Sprechpause ein.

«Erzähl, ich bin gespannt, wie die Geschichte weitergeht. Ist schon eher aussergewöhnlich, dass eine Beziehung sechs Jahre Knast überlebt.»

«Wenige hundert Meter vom Letzigrund Stadion entfernt ist sie in ein Restaurant gegangen, ich ihr natürlich hinterher. Sie hat sich ein Bier bestellt. Ich habe mich an einen Nebentisch gesetzt und behielt sie stets im Auge.»

«Hat sie dich nicht erkannt? Du warst ja vorher bei ihr an der Wohnungstür.»

«Ich bin ein Verwandlungskünstler. Schau mal.» Er klaubte sein Handy aus der Hosentasche. «Mit ein paar Handgriffen habe ich mich in diesen Typ verwandelt.» Er zeigte Arno ein Foto auf dem Handy.

Arno lachte. «Das bist du? Sorry, aber in Natura gefällst du mir besser. Auf dem Foto siehst du aus wie ein Theologiestudent im zweiundsiebzigsten Semester.»

«Nicht frech werden. Ich habe mir grosse Mühe gegeben.»

«Kennst du den übrigens schon? Ein Pfarrer und ein Busfahrer stehen vor dem Himmelstor. Beide bitten um Einlass. Petrus lässt den Busfahrer eintreten …»

«Wollen wir uns jetzt nicht um dein Geld kümmern?»

«Gleich. Lass mich zuerst den Witz zu Ende erzählen. Also, Petrus lässt den Busfahrer eintreten. Den Pfarrer lässt er draussen stehen. Der Pfarrer will wissen, wieso er nicht in den Himmel darf. Petrus sagt zu ihm: ‹Wenn du am Sonntagmorgen jeweils deine Predigt gehalten hast, sind alle Leute in der Kirche eingeschlafen. Wenn der Busfahrer am Steuer sass, haben immer alle Leute im Bus gebetet.›»

Milan musste schmunzeln. Arno machte sich beinahe in die Hosen vor Lachen.

«Ist ja gut, Arno. Der ist nicht schlecht, aber krieg dich wieder ein.»

Das Lachen hörte blitzartig auf.

«Zurück zu Nina Andermatt. Eine ganze Weile sass sie im Restaurant und spielte an ihrem Handy herum. Sie bestellte sich ein zweites Bier. Irgendwann ging die Tür auf. Ben Bissig setzte sich zu ihr.»

«Wieso weisst du, dass es Ben Bissig war?»

«Ich habe vorgesorgt. Ich habe ein Foto von ihm. Er ist ein komischer Typ mit einem ungepflegten Bart. Ich weiss nicht, was diese Frau an ihm findet. Die Baseballmütze hatte er sich tief ins Gesicht gezogen, als hätte er etwas zu verbergen.»

«Hast du gehört, was die beiden gesprochen haben?»

«Klar, sie hat ihn gleich angefaucht, was er sich dabei gedacht habe, einem Knastkollegen ihre Adresse zu geben.»

«Jetzt musst du mir weiterhelfen. Ich kapiere gar nichts mehr.»

«Ich habe mich bei ihr an der Wohnungstüre als ehemaligen Knastkumpel von Ben ausgegeben.»

«Genial.»

Tat das gut. In letzter Zeit war Milan nicht gerade mit Komplimenten überhäuft worden. Dass ihn Cindy mit Weichei und Knallfrosch betitelt hatte, tat immer noch weh. Na ja, sie würde sich schon wieder beruhigen. Die schöne Fremde konnte er sich eh wieder aus dem Kopf radieren. Die hätte sich längst bei ihm gemeldet, wenn sie Interesse an ihm hätte. Oder doch nicht? War sie eine Frau der alten Schule? War es für sie selbstverständlich, dass der Mann den Anfang machte? So sah sie allerdings nicht aus. Eine Frau mit Tattoos an den Armen war bestimmt aufgeschlossen und nicht altmodisch. War sie einfach zu scheu?

«Milan?»

«Ja?»

«Rede weiter. Du scheinst in Gedanken zu sein.»

«Ich? Nein. Bin völlig bei dir.»

«Wie hat Ben auf die Anschuldigung reagiert?»

«Er hat alles abgestritten. Ist ja auch klar. Ich denke, ich habe mit meiner Aussage einen Grosskrieg zwischen den beiden ausgelöst. Nina Andermatt hat ihrem Freund die übelsten Fluchworte an den Kopf geschmissen. Er könne sich ihr gemeinsames Vorhaben aus der Birne streichen. Er sei unzuverlässig. Er sei und bleibe ein Nichtsnutz. Ein Vollidiot. Ein Vollpfosten. Ein Mistkerl. Ein Idiot. Ein Blödhammel. Ein ...»

«Milan, ich habe verstanden.»

«Immer wieder beteuerte Ben, dass er ihre Adresse bestimmt niemandem gegeben habe. Sie sagte zu ihm: ‹Zieh dein Ding allein durch, ich habe keine Lust, so zu enden wie du.› Da ist ihm die Hand ausgerutscht. Ohne Vorwarnung hat er ihr eine schallende Ohrfeige verpasst. Danach ist er aufgestanden und hat das Lokal wortlos verlassen.»

«Meinst du, die beiden hatten weitere kriminelle Taten geplant?»

«Ihre Worte könnten darauf schliessen.»

«Milan, wir gehen jetzt zur Polizei. Die sollen die DNA von Nina Andermatt mit den gesicherten Spuren am Tatort vergleichen.»

Milan schüttelte den Kopf. «So einfach ist das nicht. Die Polizei will stichhaltige Beweise, sonst unternehmen die nichts. Sie statten ihr höchstens mal einen Besuch ab. Dann wäre sie gewarnt.»

«Okay. Wie willst du weiter vorgehen?»

«Ich muss an der Bankerin dranbleiben. Ich habe noch ein wenig weiter nachgeforscht über Ben Bissig. Als Jugendlicher ist er schon einmal strafffällig geworden.»

«Was hat er angestellt?»

«Hör zu. Er hat in der Nacht an einem abgelegenen Ort ein Auto angehalten, den Fahrer, einen alten Mann, überwältigt und ihm das Geld abgenommen.» Arno schaute Milan mit offenem Mund an. «Beinahe wie bei mir! Ich wurde bestimmt von Ben Bissig und Nina Andermatt ausgeraubt. Milan, das muss für die Polizei reichen.»

«Tut es nicht, ich kenne mich da aus. Vielleicht sind wir auf einer ganz falschen Spur.»

«Das glaube ich nicht. Ben und seine Freundin sind das Gaunerpärchen. Seine Vorgeschichte passt doch wie die Faust aufs Auge.»

«Ist möglich, muss aber nicht sein. Da bleiben noch deine Freundin Irina und dein Nachbar. Zählst du die beiden nicht mehr zu den Verdächtigen?»

«Meine Freundin benimmt sich immer noch komisch. Sie ist in der Nacht erst sehr spät nach Hause gekommen. Angeblich war sie mit einer Kollegin unterwegs. Ich denke, die tischt mir lauter Lügengeschichten auf.»

«Ich kann sie ja mal im Geschäft besuchen. Wo sagtest du, arbeitet sie? Im Niederdorf?»

«Ja, in einer Modeboutique im Niederdorf. Aber sie zu besuchen bringt nichts, sie erkennt dich bestimmt gleich.»

«Hast du mein Talent, mich in einen völlig anderen Menschen zu verwandeln, schon vergessen?»

«Ein alternder Theologiestudent in einer trendigen Modeboutique, ich weiss nicht so recht.»

«He, jetzt mal langsam. Ich habe noch andere Maskeraden auf Lager.»

«Interessant wäre es schon, was du über sie herausfinden würdest.»

«Ich werde sie morgen Nachmittag besuchen.»

«Da bin ich mal gespannt, habe aber auch Angst vor der Wahrheit.»

«Da musst du durch.»

«Übrigens, mein Nachbar Pavel Jaskin ist gestern Nacht so gegen elf Uhr mit seinem Auto davongefahren.»

«Ich könnte ihm mal hinterherfahren.»

«Ja, mach das. Vielleicht fährt er heute Abend wieder weg.»

«Heute Abend geht's leider nicht. Ich bin nicht mobil. Mein Auto ist heute Morgen nicht angesprungen.»

«Kannst du Motorrad fahren?»

«Klar. Wieso?»

«Dann nimm meines.»

«Wenn du mir das anbietest, gern.»

«Es ist nur eine alte 250er Kawasaki, aber sie erfüllt den Zweck. Ich träume schon lange von einer Harley. Meine Freundin spielt da nicht mit, sie hält nichts von Motorrädern. Zu gefährlich, sagt sie.»

«Kein Problem, Arno, deine alte Kawa reicht mir. Fällt auch weniger auf als eine Harley.»

«Komm mit mir nach Hause. Dann kannst du sie gleich mitnehmen.»

Die beiden standen auf und wollten das Geschirr in den dafür bereitgestellten Wagen stellen.

«Lassen Sie das Geschirr ruhig stehen, ich übernehme das für Sie», sagte die sympathische Bäckereiangestellte, während sie die freien Tische abwischte.

«Herzlichen Dank», sagten Milan und Arno gleichzeitig.

«Ich habe zu danken. Vielen Dank für den Besuch.»

***

Der Helm drückte etwas, als Milan mit der Kawasaki in Richtung Kloten fuhr. So viel kleiner als sein Kopf war Arnos doch gar nicht. Lag das etwa an der grösseren Gehirnmasse? Er musste schmunzeln.

Er fuhr nicht direkt nach Hause. Beim Bahnhof Rümlang stoppte er. Zu Fuss ging er zu den Gleisen und schaute auf die Bank, auf der die schöne Fremde gesessen hatte. Natürlich war sie leer. Wie naiv bin ich, ärgerte er sich über sich selbst. Habe ich wirklich gedacht, die Fremde hätte nichts Besseres zu tun, als hier auf mich zu warten? Ich bin ein Idiot. Ich muss diese Frau endlich aus meinem Kopf streichen.

Leichter gedacht als getan. Er setzte sich auf die Bank und überlegte. Wieso war die Frau hier am Bahnhof gewesen? Wohnte sie in Rümlang? Arbeitete sie hier? Die schöne Unbekannte nistete sich in seiner Gedankenwelt ein. Er musste sie finden. Sie war im Moment wichtiger als alles andere auf der Welt.

Er ging zum Motorrad und schwang sich auf den Sattel. Mit ohrenbetäubendem Lärm fuhr er los. Zuhause wollte er sich hinlegen und ein Nickerchen machen, ehe es dann frischgeduscht zu seiner Mutter ging.

***

Milan fuhr bei seiner Mutter in Niederglatt vor. Sie bewohnte eine kleine Wohnung in der Nähe der Post.

Die Haustür war nicht abgeschlossen. Er ging in den zweiten Stock und klingelte.

Nach kurzer Zeit öffnete eine blonde kleine Frau die Tür: Eva, Milans Mutter. Ihre achtundfünfzig Jahre sah man ihr nicht an, sie wirkte bedeutend jünger. Ihr

Lächeln verschwand blitzartig, als sie den Helm sah, den Milan in der linken Hand hielt.

«Seit wann fährst du Motorrad? Das ist viel zu gefährlich.»

«Mein Wagen ist heute Morgen nicht angesprungen. Ich habe das Motorrad ausgeliehen.»

«Pass auf, Milan. Du bist der wichtigste Mensch in meinem Leben. Ich möchte dich nicht verlieren.»

Er trat ein und umarmte seine Mutter. «Ma, ich pass schon auf. Ab Morgen bin ich wieder mit dem Auto unterwegs. Es war gerade einer vom TCS bei mir und hat die Batterie ausgewechselt.»

Milan wusste, dass seine Mutter in ständiger Angst um ihn lebte. Sie hatte sich nie ganz vom Tod seines Vaters erholt. Sie war vierundzwanzig Jahre alt gewesen, als der Unfall geschah. Seither war sie keine Beziehung mehr eingegangen, zumindest offiziell. So richtig konnte Milan nämlich nicht glauben, dass sie seit vierunddreissig Jahren nur noch Wasser und Seife an ihren Körper liess.

Er war sehr behütet aufgewachsen. Manchmal hatte ihn seine Mutter vor Liebe beinahe erdrückt. Oft hatte er sie im Stillen weinen gehört, es hatte ihm jedes Mal beinahe das Herz zerrissen. Er wollte, dass seine Mutter glücklich war. Auch heute noch pflegten die beiden ein sehr intensives Verhältnis.

Bisher hatte er seiner Mutter erst eine seiner Freundinnen vorgestellt. Das war über zehn Jahre her und nicht sehr gut ausgegangen. Er hatte damals das Gefühl, dass seine Mutter eifersüchtig auf seine Freundin war. Wie würde seine Mutter wohl auf die schöne Unbekannte reagieren? Sie schwirrte immer noch in seinem Kopf herum. Wäre sie bei ihr willkommen?

Mutter tischte heissen Fleischkäse mit Kartoffel salat auf. Ein einfaches Gericht, das hervorragend schmeckte und bei Milan stets Jugenderinnerungen auf kommen liess.

«An was für einem Fall arbeitest du gerade?»

«Ein Mann wurde ausgeraubt. Ich suche nach dem Gaunerpärchen.»

«Aber du passt schon auf.»

«Klar, Ma, du weisst, ich bin ein vorsichtiger Mensch.»

Er sagte genau das, was seine Mutter hören wollte und glaubte ihr Aufatmen zu hören.

«Und bei dir? Alles in Ordnung?»

«Klar, mein Sohn. Fünf Tage arbeite ich wie ver rückt, damit ich meine zwei freien Tage beinahe kom plett verschlafe. Ist das nicht wunderbar?»

Milan wusste, seine Mutter hatte es streng. Sie arbei tete an der Kasse in einem Discounter. Manchmal klagte sie über Schmerzen in ihren Handgelenken.

«Ma, ich verspreche dir, wenn ich den Sechser im Lotto endlich hole, musst du nicht mehr arbeiten.»

«Bis dann bin ich hundertfünf Jahre alt und kriege längst die Altersrente.»

«Ich sehe, du hast vollstes Vertrauen in deinen Sohn.»

Eva lächelte.

«Ma, es wird Zeit, dass du eines meiner Konzerte be suchst. Am Samstag haben wir den nächsten Auftritt in Oerlikon.»

«Ich weiss nicht so recht, ich gehe nicht gern unter Leute. Du schickst mir regelmässig Videos von deinen Konzerten, die sehe ich mir immer und immer wieder an und zeige sie auch meinen Arbeitskolleginnen. Ich bin sehr stolz auf dich.»

«Und was sagen die Kolleginnen zu den Videos?»

«Die sind mittlerweile genauso grosse Fans von dir wie ich.»

Milan fühlte sich geschmeichelt. «Es wäre schön, dich einmal live dabei zu haben.»

«Und dann stehe ich da allein herum wie bestellt und nicht abgeholt.»

Der Versuch war wieder einmal in die Hose gegangen.

***

«Was schaust du ständig aus dem Fenster? Erwartest du Besuch? Hoffentlich nicht diesen komischen Detektiv.»

«Irina, ich erwarte keinen Besuch. Der Blick aus dem Fenster ist interessanter als das heutige Fernsehprogramm.»

«Du könntest zum Beispiel auch ein wenig mit mir quatschen. Oder mich wieder mal in den Arm nehmen.»

Er wusste nicht mehr, woran er bei Irina war. Mal war sie distanziert, dann wieder wollte sie kuscheln. Er ging in die Küche, gab Irina einen Kuss auf den Mund und streichelte ihren Rücken. Er ging wieder zum Fenster.

Sie schmiss ihr halbvolles Wasserglas gegen den Küchenboden. Es zerbrach in tausend Scherben. «Du erwartest doch jemanden. Verdammter Lügner!»

Er erschrak. Sein Puls ging schneller. Am liebsten hätte er die Wohnung verlassen. Der Rest des Abends war Schweigen. Um dreiundzwanzig Uhr ging Irina, ohne ihm eine gute Nacht zu wünschen, ins Bett. Arno ging wieder ans Fenster. Er sah Pavel Jaskin in seinem Wagen davonfahren. Er griff zum Handy und wollte Milan eine Nachricht schreiben. Dieser hatte ihm bereits geschrieben. *«Es geht los. Jaskin steigt in seinen Wagen. Melde mich morgen bei dir. Gruss Milan.»*

***

Mit einigem Abstand fuhr Milan hinter dem alten Ford Mondeo her. Pavel Jaskin fuhr über Regensdorf nach Zürich Affoltern. An der Riedhaldenstrasse stellte er seinen Wagen ab. Milan parkte das Motorrad hundert Meter entfernt ebenfalls auf einem Parkplatz. Er zog den Helm ab, legte ihn aufs Motorrad, zog sich eine Mütze über und wartete. Pavel war noch nicht ausgestiegen. Jetzt erschien er mit dem Handy am Ohr. Fünf Sekunden später verschwand es in seiner dunklen Jacke. Er öffnete den Kofferraum, entnahm diesem eine Werkzeugtasche und hängte sie sich um. Mit einem weiteren Griff holte er einen Hut mit breiter Krempe hervor. Er setzte ihn auf, nun sah er aus wie ein Handwerker. Langsam begann er sich zu bewegen, Milan folgte ihm unauffällig.

Die beiden landeten in der Regulastrasse. Plötzlich blieb Pavel Jaskin stehen und schaute sich um. Milan konnte gerade noch in Deckung springen. Jetzt beobachtete er hinter einem Busch stehend, wie Pavel auf einen grösseren Wohnblock zuging. Er verschwand in

Richtung Hauseingang. War er ein Einbrecher? Was hatte er kurz nach Mitternacht als Handwerker verkleidet an der Regulastrasse zu suchen? Nach drei Minuten ging Milan auf den Eingang des Wohnblocks zu, von Pavel keine Spur. Milan stand an der Haustür und drückte die Türklinke. Sie war nicht abgeschlossen. Komisch, um diese Uhrzeit. Hatte Pavel sie aufgebrochen? Nichts, keine Einbruchspuren. Auf jeden Fall musste er in diesem Hauseingang verschwunden sein. Milan studierte die Türklingeln. Meist ausländische, auch einige typische Schweizer Namen standen darauf. Er ging wieder auf die Strasse zurück und versteckte sich hinter dem Busch. Irgendwann musste der Kerl zurückkommen. Wenn er hier eingebrochen war, dürfte es nicht lange dauern.

Seit über einer halben Stunde wartete Milan hinter dem Busch. War Pavel hier auf Besuch? Wobei, um diese Uhrzeit und dann erst noch in Handwerkskleidung. Da stimmte was nicht.

Weitere zehn Minuten geschah nichts. Milan wollte gerade abziehen, als Pavel plötzlich auf die Strasse trat und sich in seine Richtung in Bewegung setzte. Milan drückte sich tiefer in den Busch. Auf seiner Höhe blieb Pavel hustend stehen und zündete sich eine Zigarette an. Milan hielt die Luft an. Pavel ging weiter. Milan blieb noch einige Sekunden in Deckung, dann folgte er ihm. Die Werkzeugtasche schien schwer zu sein. War sie prall gefüllt mit Diebesgut?

6. Kapitel

Mit geschwellter Brust ging Milan durch das Niederdorf. Heute Morgen war es für ihn gut gelaufen. Der Werbeslogan für das neue Sommergetränk war im Kasten. Der Kunde musste nur noch das Okay geben. Formsache. Hier vorn musste die Boutique sein. Milan blieb vor dem Schaufenster stehen und schaute ins Innere. Eine Verkäuferin um die fünfzig beriet gerade eine junge Kundin. Milan spiegelte sich im Schaufenster. Er war zufrieden mit seiner Maskerade. Mit zerzausten Haaren und in stark abgewetzter Jeansjacke würde man ihn der Obdachlosenszene zuordnen. Die schmuddelige Hose und die zerlöcherten Turnschuhe trugen sicherlich auch dazu bei. Mit den eingesetzten stahlblauen Linsen würde ihn Irina bestimmt nicht erkennen. Sie hatte ihn nur kurz gesehen und nicht gross beachtet; es war bereits mehrere Tage her.

Milan atmete nochmals tief durch und betrat den Laden. Die Verkäuferin und die junge Kundin waren immer noch in einem Beratungsgespräch. Die Angestellte schaute ihn kurz an.

«Einen Moment, ich bin gleich bei Ihnen.»

Dann widmete sie sich wieder der Kundin. Milan schaute sich im Laden um. Von Irina keine Spur. War sie im Lager? In der Pause? Er begutachtete die bunten Shirts gleich beim Eingang und behielt den Rest des Geschäfts im Auge. Er wusste noch nicht, wie er weiter vorgehen sollte. Die Verkäuferin steckte die Hose der jungen Kundin mit Stecknadeln auf die gewünschte Länge ab. Zwischendurch musterte sie ihn immer wieder mit kritischem Blick. Was ging wohl in ihrem Gehirn vor? Bestimmt hätte sie sich andere Kundschaft gewünscht.

Die Hose war abgesteckt und die Kundin verschwand in der Umkleidekabine.

«So, mein Herr, wie kann ich Ihnen helfen?» Milan griff zu einem himmelblauen Shirt und sagte: «Ich nehme dieses hier.»

«Wollen Sie es nicht anprobieren?»

«Das passt schon.» Er folgte der Verkäuferin an die Kasse und bezahlte.

Beim Herausgehen drehte er sich noch einmal um. «Ist Irina gerade in der Mittagspause?»

Die Verkäuferin schaute ihn stirnrunzelnd an. «Sie hat heute frei. Sie ist morgen wieder hier.»

Er verliess den Laden, meinte Blicke auf seinem Rücken zu spüren.

***

Arno nahm das Handy ab. Was wollte Irina von ihm? Normalerweise rief sie ihn nicht während der Arbeit an.

«Irina, wo brennt es?»

«Schatz, gehen wir heute Abend auswärts essen?»

Arno war irritiert. Das war nicht die Irina, die er kannte. Wenn sie ins Restaurant gegangen waren, dann stets auf seine Initiative hin.

«Können wir machen.»

«Gut. Ich reserviere auf zwanzig Uhr einen Tisch im Furtbächli. Ich freue mich. Bis dann.»

Ehe er antworten konnte, hatte sie bereits wieder aufgelegt. Gestern Abend hatten sie noch Streit gehabt, heute schien alles wieder in bester Ordnung zu sein.

Frauen!, dachte er, aus diesen Geschöpfen werde ich nie schlau werden. Trotzdem freute er sich auf den heutigen Abend in seinem Lieblingsrestaurant.

***

Es war gegen sechzehn Uhr, als Milan die Bank betrat.

Lange musste er nicht warten, bald war er an der Reihe. Nina Andermatt erkannte ihn sofort und zuckte leicht zusammen, als er an den Schalter trat.

«Du schon wieder? Was willst du von mir? Verschwinde», zischte sie so leise, dass die anderen Bankangestellten nichts mitbekamen.

«Ich suche mir die Bank meines Vertrauens schon noch selbst aus.»

«Was willst du?»

Nina Andermatt war eine wunderschöne Frau, hätte sie nur nicht so eine Schnute gezogen.

Milan zückte seinen Geldbeutel und nahm einen Hunderter daraus. «In Euro wechseln bitte.»

«Ich möchte deinen Ausweis sehen.»

«Das ist mir neu, dass man für den Geldwechsel seine Identität preisgeben muss.»

«Ohne Ausweis kriegst du von mir kein Geld. Ich will wissen, wer du bist.»

Seine Stimme wurde lauter. «Das ist ja unerhört! Ich werde mich …»

«Ist ja gut. Hier sind die Euro, mach keinen Aufstand. Du musst nicht die ganze Bank auf uns aufmerksam machen.»

Das Spiel machte Milan Spass. Er hatte Nina Andermatt in der Hand. Konnte er noch weitergehen?

«Ich muss Ben sprechen. Wie erreiche ich ihn?»

Nina Andermatts Gesichtsausdruck wurde nicht freundlicher. «Was willst du von ihm?»

«Er schuldet mir Geld.»

«Wieviel?»

«Zwanzig Prozent.»

«Was soll das heissen?»

«Zwanzig Prozent von seinem letzten Beutezug.»

«Pst, sei still, nicht so laut. Was weisst du darüber?»

«Alles.»

«Ach, du heilige Scheisse. Ich schlage dir einen Deal vor.»

«Einen Deal? Schiess los.» Milan spitzte die Ohren.

«Ich gebe dir tausend Franken und du verschwindest aus meinem Leben, auf Nimmerwiedersehen.»

Milan bekam einen Lachanfall. «Ein Tausender?»

Sie nickte.

«Was soll ich mit lächerlichen tausend Franken? Damit wische ich mir normalerweise den Hintern ab.»

«Okay, wir müssen reden. Aber nicht jetzt.» Sie kritzelte etwas auf einen Zettel und schob ihn Milan zu: ‹23 Uhr. *Auf dem Lindenhof Zürich. Nur du und ich.*›

«Der Lindenhof ist gross. Wo auf dem Lindenhof?»

«Setz dich auf die Steinbank neben dem Brunnen.»

«Bis später. Ich freue mich auf unser Date.»

Sie warf ihm einen bösen Blick zu.

***

«Hallo Milan, mein Akku ist bald leer. Bitte mach schnell.»

«Wieso hast du mir nicht gesagt, dass deine Freundin heute frei hat?»

«Was?»

«Ich war heute im Niederdorf. Ihre Chefin hat gesagt, sie habe heute frei.»

«Bitte verarsch mich nicht, Milan.»

«Wieso sollte ich?»

«Ich habe Irina heute Morgen selbst an den Bahnhof Dielsdorf gefahren.»

«Im Geschäft ist sie jedenfalls nicht gelandet.»

«Meine Freundin wird mir immer unheimlicher. Ich werde ihr heute Abend mal auf den Zahn fühlen. Wir gehen auswärts essen.»

«Ich habe heute Abend ebenfalls ein Date mit einer Frau.»

«Eine neue Bekanntschaft?»

«Ja.»

«Dann wünsche ich dir viel Glück.»

Milan lachte. «Meine neue Bekanntschaft heisst Nina Andermatt.»

«In meinem Kopf schwirren tausend Fragezeichen.»

«Ich habe ihr vor zwanzig Minuten einen Besuch in der Bank abgestattet. Jetzt will sie mich unbedingt an einem ruhigen Ort treffen.»

«Wieso? Hat sie sich in dich verliebt?»

Milan prustete los vor Lachen. «Kaum. Sie will mit mir reden. Ich habe sie punkto Ben Bissig ein wenig in die Enge getrieben.»

«Wo trefft ihr euch und wann?»

«Hoch über Zürich. Auf dem Lindenhof. Um dreiundzwanzig Uhr.»

«Pass auf, Milan, das könnte eine Falle sein.»

87

«Ich bin gerüstet und auf alles vorbereitet.»

«Was gibt's Neues von Pavel Jaskin?»

«Er ist gestern Abend nach Zürich Affoltern gefahren. Bin nicht ganz sicher, ob er auf Einbruchstour gegangen ist.»

«Mann, Milan, weit sind wir noch nicht gekommen in diesem Fall. Pavel, Nina und Irina sind immer noch sehr tatverdächtig.

***

Es war wie früher. Irina sang der Stimme von Sara Bareilles nach, die ihren Hit ‹Love Song› aus dem Radio schmetterte. Arno lauschte schweigend ihrer Stimme und steuerte den Hyundai in Richtung Regensdorf. So gut wie heute Abend hatte er sich lange nicht mehr gefühlt. Der Gedanke, seine Freundin könnte eine Räuberin sein, war in weite Ferne gerückt. Irgendetwas verschwieg sie ihm, aber egal, er wollte den heutigen Abend geniessen.

Der Song war zu Ende. Irina drehte das Radio etwas leiser.

«Hast du auch so einen Bärenhunger?»

«Und wie.» Arno fasste nach Irinas linker Hand.

Zwei Minuten später stellte er den Wagen vor dem Restaurant Furtbächli ab.

Von einer freundlichen Frau wurden sie an einen ruhigen Tisch geführt.

«Darf ich Ihnen schon mal etwas zu trinken bringen?»

Einige Minuten später standen zwei Gläser ‹Hugo› auf dem Tisch. Die beiden blätterten in der Speisekarte.

Wäre gar nicht nötig gewesen, wenn sie ins Furtbächli gingen, gab es für sie nur ein Menü: Chateaubriand, reichhaltig garniert, mit Béarnaisesauce. Mmh.

Zur Vorspeise, einem Tomatencremesüppchen mit Rahmhäubchen und einem Schuss Gin, stiessen die beiden mit einem stilvollen Tignanello an.

«Arno, ich möchte mich bei dir entschuldigen.»

«Für was?»

«Ich war in letzter Zeit etwas, ja, wie soll ich sagen, etwas …»

«Zickig?»

Irina lächelte. «Ja genau, ich war in letzter Zeit etwas zickig zu dir.»

Arno winkte ab. «Kein Problem, wir machen alle mal bessere und schlechtere Zeiten durch.»

«Es tut mir echt leid. Ich werde mich bessern. Ich sollte meine Probleme im Geschäft lassen.»

«Gibt's Probleme dort?»

«Meine Chefin ist manchmal unausstehlich.»

«Es gibt genug Stellen im Verkauf, such dir was anderes.»

Irina nahm Arnos rechte Hand, führte sie zu ihren vollen Lippen und hauchte einen Kuss darauf. «Arno, ich liebe dich.»

«Ich liebe dich auch.»

Das Menü war ein Gedicht. Arno hätte sich am liebsten in den Teller gelegt. Irina schien das Fleisch ebenfalls zu munden. Langsam und genüsslich schnitt sie Stück für Stück davon ab und führte die Gabel zu ihrem sinnlichen Mund.

«Ist Milan eigentlich schon weitergekommen?»

Arno schüttelte den Kopf. «Es wird schwierig werden die Täter zu schnappen.»

«Trotzdem, gut hast du ihn engagiert. Ein Versuch ist es allemal wert.»

Heute zeigte sich Irina so freundlich, so verständnisvoll. Im Moment war sie wieder so, wie er sie kennengelernt hatte. Er genoss es, mit ihr im Restaurant zu sitzen. Manchmal blitzte wieder Misstrauen auf. Wieso hatte sie ihm nicht gesagt, dass sie heute frei hatte? Wieso hatte sie sich von ihm frühmorgens an den Bahnhof Dielsdorf chauffieren lassen?

«Wie war dein Tag heute?» Arno versuchte seiner Freundin etwas zu entlocken.

«Anstrengend, aber schön.»

Das klang nach Sex mit einem anderen Mann. Hatte sie sich mit einem andern den Tag versüsst?

Er liess sich sein Misstrauen nicht anmerken.

«Anstrengend, aber schön? Das musst du mir erklären.»

«Die Kunden sind oft anstrengend. Der Gedanke daran, mit dir den Abend zu verbringen, hat den Tag für mich schön gemacht. Arno, du bist die Liebe meines Lebens.»

Er schluckte leer. Ein Lächeln zeichnete sich auf seinem Gesicht ab. Was verschwieg ihm seine Freundin?

Die Teller wurden abgeräumt. «Darf ich Ihnen die Dessertkarte bringen?» Er bejahte. Sie verneinte.

«Du willst wirklich nichts zum Dessert?» Er schaute sie fragend an. Irina wartete, bis die Bedienung ausser Hörweite war.

«Doch.»

Die Fragezeichen in Arnos Augen wurden noch grösser.

«Ich will dich zum Dessert. Aber erst wenn wir daheim sind.» Sie strahlte ihn an und errötete.

Als die Bedienung wieder an den Tisch kam, bestellte sich Arno nur eine Kugel Kokos-Eis. Es musste schnell gehen. Er hatte es plötzlich eilig.

***

Schon im heimischen Treppenhaus öffnete Arno Irinas Bluse. Er konnte es nicht erwarten sie zu spüren. Irinas Hände machten sich bereits an seinem Gürtel zu schaffen, als er den Schlüssel ins Türschloss steckte.

Die beiden huschten durch die Tür in die Wohnung. Sie nestelte ihr Handy aus dem Handtäschchen, stellte Musik ein und legte das Telefon auf den Schuhschrank. Arno konnte sich beinahe nicht mehr zurückhalten, als sie sich gekonnt zu «I just called to say I love you» bewegte und die Hüllen langsam fallen liess. Jetzt stand sie nur noch im weissen Spitzenhöschen vor ihm. Er trug sie ins Schlafzimmer und legte sie aufs Bett. Die beiden Körper verschmolzen ineinander. Irinas blutrote Fingernägel bohrten sich tief in Arnos Rücken, als sie ihre Lust herausschrie.

Eine Viertelstunde später sassen die beiden spärlich bekleidet auf der Terrasse und genossen den Sternenhimmel. Ein kühles Bier sollte ihre Körpertemperaturen wieder auf Normalstand bringen.

«War das ein schöner Abend», seufzte Irina.

***

Milan sass seit einigen Minuten auf einer Steinbank auf dem Lindenhof und bestaunte die Lichter der Stadt. Etwas mulmig war ihm schon zumute. Weit und breit war keine andere Person zu sehen. Nur das Plätschern des Brunnens war zu hören. Sonst war Stille. Hoffentlich versetzte ihn Nina Andermatt nicht.

In der Ferne hörte er plötzlich Polizeisirenen. Ein Rascheln links von ihm. Eine Ratte? Es wurde wieder still.

Er war nicht allein hier oben. Plötzlich stand ein Mann von einem der hinteren Bänke auf und torkelte davon.

War das eine gute Idee gewesen, sich hier oben mit Nina Andermatt zu treffen? Die nächsten Minuten würden es zeigen.

«Alles ruhig», flüsterte Milan.

Was wollte die junge Frau mit ihm besprechen? Wieso hier oben im Versteckten? Sie hätten sich in der Bahnhofshalle treffen können. Oder in einem ruhigen Restaurant. Hatte sie sich diesen abgeschiedenen Ort ausgesucht, um ihm etwas anzutun? Wollte sie ihn sogar umbringen? Seine Fantasien wurden immer bizarrer. Mittlerweile war er davon überzeugt, dass ihn Nina Andermatt hier oben nicht allein treffen wollte. Kam sie zusammen mit Ben Bissig zum Treffpunkt?

Dreiundzwanzig Uhr war seit fünf Minuten vorbei. Noch immer keine Spur von ihr. Wollte sie ihn in der Bank einfach schnell abwimmeln. Hatte sie ihn angelogen? Sass sie zuhause mit einem Glas Wein vor sich vor dem Fernseher?

Mittlerweile war sie seit einer halben Stunde überfällig. Verdammt, die junge Frau hatte ihn verarscht. Er war mit dem Zug von Kloten nach Zürich gefahren. Sie hatte ihn versetzt und lachte sich bestimmt ins Fäustchen. Sollte er auf dem Bahnhofsplatz ins Tram steigen und zu ihr fahren? Nein, für heute wollte er es bleiben lassen.

«Übung abgebrochen. Die kommt heute nicht mehr. Treffen wir uns in der Simplon Bar noch auf ein Bier?», flüsterte er ins Mikrofon und stand von der Bank auf.

Er verliess den Lindenhof und ging die Stufen nach unten. Jetzt entfernte er die Verkabelung des Mikrofons von seinem Körper und freute sich darauf, mit Ruben ein kühles Bier zu trinken. Seine Schritte wurden schneller, sein Durst war gross.

In der Fortunagasse gesellten sich plötzlich zwei düstere Kerle in Lederjacken und hohen Stiefeln zu ihm. Der eine ging rechts von ihm, der andere links. Schweigend begleiteten sie ihn einige Meter. Milan bekam es mit der Angst zu tun. Was hatten die beiden vor? Ruben konnte er nicht um Hilfe bitten. Das Mikrofon lag abgestellt in seiner Jackentasche.

«Lass Nina in Ruhe!», sagte der eine mit schallender Stimme und hielt ihn am Arm zurück. Milan schaute ihn an. Der Kerl war um die zwei Meter gross, eine imposante Erscheinung. Kräftig gebaut, mit finsterem Blick und langem Bart. Der zweite rempelte ihn von der Seite an. Er war nicht viel kleiner als der Riese. Sein Vollbart schimmerte rötlich.

«Solltest du sie nicht in Ruhe lassen, kriegst du eine Abreibung.» Er faltete die Hände und schloss diese zusammen, als würde er eine Walnuss aufbrechen. Seine Finger knackten, während er sagte: «Hast du verstanden?!»

Milan nickte.

Die beiden Rocker durchsuchten ihn. Sie fanden seinen Ausweis im Geldbeutel. Auch seine Visitenkarte. «Aha, ein Privatdetektiv. Wer ist dein Auftraggeber?», fragte der Grössere.

«Es gibt keinen Auftraggeber.»

Der Riese rammte Milan seinen Ellbogen in die Rippen. Milan stöhnte auf.

«Denk an unsere Worte. Lass Nina in Frieden! Sonst ...»

Der Kleinere steckte den Geldbeutel zurück in Milans Tasche. Die düsteren Kerle gingen schnellen Schrittes davon. Milan atmete auf. Sein Herz klopfte noch immer wie wild. Er bog in die Kaminfeger-Gasse ein. War die eng und dunkel! Er begann noch mehr zu schwitzen. Eine schwarze Katze stand plötzlich vor ihm, fauchte ihn an und ergriff die Flucht. Ihm rutschte das Herz fast in die Hose und er griff sich an die linke Brust. Endlich kam er an die Oetenbachgasse. Über die Stufen beim Amtshaus 3 gelangte er zum Werdmühleplatz. Von hier aus war es ein Katzensprung bis zur Schützengasse. Er war froh, Ruben bald wieder in seiner Nähe zu wissen. Er wartete bestimmt bereits mit einem grossen Bier vor sich.

***

Nach einer kurzen Nacht verliessen Arno und Irina die Wohnung. Hand in Hand gingen sie in die Tiefgarage.

Am Bahnhof Dielsdorf stieg er ebenfalls aus. Er wollte sich am Kiosk etwas zu trinken holen. Die beiden verabschiedeten sich mit einem innigen Kuss. Obwohl sein Rücken immer noch schmerzte, genoss er es, Irinas Hände darauf zu spüren. Zärtlich streichelte sie mit den Fingern darüber.

«Hi Irina», ertönte plötzlich eine männliche Stimme. Irina löste sich aus der Umarmung.

«Hi Levan», erwiderte sie den Gruss.

Arno begutachtete den jungen Mann, der zuerst seine Freundin mit strahlenden Augen ansah und ihn danach mit skeptischem Blick musterte. Sympathisch sah anders aus. Er hätte dem Typ den Hals umdrehen können. Zudem sah er noch gut aus. Wobei, mit seinem glattrasierten Kinn wirkte er wie ein Bubi. Woher kannte er Irina? Irgendwie kam ihm der Kerl bekannt vor. Wenn er auch in Dielsdorf wohnte, hatte er ihn womöglich schon mal beim Einkaufen gesehen. Oder auf der Post. Oder … Scheissegal. Der Typ war so was von unwichtig.

«Ich muss.» Irina verabschiedete sich mit einem letzten Kuss und stieg die Treppe zur Unterführung hinunter.

In Arno kam Misstrauen auf. Dieser komische Typ war vor wenigen Sekunden ebenfalls dort unten verschwunden.

Sollte er ihr folgen? Ach was, er konnte seiner Freundin vertrauen. Zudem, alle Passagiere mussten wohl oder übel die Unterführung nehmen, um zu den Gleisen zu gelangen.

Die letzte Nacht kam ihm wieder in den Sinn. Auf seinem Gesicht machte sich ein Schmunzeln breit. Er ging in den Kiosk und kaufte sich eine Halbliterflasche Mineralwasser und ein Snickers. Als er zu seinem Wagen zurückging, sah er, wie Irina mit diesem Typ, etwas abseits von den anderen Wartenden, angeregt redete. Jetzt lachten die beiden sogar. Hass stieg in ihm auf. Hass auf den Kerl, gepaart mit Eifersucht. Die letzten Stunden mit Irina waren wunderschön gewesen. Jetzt machte dieser Mistkerl alles wieder kaputt. Ob seine Freundin heute wirklich ins Geschäft fuhr? Oder hatte sie sich wieder frei genommen? Machte sie sich mit diesem widerlichen Schnösel einen schönen Tag?

Arno kam in der Firma an. Als erstes wollte er Milan anrufen. Wie war das Treffen mit Nina Andermatt wohl ausgegangen? Milan nahm das Telefon nicht ab, hoffentlich war ihm nichts zugestossen.

Zwei Minuten später rief er zurück.

«Guten Morgen Milan. Und? Wie war es gestern Abend auf dem Lindenhof?»

«Sie hat mich versetzt.»

«Dieses Luder.»

«Dafür haben mich ‹Werner Beinhart› und sein Kumpel in die Mangel genommen.»

«Was?»

«Sie hat zwei Rocker auf mich angesetzt, zwei stämmige Kerle mit langen Bärten, jeder über hundert Kilo schwer.»

«Oh nein. Bist du verletzt?»

«Nein, aber die beiden haben mir in klarer und deutlicher Sprache gesagt, dass sie Hackfleisch aus mir machen, wenn ich Nina Andermatt nicht in Ruhe lasse. Sie wissen jetzt sogar, wer ich bin.»

«Wie das?»

«Sie haben meinen Geldbeutel aus der Jackentasche gezogen und meinen Ausweis und ein Detektiv-Visitenkärtchen darin gefunden.»

«Scheisse! Hattest du viel Geld dabei?»

«Etwa vierhundert Franken. Sie haben nichts geklaut. Sie haben den Geldbeutel danach wieder brav in meine Jackentasche gesteckt, mitsamt dem Ausweis.»

«Und jetzt?»

«Ich bin am überlegen. Ich denke, dass ich die junge Bankerin fürs erste links liegenlasse.»

«Aber sie ist die Täterin. Das ist doch jetzt sonnenklar.»

«So klar ist das nun auch nicht. Sie ist natürlich immer noch tatverdächtig, ich werde sie weiterhin im Auge behalten, aus sicherer Distanz – schon vergessen? Wir haben noch weitere Verdächtige.»

***

Als Milan gegen Mittag die Werbeagentur verliess, hatte er das Gefühl, dass ihm jemand folgte. Er ging nicht direkt zu seinem Wagen, sondern schlenderte ziellos durch die Strassen, konnte allerdings keine Person ausmachen, die ihm folgte. Trotzdem glaubte er die Blicke eines Augenpaares auf seinem Rücken zu spüren. Das passierte ihm in letzter Zeit oft. Mittlerweile tat er es als typische Detektivkrankheit ab. Seit vergangener Nacht, als ihn die zwei Typen in die Mangel genommen hatten, war er sehr vorsichtig. Er ging in den Globus. Schnellen Schrittes betrat er die Rolltreppe, die ihn nach oben führte. In der ersten Etage schoss er durch die Verkaufsgänge, jetzt ging es in die zweite Etage. Von der Rolltreppe aus hatte er einen guten Überblick. Niemand schien ihm zu folgen. Nichts Aussergewöhnliches war zu sehen. Wenn es denn einen Verfolger gegeben hatte, war dieser abgeschüttelt. Fürs erste wollte er den Fall etwas ruhen lassen. Ein wenig Abstand davon tat gut. Die beiden Rocker hatten ihm einen gehörigen Schrecken eingejagt. Heute unternahm er nichts mehr, morgen auch nicht. Er wollte sich auf das Konzert am Samstag vorbereiten. Vielleicht kam die unbekannte Schöne wieder dorthin. Er hoffte es – nein, er wünschte es sich so sehr! Er würde die Situation nutzen und sie um ein Date bitten.

7. Kapitel

Es war Samstagabend, kurz vor zweiundzwanzig Uhr. Der Club in Oerlikon war nicht mal zur Hälfte gefüllt. Milan hatte Bauchschmerzen. Im Moment lief alles schief. Nur wenige Besucher. Das lag an der Terminplanung des Veranstalters. Am Abend, an dem eine der weltbesten Rockbands das Hallenstadion zum Kochen brachte, war in unmittelbarer Nähe natürlich tote Hose. Seine Mutter war nicht da. Die Unbekannte, die letzte Woche am Konzert war, hatte sich bis jetzt nicht blicken lassen. Die Anziehung beruhte wohl nicht auf Gegenseitigkeit. Er sollte diese Frau vergessen. Leichter gesagt als getan, er war Sklave seiner Hormone. Musste ein Psychiater her, der ihm die Gedanken an diese Schönheit aus dem Kopf brannte, wenn nötig mit Hilfe von Wunderpillen? Er wollte nachts wieder durchschlafen. Seine Augenringe wurden immer grösser.

Nicht mal Cindy war hier. Sie spielte wohl immer noch die beleidigte Leberwurst. Wäre sie hier gewesen, hätte er wenigstens Ablenkung gehabt. Schon wieder hatte er sich beim Gedanken erwischt, mit ihr die Nacht zu verbringen. Ein Anruf hätte genügt und sie hätte für ihn die Beine breit gemacht. Nein! Nein! Nein! Er wollte weder Cindy noch eine der Tussis, die ihn aus der vordersten Reihe anhimmelten. Er wollte die Schöne, die ihren Zauber über ihn gelegt hatte.

Auch in seinem Fall ging es nicht weiter. Im Moment lief alles beschissen. Eine Auszeit an einem schönen Strand hätte gutgetan. Punta Cana, Miami Beach, Phuket – scheissegal! Nur einfach weit weg von hier.

Milan und die Wölfe stürmten die Bühne. Er versuchte sich zu hundert Prozent auf das Singen zu konzentrieren – mit mässigem Erfolg. Heute sang er seinen Lieblingstitel ‹Homeless› von Benjamin Kelly nicht wie sonst. Die Stimme war dünn und zerbrechlich. Zwei drei falsche Töne mischten sich darunter. Die kreischenden Chicks in der ersten Reihe, die das nicht mal mitbekamen, gingen ihm gewaltig auf den Sack. Er war froh, wenn der heutige Abend zu Ende war. Alejandro spielte seine Solis auf der E-Gitarre noch inbrünstiger als sonst; Rubens Backgroundstimme war klar und ohne Aussetzer; Tico spielte am Schlagzeug rhythmisch und tadellos. Die Gebrüder Wolf gingen ihm heute sowas von auf die Nerven mit ihrem Profigehabe. Am liebsten wäre er von der Bühne gerannt und hätte sich in der Garderobe eingeschlossen. Heute war definitiv nicht sein Tag.

Endlich, nach siebzig Minuten und einigen Zugaben, war Schluss. Jetzt nur noch raus hier. Nach Hause. Unter die Bettdecke. Dort konnte er seinen Tränen freien Lauf lassen. So arg hatte es ihn noch nie erwischt. Solche Gefühle waren ihm bis anhin fremd gewesen. Am liebsten hätte er sich das Herz aus dem Leib geschnitten, so sehr schmerzte es.

«Nachher geht's auf einen Absacker ins Porta d'Oro», hörte Milan Alejandro sagen. Oh, nein! Darauf hatte er keine Lust. Die Wölfe konnten feiern gehen. Aber ohne ihn.

«Hast du gehört, Milan?»

«Ich komme nicht mit.»

«Milan», Alejandro klopfte ihm mit der rechten Hand fest auf die Schulter, «natürlich kommst du mit. Du bist der Star unserer Truppe, unser Aushängeschild.

Die Mädels wollen ein Autogramm von dir. Du kannst auch mit deinem Fleischstift auf ihren Brüsten signieren.»

Am liebsten hätte Milan mit einem Faustschlag in Alejandros lachende Visage gekontert.

«Ich gehe nach Hause. Ich habe Kopfschmerzen.» Alle auf der Bühne waren angeregt am Diskutieren: Alejandro, Ruben, Tico, der Tontechniker, der Veranstalter, die Fotografen. Milan stand etwas abseits und stierte gedankenversunkenden in den sich leerenden Saal.

«Du singst nicht mal so schlecht», hörte er plötzlich eine ihm bekannt vorkommende Stimme neben sich. Er drehte den Kopf nach links. Was hatte jetzt die da zu suchen? Nina Andermatt stand vor ihm, in einem Minirock und einem viel Haut zeigenden Shirt. Beinahe hätte er sie nicht wiedererkannt.

«Was machst du hier?»

«Ich wollte sehen, ob du mehr draufhast, als jungen Frauen nachzuspionieren. Du singst gut.»

Er sagte nichts.

«Das war übrigens ein Kompliment.» Sie lächelte.

«Was soll ich damit?»

«Bist du heute mit dem linken Fuss zuerst aufgestanden?»

«Du hast mich auf dem Lindenhof versetzt. Mehr noch, du hast mir zwei Halbstarke auf die Pelle geschickt.»

«Lucifer und Kröte?» Sie lachte. «Die beiden sehen zwar gefährlich aus, sind aber harmlos. Richtige Kuschelbären. Sie sollten dir nur ein wenig auf den Zahn fühlen.»

«Wohl war mir nicht gerade, als mich die beiden in die Mangel genommen haben. Ich dachte, mein letztes Stündchen hätte geschlagen.»

Sie lachte laut heraus. «Dann hat es ja den Sinn und Zweck erfüllt. Gehen wir etwas trinken?»

«Und dann kommen die beiden Totengräber an einer dunklen Stelle wieder um die Ecke? Nein, danke.»

Nina hielt sich den Bauch vor Lachen. «Bestimmt nicht. Du bist kein Kollege von Ben, gell?»

Milan schüttelte den Kopf.

«Es ist übrigens aus zwischen Ben und mir. Hat sowieso nicht mehr gepasst.»

«Aha.»

«Gehen wir etwas trinken?»

«Okay. Wo willst du hin?»

Sie überlegte. «Wir könnten zu mir gehen. Du warst ja bereits halb in meiner Wohnung.» Sie zwinkerte mit dem linken Auge und zeigte ihre blendend weissen Zähne.

«Zu dir?»

«Wieso nicht. Nur du und ich. Lucifer und Kröte müssen draussen bleiben.»

«Okay, bist du mit dem Auto hier?»

«Ich habe kein Auto, bin finanziell nicht auf Rosen gebettet. Ben hat mich eine Menge Geld gekostet. Ich bin hoch verschuldet.»

War sie doch die Täterin? Geld hätte sie dringend gebrauchen können.

«Tram? Bus? Oder wie kommen wir an die Freihofstrasse?»

«Kannst du uns ein Taxi bestellen?»

Er nahm sein Handy aus der Hosentasche.

Milan sass auf einem schwarzen Ledersofa, das seine besten Tage längst hinter sich hatte. Ansonsten war die Wohnung hübsch möbliert. Die Einrichtung war nicht von Möbel Pfister, eher schwedisch angehaucht. Alles farblich gut aufeinander abgestimmt. Nina hatte Geschmack.

Wieso nur hatte sie sich ihm so aufreizend gegenübergesetzt? Bereits zum wiederholten Mal blitzte ihr rotes Höschen unter dem blauen Jeansmini hervor. Immerhin kam er so auf andere Gedanken.

«Du hast übrigens schöne Augen.» Sie strahlte ihn an.

Sein Mund wurde trocken. Dieses Biest war raffiniert. Sie verstand es, seine Gedanken an die schöne Unbekannte zu verdrängen.

«Das war wohlgemerkt schon mein zweites Kompliment an dich. Aber wahrscheinlich bist du das gewohnt. Bestimmt wirst du mit vielen Komplimenten des weiblichen Geschlechts überhäuft.»

«Ich? Wie kommst du denn darauf?»

«Weil ich von dir keine Reaktion auf mein Kompliment gesehen habe. Nicht mal mit dem Mundwinkel hast du gezuckt.»

«Dein Kompliment freut mich, vielen Dank. Weisst du, ich bin müde. Die Woche war ziemlich anstrengend.»

«Ist natürlich schon ermüdend mich auszuspionieren, Herr Privatdetektiv.» Sie schmunzelte.

Milan gefiel diese Frau. Sie hatte Humor.

«Und? Wieso hast du mich ausspioniert?»

«Ich?»

«Ah, wahrscheinlich hast du nur zufällig bei mir geklingelt und in die Bank bist du auch nur ganz unabsichtlich gekommen.»

Er überlegte. Sollte er ihr die Wahrheit sagen? Nein. Vielleicht war sie in den Überfall auf seinen Klienten verwickelt. Er stierte auf ihre Hände und überlegte. Er wusste von Arno Früh, dass die Motoradfahrerin die Fingernägel mit diesem Lack angestrichen hatte.

«Was ist? Gefällt dir mein Nagellack nicht?»

«Doch, sehr schön. Diese Farbe ist im Moment ziemlich trendy, oder? Viele Frauen benutzen diese Farbe.»

«Die Verkäuferin hat mir gesagt, dass der im Moment sehr gut laufe.»

«Wie nennt man diese Farbe? Blutrot?»

Sie lachte. «Du bist Detektiv mit Leib und Seele. Keine Ahnung, ich müsste auf dem Fläschchen nachsehen. Milan, du lenkst ab von meiner Frage. Wieso war oder bin ich für dich so interessant?»

Er gab sich Mühe, beim Lügen nicht rot zu werden. «Mein Klient will mehr über Ben Bissig wissen. Er soll nach seinem Gefängnisaufenthalt wieder etwas ausgefressen haben.»

«Ich weiss, darum habe ich Schluss gemacht mit ihm. Ich habe sechs Jahre auf ihn gewartet. Sechs lange Jahre! Dann kommt er aus dem Gefängnis und macht den nächsten Scheiss. Ich war naiv. Ich habe tatsächlich geglaubt, der Knast habe ihn verändert. Ich dachte, die Therapien würden Wirkung zeigen. Ich sah mich schon in einem weissen Kleid in einer Kutsche sitzen, unterwegs in Richtung Kirche.»

«Wie romantisch.» Milan bereute seinen Kommentar gleich wieder. Er machte eine entschuldigende Handbewegung.

Ihre Stimme klang weinerlich. «Ich habe ihm vertraut. Ich bin sowas von enttäuscht von diesem Menschen. Er hat mir sechs Jahre meines Lebens gestohlen. Während er im Knast sass, habe ich jeden Abend stundenlang an ihn gedacht, mit ihm mitgelitten.»

Milan nahm ein Papiertaschentuch aus der Hosentasche und reichte es ihr.

«Danke.» Sie trocknete damit ihre Tränen.

Für einen Moment herrschte Schweigen.

«Bis jetzt haben sie ihn noch nicht verhaftet. Ich bin am Kämpfen mit mir, ob ich zur Polizei gehen soll. Wer ist dein Klient? Wieso weiss er von Bens neuerlicher Straftat?»

«Berufsgeheimnis. Sorry, das darf ich dir nicht verraten. Wieso weisst du von seinem neuen Verbrechen?»

«Er hat mir davon erzählt, hat sogar damit angegeben. Vor einigen Tagen hat er mir einen teuren Ring an den Finger gesteckt. Wenige Minuten bevor du in meiner Wohnung aufgetaucht bist. Ich habe ihn gefragt, wie er zu diesem Ring käme.»

«Und? Was hat er geantwortet?»

«Er habe nochmals ein Ding gedreht. Er müsse mich bei Laune halten. Nicht, dass ich ihm davonliefe. Der Arbeitsmarkt sei total ausgetrocknet. Es könne lange gehen, bis er wieder einen Job habe.»

«Da hat er nicht mal so Unrecht. Für einen Ex-Knasti ist es bestimmt nicht einfach.»

«Klar, aber jeder ist für sein Leben selbst verantwortlich. Deswegen erneut kriminell zu werden ist die schlechteste Lösung.»

«Wie hast du darauf reagiert, als er mit einer neuen Tat geprahlt hat?»

«Ich habe ihn angeschrien, ihm den Ring in die Hand gelegt und ihn aus der Wohnung geschmissen. Der Typ hat nicht kapiert, dass mir Luxus am Arsch vorbei geht.»

«Und dann?»

«Dann bist du plötzlich in meiner Wohnung aufgetaucht.»

«Ich meine danach.»

«Ich habe ihn am selben Abend nochmals getroffen. Wir hatten uns in einem Restaurant verabredet. Ich versuchte ein letztes Mal, ihn auf den rechten Weg zu bringen – vergeblich. Dann sagte ich ihm, er solle aus meinem Leben verschwinden.»

«Und dann hat er dir eine geknallt.»

Nina schaute ihn durchdringend an. «Du warst auch da?»

Milan nickte. Was sie von sich gab, klang plausibel und deckte sich mit seinen Ermittlungen. Sie schien die Wahrheit zu sagen.

«Und seitdem habt ihr euch nicht mehr gesehen?»

Sie nickte. «Das heisst, er kam nur noch schnell zu mir, um seine Sachen zu holen. Das Thema Ben Bissig ist für mich abgeschlossen, definitiv. Es ist mir egal, wenn er wieder im Knast landet. Ich hoffe, der Typ wird irgendwann verwahrt.»

«Was hat er denn angestellt?»

«Milan, ich möchte ihn nicht verraten. Die Polizei wird ihm selbst auf die Schliche kommen. Er ist ein riesiges Arschloch, aber ich bin keine Petze.»

«Ich arbeite sowieso nicht mehr an diesem Fall.»

«Wieso nicht?»

Milan griff in die Lügenkiste. «Mein Klient hat mich zurückgepfiffen.»

«Wieso?»

Er zuckte mit den Schultern.

«Bist du ihm zu teuer? Du verdienst bestimmt gut als Privatdetektiv.»

«Nö, überhaupt nicht. Der Fall wurde ad acta gelegt.»

«Dann kannst du mir ja sagen, wer der Auftraggeber war.»

«Tut mir leid, Nina. Ich bin sehr diskret.»

«Du bist durch und durch Profi.»

Die Flasche Weisswein hatten die beiden mittlerweile geleert. Die Gläser waren noch halbvoll. Milan gähnte und streckte sich. Er trank das Glas in einem Zug aus. «Bin ich müde. Ich mach mich dann mal auf den Heimweg.»

«Schlaf doch hier. Du schaffst es doch kaum die Treppe runter in deinem Zustand.»

«Hey, ich bin nicht besoffen.»

«Ach ja? Du lallst schon ein wenig.»

«Ich?»

«Ja, du.»

«Ich muss es nur bis zum Taxi schaffen.» Er zückte sein Handy.

«Bitte lass es stecken. Bleib heute Nacht hier.»

Er schaute sie unsicher an.

«Du kannst auf dem Sofa schlafen. Ich habe sogar noch eine Zahnbürste hier. Ben hat sie nur einmal benützt, sie ist praktisch neu.»

Er wollte soeben den Mund öffnen und lauthals protestieren, doch sie kam ihm zuvor. «Das war ein Witz.»

Nur in Unterhose und Shirt lag Milan auf dem abgelutschten Ledersofa. Nina hatte ihm eine braune Wolldecke hingelegt, die er zusammengefaltet als Kopfkissen benutzte. Ihm war heiss. Weisswein brachte seinen Körper stets zum Glühen, er konnte nicht einschlafen. Nina war eine sympathische Frau. Sollte er sie von der Liste der Verdächtigen streichen? Er glaubte ihren Worten.

Plötzlich bemerkte er, wie etwas an ihm vorbeihuschte. Es war dunkel. Gedämpftes Licht fiel von der Strasse ins Wohnzimmer. Er drehte den Kopf.

«Schlaf ruhig weiter. Ich habe Durst und hol mir etwas Wasser», hörte er Ninas Stimme.

Als sie den Kühlschrank öffnete und das Licht anging, sah er ihre schlanken Beine und den roten Slip. Sofort war er hellwach. Mein Gott! Er getraute sich beinahe nicht höher zu schauen. Sie stand seitlich zum Kühlschrank und er erkannte die Umrisse ihrer wohlgeformten Brust. Eine gute Handvoll, unglaublich straff.

Sie setzte die Wasserflasche an, trank und schloss den Kühlschrank wieder.

«Ist es bequem auf dem Sofa? Komm doch auch nach hinten. Mein Bett ist gross genug für uns beide.»

Sein Herz schlug schneller. «Meinst du?»

«Klar. Wir können sogar nebeneinander liegen und müssen uns nicht stapeln.» Lachend nahm sie seine Hand.

«Komm, Milan, ich möchte nicht dafür verantwortlich sein, wenn du mit Rückenschmerzen erwachst.» Sie führte ihn ins Schlafzimmer, die beiden legten sich aufs Bett.

«Gute Nacht, Milan.»

«Gute Nacht, Nina.»

«Gute Nacht, Jim-Bob.» Sie kicherte.

Mit geschlossenen Augen lag Milan auf dem Rücken. Ihr wohlriechendes Parfum stieg ihm in die Nase. Tausend Gedanken gingen ihm durch den Kopf. Mal war er gedanklich bei Nina, dann wieder bei der unbekannten Schönen, dann wieder beim Fall. Obwohl er müde war, konnte er nicht einschlafen.

Es mochte gegen drei Uhr in der Nacht sein. Er drehte sich im Halbschlaf unruhig von der einen auf die andere Seite.

Plötzlich fühlte er Ninas Lippen auf den seinen, spürte ihren heissen Atem. Blitzartig war er hellwach. Er erwiderte ihren Kuss. Die beiden Zungen spielten miteinander. Er spürte, wie sie ihre Brüste fest gegen seinen Brustkorb drückte. Ihre Nippel waren hart. In seiner Unterhose erwachte sein kleiner Freund, er zeigte sich innerhalb kürzester Zeit in stattlicher Grösse. Milan genoss Ninas zärtliche Hände auf seinen Lenden.

Nach einer Viertelstunde kamen die beiden zum Höhepunkt. Nina hielt noch eine Weile seine Hand, Minuten später schlief sie in seinen Armen ein.

Er war noch hellwach. Was hatte er nur getan!

***

«Willst du Frühstück?» Nina öffnete die Nachtvorhänge. Milans Augen schmerzten. Er kniff sie gleich wieder zu. Die Sonne strahlte beinahe so hell wie Nina.

«Wie spät ist es?»

«Fünf vor zehn.»

«Du heilige Scheisse! Schon zehn Uhr?» Er sprang mit einem Satz aus dem Bett.

«Es ist Sonntag.»

«Ach ja, stimmt.» Er liess sich wieder aufs Bett fallen.

«Ich habe Hunger. Wenn du willst, kannst du nachkommen.» Sie verliess das Schlafzimmer.

Als Milan fünf Minuten später ins Wohnzimmer kam, schob Nina gerade Aufbackbrötchen in den Backofen.

«Ich gehe noch kurz duschen», sagte sie im Vorbeigehen und hauchte ihm einen Kuss auf den Mund.

Einen Moment überlegte er, ob er ihr ins Bad folgen sollte. Er begrub den Gedanken gleich wieder. Wieso hatte er sich auf diese Frau eingelassen? Professionell war das nicht. Wenn Arno davon wüsste, würde er ihn bestimmt mit Schimpf und Schande zum Teufel jagen. Er würde es schon nicht erfahren. Von wem auch. Nina war okay. Sie hatte mit dieser ganzen Sache nichts zu tun.

Milan griff zur Regionalzeitung, die auf dem Salontischchen lag, und blätterte darin. Auf der vierten Seite fiel sein Blick auf einen Artikel. Die Augen fielen ihm beinahe aus den Höhlen. Hier wurde der Überfall auf Arno beschrieben! Er wurde zwar nicht namentlich erwähnt, aber es ging um den Überfall auf ihn zwischen Regensdorf und Dielsdorf. Titel des Artikels: *Haben wir*

jetzt schon Zustände wie in Frankreich und Spanien?
In diesen beiden Ländern war es beinahe an der Tagesordnung, dass Autofahrer auf der Strasse ausgeraubt wurden. In der Schweiz war das ungewöhnlich. Milan schaute aufs Datum der Zeitung, sie war einige Tage alt. Wieso hatte sie gerade diese Ausgabe aufgehoben? Er stand auf. Neuere Exemplare der regionalen Tageszeitung fand er im ganzen Wohnzimmer keine. War Nina doch in diese Sache verwickelt? War sie ein ausgekochtes Schlitzohr? Oder vielleicht doch noch mit Ben Bissig zusammen? Hatte sie ihm lauter Lügengeschichten aufgetischt? Hatte sie, um an weitere Informationen zu gelangen, ihren schönen Körper geopfert? War das der Grund, weshalb sie mit ihm geschlafen hatte? Wobei, der Sex mit ihm hatte ihr gefallen, das war deutlich gewesen. Oder war sie einfach eine verdammt gute Schauspielerin? War sie gar reif für den Oscar?

***

Arno Früh sass vor dem Fernseher. Irina drehte eine Joggingrunde. Das hatte sie ihm jedenfalls gesagt, als sie in ihrem Trainingsanzug die Wohnung verliess. Er hatte seine Zweifel daran. Erst hatte er mit dem Gedanken gespielt, ihr unauffällig zu folgen. Doch wollte er es wirklich wissen, wenn sie ihm untreu war? Seit sie seit langem wieder einmal einen schönen Abend zusammen verbracht hatten, war er wieder total in sie verschossen. Auch ihre Launen waren seither wieder besser. Entweder spielte sie ihm eine Komödie vor oder sie war ebenfalls so verliebt wie er. Irgendein Geheimnis hatte sie.

111

Sie brauchte viel Zeit für sich selbst. Früher konnte sie keine Minute ohne ihn sein.

Sein Handy klingelte. «Hey, Milan, was gibt's?»

«Kann ich mir heute Abend nochmals dein Motorrad ausleihen?»

«Klar. Wo willst du hin?»

«Ich möchte Pavel Jaskin nochmals beschatten. Geht einfacher mit dem Motorrad als mit dem Auto.»

Arno legte das Handy auf den Tisch. Er ging ans Fenster und schaute ins Freie. Ein Typ in kurzen Hosen, Shirt und Laufschuhen trabte am Haus vorbei. War das nicht dieser Typ, den Irina am Bahnhof getroffen hatte? Etwa hundert Meter hinter ihm tauchte plötzlich Irina auf. Jetzt begann sie ebenfalls zu rennen.

«Schon zurück?», sagte Arno, als sie die Wohnungstür öffnete.

«Ja, sieht nach Regen aus.»

«Joggt dein Kollege auch? Wohnt der auch hier im Quartier?»

«Was?»

«Der Typ, den wir letzthin am Bahnhof getroffen haben, ist vorhin an unserem Haus vorbeigerannt.»

«Levan? Keine Ahnung. So gut kenne ich ihn nicht. Wir sehen uns manchmal im Zug.»

«Wohnt er auch hier an der Südstrasse?»

«Er wohnt ebenfalls in Dielsdorf. Keine Ahnung, wo.»

«Was arbeitet er?»

«Keine Ahnung. Darüber haben wir nie gesprochen. Der Typ interessiert mich nicht. Wie gesagt, wir fahren lediglich manchmal Zug zusammen.»

112

«Aha.»

«Du bist doch nicht etwa eifersüchtig?»

«Nein, Irina, ich bin nicht eifersüchtig. Hätte ich Grund dazu?»

«Ich liebe nur dich. Mein Herz gehört nur dir. Das weisst du.» Irina kam auf ihn zu und gab ihm einen Kuss auf den Mund. Mmh, wie das duftete. Er mochte dieses Parfüm. Aber wieso hatte sich Irina vor dem Joggen parfümiert? Da stimmte doch was nicht. Hatte sie doch ein Date mit Levan? Waren die beiden vielleicht sogar das Gaunerpärchen?

Arno entschwand der Gedanke sofort wieder, als ihn Irina an der Hand ins Badezimmer und unter die Dusche führte.

«Nicht so schnell, Süsse, die Kleider möchte ich schon noch ausziehen.»

***

Milan sass zuhause. Auf dem Tisch lag die Liste mit den Verdächtigen. Er kam nicht weiter in diesem Fall. War Nina Andermatt die eine Hälfte des Räuberpärchens? Die zweite Hälfte könnte Ben Bissig sein. Sollte er sie weiter beschatten? Vielleicht um zu sehen, ob sie sich immer noch mit dem Ex-Knasti traf?

Auch Pavel Jaskin trug ein Geheimnis mit sich herum. Er war zwar keine Hälfte des Gaunerpärchens, aber er konnte der Drahtzieher sein. Der Chef der Bande.

Und Irina? Hatte sie etwas mit der Sache zu tun? Wobei, ein bisschen weit hergeholt war das schon. Schliesslich ging es hier nicht um einen Fernsehkrimi. Es gibt nichts, was es nicht gibt, sagte sich Milan und strich den Namen Irina Kiteishvili ebenfalls nicht von der Liste. Heute Abend wollte er sich vor Pavel Jaskins Wohnung wieder auf die Lauer legen. Vielleicht fuhr dieser am späten Abend nochmals weg. Sollte sich nichts ergeben, wollte er Arnos Freundin etwas genauer unter die Lupe nehmen.

Sollten weder Nina oder Pavel noch Irina etwas mit dem Raub zu tun haben, dürfte es schwierig werden die Täterschaft zu erwischen. Einzige Hoffnung wäre, dass sie eine solche Tat wiederholten und dabei erwischt wurden.

Sein Handy klingelte. Die Nummer war unterdrückt. «Hallo?»

«Hallo, Milan. Bist du gut nach Hause gekommen?»

«Nina? Mit dir hätte ich jetzt nicht gerechnet.»

«Ich habe mir das überlegt.»

«Was?» Er hoffte, dass sie sich keine falschen Hoffnungen machte. Die Nacht mit ihr war schön gewesen, aber die unbekannte Schönheit konnte auch sie nicht aus seinem Kopf verdrängen.

«Ich möchte dir erzählen, was Ben ausgefressen hat. Ich hoffe, du rennst mit diesem Wissen nicht zur Polizei.»

«Wieso schützt du diesen Idioten?»

«Es ist so eine Art Ehrenkodex, den ich mir selbst auferlegt habe. Der Kerl kann mir zwar gestohlen bleiben, aber die Polizei soll ihm von selbst auf die Schliche kommen.»

Er überlegte. Wenn sie ihm nun beichtete, dass Ben Bissig für den Überfall auf Arno Früh verantwortlich war? Was sollte er dann tun? Egal, er musste wissen, was er ausgefressen hatte.

«Ehrenwort. Ich sage niemandem etwas davon.»

«Danke, Milan.»

«Und? Was hat der Kerl verbrochen?»

«Das möchte ich dir nicht am Telefon erzählen.»

«Okay, soll ich vorbeikommen?»

«Heute geht's nicht. Komm morgen Abend vorbei. Um neunzehn Uhr bei mir?»

«Okay, bis morgen Abend.»

8. Kapitel

Arno war rasend vor Eifersucht. Er hatte Irina an den Bahnhof Dielsdorf gefahren. Was er sah, als er mit dem Wagen wegfuhr, brachte sein Gehirn zum Kochen. Irina und Levan hatten sich auf dem Perron mit einem Küsschen begrüsst! Nicht auf den Mund, aber selbst der Kuss dieses Schleimscheissers auf die Wange von Irina machte ihn wütend. Von wegen, dieser Mann interessiert sie nicht! Er hätte den Kerl erwürgen können und sie gleich mit. Von wegen, sie geht mit einer Freundin noch etwas trinken. Dieser junge Hosenscheisser war der wahre Grund für ihre angeblichen nächtlichen Kneipentouren.

Tat er ihr Unrecht? Seine Bürokollegin Fernanda und er begrüssten sich jeden Morgen mit einem Kuss. Es wäre ihm nie im Leben in den Sinn gekommen, mit ihr in die Kiste zu steigen. Sie war glücklich verheiratet und hatte zwei kleine Kinder. Dazu stand er auf schlanke Frauen; Fernanda hatte ihm gar etwas viel Speck um die Hüften.

Sah er Gespenster? War er zu eifersüchtig? Der Tag war schon versaut, ehe er richtig begonnen hatte. Montag war noch nie sein Tag gewesen, aber heute würde es einen total verschissenen Wochenanfang geben. Er wusste jetzt schon, dass er sich heute nicht auf seine Arbeit konzentrieren konnte.

***

Es war kurz vor achtzehn Uhr. Milan stand eingeseift von Kopf bis Fuss unter der Dusche. Er genoss den warmen Wasserstrahl auf seinem Körper. Bald würde er News über Ben Bissig bekommen. Er war gespannt, was ihm Nina zu berichten hatte. Einen Namen hatte er definitiv von der Liste streichen können: Pavel Jaskin hatte mit dem Überfall nichts zu tun. Milan musste schmunzeln, als er an den gestrigen Abend zurückdachte. So um dreiundzwanzig Uhr war der Tscheche aus der Tiefgarage gefahren. Er war ihm mit Abstand gefolgt. In Regensdorf kam er in eine Polizeikontrolle. Er musste seinen Fahrausweis vorweisen, alles war in bester Ordnung, sie liessen ihn gleich weiterfahren. Doch er verlor Pavel Jaskin aus den Augen. Hätten die Polizisten den Tschechen kontrolliert, hätten sie mehr Erfolg gehabt, der fuhr ja bekanntlich ohne Ausweis.

Erst wollte Milan umkehren, dann fuhr er intuitiv an die Regulastrasse in Affoltern. Tatsächlich, da ging Pavel Jaskin wieder die Strasse entlang. Mit Hut und Werkzeugtasche. War er schon wieder auf Beutezug? Er verschwand im selben Wohnhaus wie vor einigen Tagen. Komisch. Ein Einbruch schon wieder am gleichen Ort? Das war nicht normal.

Über eine Stunde hatte er vor dem Haus gewartet. Manchmal fuhr ein Auto vorbei. Ein Mann mit einem schwarzen Pudel kam aus dem Haus und machte einen zehnminütigen Spaziergang. Mitternacht war längst vorbei, als plötzlich ein Lieferwagen in der Nähe anhielt. Das Logo einer Sanitärfirma prangte darauf. Ein Mann stieg aus. Erst traute Milan seinen Augen nicht, dachte, es sei Pavel Jaskin. Der Mann hatte einen Hut mit breiter Krempe, die gleiche Werkzeugtasche. Doch er hinkte leicht. Zudem hatte er Pavel Jaskin vor über einer Stunde in dem Haus verschwinden sehen, das er observierte. Jetzt verschwand auch der hinkende Mann im Eingang dieses Hauses. Ein Komplize von Pavel? Hatten die da drin vielleicht ihr Diebesgut versteckt? Keine Minute später kam Pavel Jaskin von der Rückseite des Hauses her angerannt. Noch im Rennen hatte er sich die Hose zugeknöpft. Die Werkzeugtasche glitt ihm aus den Händen. Bananen, Äpfel und andere Lebensmittel landeten auf dem Rasen. Schnell sammelte er alles auf und ging eiligen Schrittes davon. Milan war vorsichtig hinter das Haus gegangen und hatte gerade noch gesehen, wie eine Frau im Erdgeschoss das Fenster schloss. Er hatte gehört, wie sie sagte: «Du bist schon zurück, Xavier?!»

Pavel Jaskin nutzte die nächtlichen Piketteinsätze des Handwerkers für ein Schäferstündchen mit dessen Frau. Dieses Mal wäre es beinahe schiefgegangen. Hätte Xavier ihn erwischt, wäre er jetzt höchstwahrscheinlich auf der Intensivstation und könnte die nächsten Wochen nur flüssige Nahrung zu sich nehmen. Vielleicht wäre sein Leben sogar schon Geschichte und sein Leichnam würde in einem Kühlhaus auf das Begräbnis warten. Pavel Jaskin war ein unsympathischer Kerl, aber mit dem Überfall auf Arno hatte er nichts zu tun. Bestimmt war er auch an dem Tag bei der Frau gewesen.

Milan blieb heute länger vor dem Spiegel stehen als sonst. Mit viel Gel brachte er das Haar in die gewünschte Form und befestigte es danach mit viel Haarspray. Normalerweise benetzte er sich mit zwei kurzen Stössen Parfum, heute war ihm das Duftwässerchen nicht zu schade. Er benutzte sogar das teure Duftwas-ser, das er nur zu ganz besonderen Anlässen aufsprühte. Milan hatte nicht vor bei Nina zu klingeln, um nur mit ihr zu reden.

Er fuhr in die Freihofstrasse ein. Es klappte auf Anhieb mit einem Parkplatz, ein weisser BMW fuhr gerade aus einem Parkfeld. Heute schien sein Tag zu sein. Oben wartete schon das Überraschungsei, welches er nur noch auspacken musste. Gedanklich war er schon dabei, ihr aus den Kleidern zu helfen. Vielleicht hatte sie ja schon beinahe nichts mehr an. Sie war doch ebenso heiss auf ihn wie er auf sie.

Er war nervös, als er an der Haustür klingelte. Eine Frau mit einem kleinen Kind kam durch die Tür. Milan huschte ins Treppenhaus und ging in den zweiten Stock. Er klingelte nochmals an Ninas Wohnungstür. Nichts. Er klopfte leise an. Nichts. Hatte sie ihn versetzt? Er klopfte etwas lauter. Nichts. Er hatte nicht mal ihre Handynummer. Wieso hatte sie ihn unterdrückt angerufen? War ihr etwas dazwischengekommen? Sie hätte sich wenigstens bei ihm melden können. Nun stand er da, dürstend nach dem Wissen, was Ben Bissig angestellt hatte. Er hatte sich doch nicht etwa umsonst dermassen herausgeputzt. Sollte er wieder gehen? Vielleicht hatte sie sich verspätet. Er beschloss einige Minuten zu warten und setzte sich auf eine der Treppenstufen.

Fünfzehn Minuten später kreuzte Nina immer noch nicht auf. Er gab ihr nochmals zehn Minuten Zeit, doch nichts geschah.

Die Lust auf ihren knackigen Körper liess ihn seine Geduld nochmals einige Minuten bewahren.

Um neunzehn Uhr fünfundvierzig erhob er sich und wollte gehen. Nach einigen Schritten kehrte er nochmals um. Er wollte ihr eine Nachricht hinterlassen. Sie solle sich sofort melden, wenn sie nach Hause kam. Er nahm einen Fetzen Papier aus der Hosentasche und kritzelte eine Nachricht darauf. Das Papier klemmte er auf Augenhöhe zwischen Rahmen und Tür. Aus purer Neugier drückte er die Klinke. Zu seinem grossen Erstaunen sprang die Wohnungstür auf. Nina schloss sie nicht ab, wenn sie nicht daheim war? Komisch. Sie wohnte ja immerhin in Zürich, in der grössten Stadt der Schweiz. Hier lebten nicht nur gutgesinnte Menschen. Sollte er in die Wohnung gehen?

«Nina! Hallo Nina!», rief er. Erstaunt war er nicht, dass er keine Antwort bekam. Er trat in den Korridor und schloss die Tür hinter sich. Was machte er hier? Er sollte schnellstmöglich verschwinden. Wenn sie jetzt kam, könnte sie ihm Hausfriedensbruch vorwerfen. Trotzdem ging er in Richtung Wohnzimmer. Als er um die Ecke bog, erschrak er zutiefst. «Nina! Was ist? Geht's dir gut?»

Er sah auf Anhieb, dass etwas mit ihr nicht stimmte. Sie lag auf dem Parkettboden, trug eine dunkelblaue kurze Hose und ein weisses Shirt. Dann fiel sein Blick auf das Einschussloch an ihrer Stirn. Viel Blut war nicht zu sehen. Milan ging in die Knie und wollte ihren Puls fühlen. Nichts. Ihr Körper war starr; sie musste schon länger tot sein. Im Wohnzimmer herrschte ein Durcheinander. Zwei umgekippte Stühle lagen neben dem Esstisch, ein grosser Kerzenständer am Boden. Er hatte bestimmt als Wurfgeschoss gedient. In der Wand oberhalb klaffte ein Loch. Hier musste ein Kampf stattgefunden haben.

Was sollte er tun? Die Flucht ergreifen? Er hatte zu viele Spuren in der Wohnung hinterlassen. Die Polizei anrufen? Die würde ihn bestimmt für den Täter halten. Er musste die Polizei alarmieren, das wurde ihm nach zwei Minuten des Herumirrens klar. Mit zitternden Händen wählte er die Nummer 117.

9. Kapitel

Es war neun Uhr morgens. Milan stand auf. Eine schlimme Nacht lag hinter ihm. Seinem Chef hatte er eine Nachricht geschrieben, dass er heute nicht ins Büro käme. Er legte sich auf die Couch im Wohnzimmer und versuchte Schlaf nachzuholen. Ein Ding der Unmöglichkeit. Sein Hirn war ständig am Rotieren. Er konnte die Gedanken nicht abstellen. Die halbe Nacht hindurch war er von der Polizei und dem Staatsanwalt befragt worden. War er einer der Hauptverdächtigen? Meinten die, er habe Nina umgebracht? Er wusste es nicht. Der Staatsanwalt hatte ein Pokerface aufgesetzt, wie es Timothy Adams jeweils zu tun pflegte, wenn er mit den Karten um den Sieg spielte.

Jedenfalls konnte er morgens um drei Uhr das Polizeigebäude verlassen. Er werde für weitere Befragungen aufgeboten, hatte ihm der ältere Staatsanwalt mit der schwarzen Hornbrille beim Abschied gesagt. Fürs erste war er froh gewesen, hatten die ihn nicht in Haft genommen und ins Gefängnis überführt. Er hatte dem Anklagevertreter die Wahrheit gesagt. Alles hatte er ihm erzählt. Dass er von Arno Früh beauftragt worden war, die Täterschaft zu finden, die ihn ausgeraubt hatte, dabei sei auch Nina Andermatt zu einer Tatverdächtigen geworden. Er hatte ausgesagt, dass er mit der jungen Bankangestellten intim geworden war. Es konnte ja sein, dass die bei der Obduktion der Leiche DNA-Spuren von ihm fanden. Dann wäre er in Erklärungsnot gekommen.

Wer war Ninas Mörder? Für Milan gab es nur eine Antwort: Ben Bissig. Das hatte er auch dem Staatsanwalt gesagt. Der Kerl hatte genug Gründe, die junge Frau zum Schweigen zu bringen. Sie wusste, was er seit seiner Freilassung aus dem Knast ausgefressen hatte. Sie hatte mit ihm Schluss gemacht. Er hatte damit rechnen müssen, dass sie ihn verpetzte. Schon mancher hatte, um sich vor einem Gefängnisaufenthalt zu schützen, einen Mord begangen. Wieso sollte Ben Bissig nicht auch so ticken? Die Polizei würde den Ex-Knasti bestimmt zur Fahndung ausschreiben.

Immer wieder sah Milan das Gesicht von Nina vor sich. Dieses Bild würde er nie mehr vergessen. Es hatte sich in sein Gehirn eingebrannt. Ihr Blick war starr, wie der einer Puppe aus Porzellan – als hätte sie nie gelebt. Als wäre sie von einem Künstler in stundenlanger Handarbeit angefertigt worden. Nur die blau-violetten Totenflecken im Gesicht und an den Armen hatten das Bild der perfekten Schönheit getrübt.

Es war keine drei Tage her, da hatte er mit ihr wilden Sex gehabt. Jetzt war sie tot. Ein beklemmendes Gefühl. Er rannte ins Bad und übergab sich in die Toilette.

***

Am frühen Nachmittag versuchte Milan Ruben am Telefon zu erreichen. Erfolglos. Gegen sechzehn Uhr versuchte er es nochmals. Ruben nahm ab.

«Hallo Milan. Was gibt's?»

«Ruben, ich sitze in der Scheisse! Bestimmt hast du schon davon gehört.»

«Was ist passiert?»

Milan erzählte ihm, was er am gestrigen Abend und in der Nacht erlebt hatte.

123

«Keine Angst, Milan, beinahe jeder Mord in der Schweiz wird aufgeklärt. Klar ist die Sache für dich im Moment unangenehm. Aber das wirst du durchstehen.»

«Wie viele Justizirrtümer gibt es? Wie viele Unschuldige wurden schon für eine Tat verurteilt, die sie nie begangen haben?»

«Milan, wir leben in der Schweiz. Nicht im wilden Kurdistan.»

«Bitte, Ruben, halte mich auf dem Laufenden. Ich möchte erfahren, ob ich zu den Tatverdächtigen gehöre.»

«Die Sache wird sich bestimmt bald aufklären. Vertrau der Zürcher Justiz.»

«Trotzdem wäre ich froh, wenn du für mich ein wenig hinter die Kulissen schauen würdest. Ich möchte wissen, wie es um mich steht. Ob die gar mit dem Gedanken spielen, mich in Untersuchungshaft zu nehmen.»

«Was redest du da?»

«Ich weiss nicht, wie der Staatsanwalt tickt. Er hat sich nicht in die Karten schauen lassen. Er war zwar sehr freundlich zu mir, aber ich habe keine Ahnung, was in seinem Kopf vorgeht.»

«Milan, du kennst dich im Recht aus. Um in Untersuchungshaft zu kommen, braucht es erst mal einen dringenden Tatverdacht.»

***

Milan blieb auch den ganzen Abend über zuhause. Die Lust auszugehen war ihm gründlich vergangen. Die Lust am Fall Arno Früh weiterzuarbeiten ebenfalls. Da musste er durch. Er hatte mit Arno, wenn auch nur mündlich, einen Vertrag abgeschlossen. Erst musste er die Fassung zurückgewinnen. Manchmal war er sich nicht sicher, ob alles Realität war. War Nina wirklich tot? Hatte er das womöglich nur geträumt? Die Visitenkarte des Staatsanwalts, die auf dem Salontisch lag, brachte ihm Gewissheit, dass alles kein böser Traum gewesen war.

Ninas Leichnam lag jetzt bestimmt zur Obduktion bereit in der Gerichtsmedizin. Milan musste sich beinahe wieder übergeben. Vor nicht langer Zeit hatte er ihre zärtlichen warmen Hände auf seinem Körper gespürt. Jetzt lag sie kalt auf einem Untersuchungstisch, vielleicht gar schon aufgeschnitten und in ihre Einzelteile zerlegt.

Arno Früh rief an. Milan hatte keine Lust abzunehmen. Nach dem siebten Klingelton tat er es dann doch.

«Hallo, Arno.»

«Milan, ich habe mir das nochmals überlegt.»

«Was?»

«Nina Andermatt hat dir zwei schräge Typen auf den Hals gesetzt, um dich abzuschrecken. Die hat bestimmt Dreck am Stecken. Sie muss die Räuberin sein. Sie wusste vom vielen Geld, welches ich im Wagen mitführte. Bleib ihr weiterhin auf den Fersen.»

«Geht nicht.»

«Was geht nicht? Du weisst, du verdienst gutes Geld, wenn du sie der Tat überführst.»

«Arno, sitzt du? Ich muss dir etwas sagen. Setz dich bitte hin.»

«Was ist los?»

«Nina Andermatt ist tot.»

125

«Wie tot?»

«Ich habe sie tot in ihrer Wohnung gefunden.»

Einen Moment herrschte Schweigen.

«Milan, was sagst du da?»

«Sie ist tot. Sie ist nicht mehr am Leben. Verstehst du mich jetzt?»

«Du hast sie in ihrer Wohnung gefunden? Wie kam es dazu?»

«Sie hat mich angerufen. Sie wollte mir mehr über Ben Bissig erzählen und hat mich in ihre Wohnung bestellt.»

«Verdammte Scheisse! Und wieso ist sie jetzt tot?»

«Sie wurde umgebracht.»

«Umgebracht?»

«Erschossen.»

«Du heilige Scheisse! Wie bist du in ihre Wohnung gekommen?»

«Die Tür war nicht abgeschlossen.»

«Wann war das? Wann hast du sie gefunden?»

«Gestern Abend.»

«Was?! Wieso erfahre ich erst jetzt davon?» Arnos Stimme klang ärgerlich.

«Tut mir leid, Arno. Mir fehlte bisher die Kraft, dich darüber zu informieren. Ich war die halbe Nacht bei der Polizei. Der Staatsanwalt hat mich einvernommen. Ich habe kaum geschlafen. Jedes Mal, wenn ich die Augen schliesse, sehe ich ihr totes Gesicht mit dem starren Blick vor mir.»

«Der Mörder kann ja eigentlich nur Ben Bissig heissen.»

«Das habe ich dem Staatsanwalt auch gesagt. Ich denke, sie haben ihn zur Fahndung ausgeschrieben.»

«Milan, jetzt, da Nina Andermatt tot ist, können ihre Fingerabdrücke mit jenen in meinem Auto und meiner Wohnung verglichen werden. Ich möchte endlich Klarheit in dieser Sache haben. Bitte veranlasse das.»

«Das geschieht von allein. Ihre DNA wird in den Polizeicomputer eingegeben und mit bereits erfassten Daten verglichen.»

«Ruf mich an, sobald du mehr weisst.»

«Ich glaube nicht, dass Nina die Täterin war.»

«Wir werden es sehen. Für mich ist sie sehr tatverdächtig. Wieso sonst wurde sie ermordet?»

«In meinem Kopf sind tausend Fragen. Ich habe keinen Schimmer.»

«Ist doch sonnenklar: Ben Bissig wollte auf Nummer sicher gehen. Er hatte Angst, dass sie zu singen beginnt.»

«Wenn das so einfach wäre. Daran glaube ich nicht.»

«Wäre doch nur logisch. Wieso glaubst du nicht an diese Theorie?»

«Mein detektivischer Instinkt sagt mir, dass es anders gewesen sein muss.»

«Dein detektivischer Instinkt?»

«Ja.»

«Wie denn?»

«Ich weiss es nicht.»

«Finde es raus.» Ohne einen Abschiedsgruss legte Arno auf.

***

Heute Nachmittag wollte Milan am Fall weiterarbeiten, trotz seiner schlechten Verfassung.

Sollte Nina die Räuberin auf dem Motorrad gewesen sein, würde sich das von selbst klären. Daran glaubte er nicht. Nina war keine Verbrecherin. Sie war eine herzensgute Person, die diese Welt viel zu früh verlassen musste. Wie wäre wohl die Geschichte mit ihr weiter-gegangen? An ein Wiedersehen mit der unbekannten Schönen vom Konzert glaubte er immer weniger. Nina wäre ebenfalls eine gute Partie gewesen. Oder war sie doch nicht so eine Heilige, wie es den Anschein gemacht hatte? Ruben meldete sich bestimmt sofort, wenn der Computer einen Treffer in Bezug auf Ninas DNA ausspuckte. Bis es so weit war, wollte er nicht wartend herumsitzen. Endlich war zwölf Uhr, Feierabend in der Werbeagentur.

Er schlenderte an der Modeboutique vorbei, in der Irina Kiteishvili arbeitete. Durchs Schaufenster hindurch sah er sie im Verkaufsgespräch mit einer jungen Kundin. Heute war sie bei der Arbeit. Er wollte sich nach Ladenschluss an ihre Fersen heften, vielleicht ergaben sich Neuigkeiten. Um Arnos Freundin hatte er sich bisher nicht gross gekümmert, obwohl Arno immer wieder sagte, wie komisch und verdächtig sie sich benahm.

***

Ben Bissig sass im Nelson Pub an der Beatengasse in Zürich. In der rechten Hand stemmte er ein Guinness, mit der linken streichelte er über das nackte Knie einer blonden Frau. Er hatte sich Fiona warmgehalten. Sie war stets für ihn da gewesen, wenn er sie brauchte. So auch jetzt. Er wusste, dass sie seine Berührungen genoss, selbst wenn er grob zu ihr war. Fiona war ihm hörig. Er hätte alles von ihr haben können. Er wusste, dass sie seine Vergangenheit aufregend fand. Sie stand auf Typen mit einer kriminellen Ader. Jederzeit hätte er sie für strafbare Machenschaften einspannen können. Sie würde ihm immer und immer wieder behilflich sein. Eigentlich verachtete er ihr Wesen. Sie war ein Werkzeug, das man brauchte und danach wieder in die Ecke stellte. Er konnte sie für seine Verbrechen einspannen. Er konnte seine Lust mit ihr ausleben. Er war Gott für sie. Sie war eine billige Hure. Eine Schlampe. Sie erfüllte jeden seiner Wünsche. Jeden. Fiona war nichts anderes als ein Gebrauchsgegenstand. Einmal hatte er eine Zigarette auf ihrem Bauch ausgedrückt, Aggressionen damit rausgelassen. Eine halbe Stunde später war sie mit ihm ins Bett gestiegen. Freiwillig. Es war der beste Sex ever. Dieses junge Ding brauchte eine starke Hand.

Ben schaute sich um, es waren keine bekannten Gesichter im Pub. Er und Fiona waren hier und um die zwanzig Schnapsnasen, die ihn nicht interessierten.

Da kam Lolo durch die Tür. Lolo Engelhardt. Er kannte ihn aus der Untersuchungshaft. Sie hatten für einige Wochen die Zelle geteilt. Lolo war ein Kleinkrimineller, Spezialgebiet: Entreissdiebstahl. Das war nicht sein Ding. Wenn schon mussten sich die Verbrechen lohnen. Er ging nicht wegen lächerlichen hundert Franken in den Knast. Er hatte Lolo seit Jahren nicht gesehen. Verändert hatte er sich nicht. Er trug noch immer denselben Haarschnitt – Vokuhila. Jetzt hatte Lolo ihn auch entdeckt. Auf seinem Gesicht zeichnete sich kein Lächeln ab. Er schaute ihn durchdringend an und kam auf ihn zu.

«Lolo, wie geht's?» Ben hielt ihm die Ghetto-Faust zur Begrüssung entgegen.

Lolo schlug nicht ein. «Jetzt bist du zu weit gegangen!»

«Was?»

«Verdammter Mörder!» Er knallte die Zeitung, die er in der Hand hielt, auf den Tresen.

Ben las die Schlagzeile. Fiona schaute ihm über die Schulter. «Was? Die suchen dich? Du hast deine Ex umgebracht?» Sie schaute ihn geschockt an.

Ohne Vorwarnung holte Ben aus und schlug ihr mit der flachen Hand ins Gesicht. Sie blutete aus der Nase und schluchzte vor Schmerzen.

«Ben! Jetzt bist du zu weit gegangen», wiederholte Lolo und nahm sein Handy aus der Hosentasche. «Ich rufe jetzt die Bullen an.»

«Tut mir leid, Fiona, das wollte ich nicht», sagte Ben. Er streichelte mit der rechten Hand über ihr Haar. Er küsste sie. Seine Zunge wanderte gierig in ihren Mund. Dann liess er von ihr ab, stand auf und sagte: «Ich bin dann mal weg.»

«Ben, warte!» Er blickte nicht mehr zurück und verliess das Lokal.

***

Milan wartete in einiger Entfernung. Vor zwanzig Minuten war Ladenschluss gewesen. Endlich kamen Irina und ihre Chefin aus der Boutique. Die Chefin schloss die Tür ab und liess das Sicherheitsgitter nach unten. Die beiden blieben stehen und unterhielten sich angeregt miteinander. Er verstand kein Wort, war zu weit weg.

Arno Früh hatte ihn vor einer Stunde per Telefon kontaktiert. Irina habe ihm geschrieben, dass sie nach der Arbeit mit einer Kollegin etwas trinken gehe, es werde später. Er solle sich an ihre Fersen heften und diese Kollegin ausmachen.

Seit über zehn Minuten schnatterten die beiden Frauen vor der Boutique. Wie zwei Gänse, die sich lange nicht gesehen haben, dachte Milan. Dabei waren sie schon den ganzen Tag zusammen. Frauen.

Milan trat nervös von einem Bein aufs andere. Endlich schaute Irina auf die Uhr. «Oh, ich muss», hörte er sie laut sagen. Er atmete auf. Die beiden Frauen verabschiedeten sich. Irina ging Richtung Bahnhof. Er folgte ihr mit Abstand.

In der Bahnhofshalle angekommen ging sie in ein Restaurant. Sie setzte sich zu einem Mann an den Tisch. Von wegen, sie gehe mit einer Kollegin etwas trinken. Der Typ hatte einen dunklen Bart. Irina gab ihm artig die Hand. Nichts da mit Küsschen verteilen. Also eher keine Liebschaft. Wobei, vielleicht wollten sie sich nicht in der Öffentlichkeit küssen. Der Typ war jung. Zu jung für Irina? Was hatten die beiden zu besprechen? Milan konnte kein Wort verstehen. Um sich in eine Maskerade zu stürzen, fehlte ihm die Zeit. Die Kleider und die Perücken lagen im Kofferraum seines Wagens. Er musste am Tisch vorbeigehen, vielleicht konnte er einige Wortfetzen erhaschen.

«Bist du immer noch daran interessiert? Dann schlag ein», hörte er den Mann sagen.

«Zwanzigtausend? Das ist viel Geld», gab Irina zur Antwort.

Was hatten die beiden vor? Milan setzte sich an einen Tisch und beobachtete sie weiter aus einiger Entfernung.

Fünf Minuten später nahm der Mann den letzten Schluck Bier, legte eine Zehnernote auf den Tisch und verabschiedete sich von Irina. Milan liess die Bedienung, die seine Bestellung aufnehmen wollte, stehen und folgte ihm. Der Typ passte genau auf das Täterbild. In etwa so hatte ihm Arno den Mann beschrieben, der ihn ausgeraubt hatte. Stand der Fall kurz vor der Aufklärung? Milan hatte es versäumt, von ihm ein Foto zu schiessen. Er wollte Arno nichts vom Treffen der beiden erzählen. Er wäre womöglich ausgeflippt und hätte Irina dadurch unnötig gewarnt. Irgendwie kam Milan die Sache spanisch vor. Wieso und vor allem für was sollte Irina dem Kerl zwanzigtausend Franken geben? Oder bekam sie gar zwanzigtausend Franken von ihm? Oder was noch viel naheliegender war, Irina war die Frau auf dem Motorrad und der nächste Beutezug würde zwanzigtausend einbringen.

Milans Handy piepste. «*Und?*», las er. Arno hatte ihm eine Nachricht geschickt.

«*Alles in Ordnung. Deine Freundin wird bestimmt bald zuhause ankommen*», gab er zur Antwort.

Der Bärtige ging zu den Bankomaten im ShopVille und liess einige Hunderter raus. Schnellen Schrittes ging er weiter. Er nahm den Ausgang beim Landesmuseum. In der Konradstrasse verschwand er in einem ziemlich heruntergekommenen Mehrfamilienhaus. Milan fotografierte die Türklingelbeschriftungen und machte sich auf den Heimweg.

War er heute weitergekommen? Er musste herausfinden, wie der Kerl hiess. Seine Wohnadresse hatte er schon mal, da würde auch der Rest ein Kinderspiel sein. Schliesslich war er nicht auf den Kopf gefallen.

10. Kapitel

«Danke, dass Sie so kurzfristig vorbeikommen konnten.» Der Staatsanwalt drückte Milan die Hand. «Ich möchte, dass der Mord an Nina Andermatt so schnell wie möglich aufgeklärt wird.»

Beide setzten sich. Zwischen ihnen stand ein robuster Schreibtisch. Ein Berg Akten türmte sich darauf. Daneben war ein grosser Bildschirm positioniert. 32 oder gar 34 Zoll, schätzte Milan.

«Herr Sommer, darf ich Ihnen etwas zu trinken anbieten?»

«Gerne ein Wasser.»

«Mit oder ohne?»

«Mit, bitte.»

Milan schaute sich im Büro um. Der Staatsanwalt griff zum Telefon. «Frau Gross, bringen Sie uns bitte ein Wasser mit und einen Espresso.»

An der einen Wand entdeckte Milan ein grosses Bild von einer riesigen Giraffe. Auch das Foto des über die Steppe galoppierenden Zebras war imposant. Auf einem weissen Sideboard standen handgeschnitzte Tierfiguren. Ein Elefant, ein Nashorn, ein Büffel, ein Leopard und ein Löwe. Die Big Five Afrikas waren vollzählig versammelt.

«Schauen Sie sich nur um. Wir warten noch einen Moment, bis die Getränke hier sind. Waren Sie auch schon dort?»

«Wie bitte?»

«Waren Sie auch schon in Afrika?»

Milan wurde rot. Der Staatsanwalt hatte gesehen, dass seine Augen von Tier zu Tier gewandert waren. «Leider nein. Würde mich schon mal reizen.»

«Ich habe mich beim ersten Besuch in diesen wunderschönen Kontinent verliebt. Dort habe ich meine Frau kennengelernt, sie ist gebürtige Südafrikanerin. Herr Sommer, Sie müssen unbedingt mal dorthin. Der Serengeti Nationalpark in Tansania ist wunderschön, Kapstadt ein Traum.»

Milan runzelte die Stirn. Der Staatsanwalt hatte ihn kaum herbestellt, um über Afrika zu plaudern. Wie ein Angestellter eines Reisebüros sah er nicht aus und schon gar nicht wie ein Ranger eines Safariparks. Sein massgeschneiderter Anzug wirkte edel.

Frau Gross, eine rundliche Frau in den Fünfzigern, brachte die Getränke. Milan schaute den Staatsanwalt fragend an. Dieser nahm seine schwarze Hornbrille ab, kratzte sich mit dem linken Bügel unter dem rechten Ohr und sagte: «Ich habe noch eine Frage an Sie.»

«Schiessen Sie los. Ich helfe gern.»

«Würden Sie mir eine Haarprobe von sich geben?»

«Was?» Damit hatte Milan nicht gerechnet. Er überlegte. «Bin ich tatverdächtig?»

«Nein, um Himmelswillen. Ich brauche die Haarprobe, um Sie von der Tat auszuschliessen.»

Der Typ ist also doch nicht ganz von meiner Unschuld überzeugt, ging es Milan durch den Kopf. «Wie ich Ihnen schon bei der ersten Einvernahme gesagt habe, meine Haare könnten überall in Frau Andermatts Wohnung sein.»

«Klar, ich weiss, dass Sie die Frau gevögelt haben. Darum geht es nicht.»

135

Milan war leicht irritiert. Diese Wortwahl passte nicht zum perfekt sitzenden Anzug. Und schon gar nicht zum väterlichen Typ, der darin steckte.

«Um was geht es denn?»

«Das möchte ich Ihnen aus ermittlungstechnischen Gründen nicht sagen. Wären Sie dazu bereit, eine Haarprobe abzugeben?»

«Selbstverständlich. Ich habe nichts zu verbergen.» Der Staatsanwalt griff zum Telefonhörer. «Haben Sie heute Zeit? Ich mache Ihnen gleich einen Termin beim Labor.»

***

Arno Früh sass im Wohnzimmer, er likte Bilder auf Instagram. Mittlerweile hatte er schon über tausend Follower. Er liebte es, seine selbst geschossenen Bilder ins Netz zu stellen. Am besten kamen die Sonnenuntergänge an. Er schaute auf die Uhr. In Kürze sollte Irina durch die Tür kommen. Er wollte sie fragen, ob sie mit nach Bülach komme. Auf ein Bier ins BrewPub. In diesem Lokal traf man immer wieder auf interessante Leute. Die Handys blieben meist in der Tasche, das gesprochene Wort mit dem Sitznachbarn wurde zur Hauptsache.

Die Wohnungstür ging auf. Irina war da. Arno erhob sich und ging auf sie zu. Er küsste sie kurz auf den Mund und umarmte sie. «Hallo Schatz, wie war dein Tag?»

«Es geht. Nur mühsame Kundschaft.»

«Lass uns nach Bülach fahren. Ein Bier könnten wir beide vertragen.»

Irina löste sich aus der Umarmung. «Geht nicht. Ich habe abgemacht. Ich geh unter die Dusche, dann bin ich gleich wieder weg.»

So hatte sich Arno den Abend nicht vorgestellt. Die Frage lag ihm zwar zuvorderst auf der Zunge, mit wem sie denn abgemacht habe, doch er stellte sie nicht.

Er setzte sich auf die Couch und stellte den Fernseher an. Im Zweisekundentakt änderte er den Sender. Er hatte sich gefreut, den Abend mit seiner Freundin bei einem Glas Bier zu verbringen, jetzt war seine gute Laune im Arsch. Hatte sie einen Lover? Er schaute auf ihre Handtasche. Befanden sich darin Beweise für ihre Untreue? Kondome? Oder ein Kärtchen mit einer Telefonnummer darauf? Er hörte, wie die Dusche ging. Sollte er ihre Tasche durchwühlen?

Eine Viertelstunde später stand Irina frisch geduscht und wohlriechend vor ihm. «Ich gehe jetzt. Bis später.» Sie hauchte ihm einen flüchtigen Kuss auf den Mund. Und weg war sie. Sollte er ihr nach? Er wollte endlich wissen, was sie so trieb.

***

«Wann geht es los?»

«Bestimmt bald. Wir dürfen keinen Fehler machen. Wir gehen alles nochmals genau durch.»

«Ich habe Angst.»

«Angst? Wieso?»

«Wenn die Polizei uns erwischt. Ich möchte nicht ins Gefängnis.»

«Bleib stark. Das letzte Mal ist alles gut gelaufen. Der Plan steht. Es geht alles sehr schnell. Es wird keine

Verletzten und keine Toten geben. Einzig jede Menge Zaster.»

«Wieso liegt denn die Pistole auf deinem Beifahrersessel?»

«Dummchen. Die ist zur Abschreckung, das weisst du.»

«Das hoffe ich.»

«Ich erkläre dir nochmal den Ablauf. Bald kannst du dir etwas Schönes kaufen.»

Zehn Minuten lang liess sie sich ein weiteres Mal alles erklären. Sie stülpte die Handschuhe über, zog den Helm an und startete den Motor. Sie hörte nur noch: «Ich ruf dich an, wenn sie hier losfahren.»

Sie nickte kurz und fuhr auf dem Motorrad davon.

***

Kurz vor Mittag klingelte das Handy. Milan nahm ab.

«Hallo, Ruben.»

«Können wir uns über Mittag treffen? Ich habe interessante News für dich.»

«Es geht bestimmt um die DNA von Nina Andermatt. Sag mir, dass ihre DNA nicht zum Überfall auf Arno Früh passt.»

«Ihre DNA wurde nicht am Tatort gefunden.»

«Sie hat also nichts mit diesem Überfall zu tun?»

«Kaum. Aber darum geht es nicht.»

«Um was geht's denn?»

«Es ist kompliziert. Bis um viertel nach zwölf auf dem Sechseläutenplatz. Dann erzähle ich dir mehr.»

«Okay, bis dann.»

Was wollte ihm Ruben erzählen? Er konnte es kaum erwarten und schaute auf die Uhr. In einer halben Stunde würde er mehr wissen.

«Ich mach dann schon mal Feierabend», sagte er zu seinem Kollegen in der Werbeagentur. Eiligen Schrittes verliess er das Büro. Draussen schien die Sonne. Es war über zwanzig Grad. Er setzte sich die Sonnenbrille auf. Beim Sternengrill stellte er sich in die Warteschlange. Fünf Minuten später biss er in eine St. Galler Bratwurst, während er in Richtung Sechseläutenplatz ging. Der hausgemachte scharfe Senf zog ihm beinahe die Socken aus, aber er war lecker.

Er setzte sich auf einen der Stühle und legte seine Umhängetasche auf den Stuhl daneben.

Natürlich war er zu früh hier. Er musste sich noch mindestens zehn Minuten gedulden, bis Ruben kommen würde. Am Springbrunnen spielten Kinder kreischend mit dem Wasser. Die Mütter sassen auf dem Boden und warteten geduldig. Ein Mann im Anzug schaute ihn fragend an und deutete auf den Stuhl neben ihm.

«Tut mir leid. Besetzt.»

Einige Meter von ihm entfernt sassen ein halbes Dutzend Jugendliche mit hochgezogenen Kapuzen am Boden. Aus einem Ghettoblaster dröhnte deutscher Rap. Farid Bang.

Es war zu laut hier, viel zu laut. Hier konnte er mit Ruben kein vernünftiges Gespräch führen.

Eine junge Asiatin schmiss sich minutenlang vor dem Opernhaus von Pose zu Pose. Ihr Begleiter drückte gefühlte tausend Mal auf den Auslöser seiner Kamera. Typisch Japaner halt. Die kennen Europa nur aus der Perspektive durch die Linse.

Endlich kam Ruben. Jetzt hatte er ihn entdeckt. Strahlend kam er auf ihn zu. Rubens stets gute Laune war ansteckend, der schlief bestimmt noch mit einem Lächeln ein.

Er nahm Milans Tasche vom Stuhl und setzte sich. «Es ist viel zu laut hier», sagte Milan. «Komm, gehen wir an den See.»

«Bei diesem prächtigen Wetter zieht es sogar die Stubenhocker an die frische Luft. Am See wird es auch nicht ruhig sein.»

«Wir finden bestimmt einen passenden Platz.»

Die beiden standen auf und gingen in Richtung See.

«Schiess los. Was hast du für News?»

«Die Täterschaft, die Arno Früh ausgeraubt hat, ist wahrscheinlich wieder aktiv geworden.»

«Was?»

«Sie haben erneut zugeschlagen.»

«Erzähl.»

«In der Nacht gab es einen Überfall. In gleicher Manier. Nur noch viel brutaler.»

«Brutaler? Klingt nicht gut. Was heisst das?»

«Der Ausgeraubte wurde erschossen. Regelrecht hingerichtet.»

«Oh, mein Gott.»

«Ihm wurden aus nächster Nähe vier Pistolenkugeln in den Kopf gejagt.»

«Oh, Mann. Weisst du nähere Details?»

«Kurz nach Mitternacht fuhr ein junges Paar auf der Bülacherstrasse in Richtung Kloten. Sie waren auf dem Heimweg. Kurze Zeit später wären sie zuhause gewesen. Etwas ausserhalb von Winkel gerieten sie an einen fingierten Unfall. Sie stoppten und wollten helfen. Ein

Motorrad lag am Boden, daneben ein menschlicher Körper. Der junge Mann stieg aus dem Wagen.»

«Woher kennst du die Details?»

«Das sind Aussagen der Freundin des Toten.»

Milan und Ruben setzten sich auf die Ufermauer am See.

«Und dann?»

«Der junge Mann bückte sich, um sich um die am Boden liegende Person zu kümmern. Plötzlich kam ein Mann mit gezückter Pistole aus den Büschen gesprungen. Er hat dem jungen Mann zugerufen, er solle sich hinlegen. Die am Boden liegende Person sprang auf. Der junge Mann stellte ihr ein Bein, die Person fiel auf die Knie und blieb einen Moment liegen. Dann stand sie wieder auf und stellte sich neben den bewaffneten Mann. Dieser schoss dem jungen Opfer aus kurzer Distanz vier Mal in den Kopf. Die Frau im Wagen musste mitansehen, wie ihr Freund kaltblütig abgeknallt wurde. Blitzschnell öffnete sie die Tür der Beifahrerseite und flüchtete in die Büsche. Die Räuber hatten sie wohl gar nicht bemerkt oder sie war ihnen scheissegal. Jedenfalls kümmerten sie sich nicht um sie. Sie gingen zum Wagen und entnahmen ihm eine Tasche. Darin befanden sich achtzehntausend Franken. Geld, das die beiden für ihre Hochzeit gebraucht hätten. Sie wollten in fünf Wochen heiraten.»

«Tragisch. Dieses Gaunerpärchen muss schnellstmöglich aus dem Verkehr gezogen werden, bevor es noch mehr Unheil anrichtet.»

«Die Kripo arbeitet mit Hochdruck daran.»

Einige Sekunden schwiegen die beiden. Milan schaute den Schwänen zu, die gierig nach Brotstücken schnappten, die ihnen eine alte Frau mit Kopftuch zuwarf. Auch die Möwen beteiligten sich am Brotfang. Milan schaute Ruben von der Seite an. «Bist du sicher, dass es dieselben Täter waren wie bei Arno Früh?»

«Bis auf den Mord ist es exakt dasselbe Muster. Zudem hat die Freundin des Toten den Täter als jung beschrieben und er trug ebenfalls einen Bart. Ob die andere Person eine Frau oder ein Mann war, konnte sie uns nicht sagen. Sie trug einen Helm und ein Motorradkombi. Im Verlauf des Nachmittags sollten die Ergebnisse der DNA-Proben bekannt sein.»

«Es wurden Spuren gefunden?»

«Ja.»

«Wieso wussten die Räuber, dass das junge Paar eine grössere Menge an Bargeld im Wagen mitführte?»

«Das wüsste ich auch gern.»

Haben die das Geld bei derselben Bank abgehoben wie Arno Früh?»

«Nein, das wurde geprüft. Aber ebenfalls in einer Bank in Zürich.»

«Also kein Insiderwissen eines Bankangestellten. Aber das Pärchen kam von Bülach her. Wieso?»

«Die junge Frau arbeitet in Zürich. Sie wurde um drei Uhr nachmittags von ihrem Freund am Arbeitsort abgeholt. Die beiden fuhren zusammen zur Bank und dann nach Bülach zu den Eltern des Mannes, dort hatten sie für Hochzeitsvorbereitungen geweilt. Das Geld liessen sie den ganzen Abend im Wagen.»

«Wieso haben die Verbrecher nicht den Wagen aufgebrochen? Dann wäre der junge Mann wenigstens noch am Leben.»

«Hellsehen kann ich leider noch nicht.»

142

«Hast du noch mehr Details?»

«Die Person mit dem Helm hat sich beim Sturz verletzt. Sie hat sich danach immer wieder ans Knie gegriffen.»

***

Endlich kam sie durch die Wohnungstür. Arno blickte von der Zeitung auf.

«Hallo, Schatz.»

«Arno, gehen wir heute ins BrewPub?»

«Klar, ich bin dabei.»

«Ich spring noch schnell unter die Dusche.»

Arno wartete im Wohnzimmer, bis Irina fertig war. Er hörte das Wasser in der Dusche plätschern. Sie sang ein Liedchen vor sich hin. ‹Weil mich für dich nichts am Boden hält. Si, tu m'appelles, tu m'appelles, tu m'appelles …› Es ging in ein Trällern über. Adel Tawil hätte sich die Ohren zugehalten.

Er liebte diese Frau abgöttisch, auch wenn sie ihn manchmal an den Rand des Wahnsinns trieb. Gestern Abend hätte er sie erwürgen können. Heute war sie wieder seine Herzallerliebste. Er freute sich auf das kühle Bier. Mal schauen, welches ihn heute aus der Getränkekarte anlachte. Er liebte das BrewPub. Es herrschte stets eine angenehme lockere Atmosphäre.

Endlich kam Irina aus dem Badezimmer. In schwarzem String und schwarzem Push-up-BH huschte sie ins Schlafzimmer. Diese Frau machte ihn wahnsinnig. Vielleicht ging ja heute noch was. Allzulange mussten sie nicht unterwegs bleiben.

Zwei Minuten später stand sie in blauer Slim Fit Jeans und bauchfreiem Shirt vor ihm. «Nimmst du mich so mit?»

«Irina, du siehst toll aus. Du wärst auch im Schlabberlook die Schönste für mich.»

«Arno!»

«Sag mal, wieso hinkst du? Es ist mir schon heute Morgen aufgefallen.»

Sie winkte ab. «Ist nicht so schlimm. Ein kleiner Misstritt.»

Arno öffnete die Wohnungstür. Er liess Irina den Vortritt und schloss die Tür hinter sich ab.

***

Im BrewPub bestellte sich Arno ein Hopfengold. Irina nahm eine Cola, sie würde heimfahren. Das Pub mit eigener Brauerei und Sicht auf die grossen Chromstahl-Tanks war gut gefüllt. Hie und da gab es ein Schulterklopfen und ein Händeschütteln. Arno kannte praktisch alle Gäste vom Sehen. Ein Besucher war ihm völlig fremd, er sass allein an einem Tisch, mit einem grossen Bier vor sich. Der Typ trug einen dunklen Bart, was ihn auf den ersten Blick älter machte. Bei genauem Hinsehen schätzte ihn Arno auf höchstens Anfang zwanzig. Das Gesicht war makellos. Der Kerl wirkte nervös. Schon zum wiederholten Mal zog er sein Handy aus der Tasche und schaute aufs Display. Wartete er auf einen Anruf?

Je länger Arno den Mann beobachtete, umso bekannter kam er ihm vor. Das war doch nicht etwa der Kerl, der ihn ans Strassenschild gefesselt hatte? Ach was, wahrscheinlich hatte er ihn schon mal hier im Pub gesehen.

Jetzt schaute sich der Typ im Lokal um, beinahe suchend. Immer wieder wanderte sein Blick zu Irina. Er stierte sie richtiggehend an.

«Verfluchter Mistkerl.»

«Was?»

«Der Typ dort hinten zieht dich mit seinen Augen beinahe aus.»

«Wer? Wo?»

«Jetzt schaut er gerade nicht. Der dort hinten im grauen Poloshirt.»

Irina drehte den Kopf zur Seite. Für einen Moment meinte Arno ein Zucken in ihrem Gesicht zu erkennen.

«Kennst du ihn?»

«Ich? Nein. Wieso?»

«Egal. Wenn der dich nochmal so anguckt wie eben, polier ich ihm die Fresse.»

Sie lachte. «Arno, bleib friedlich. Dir ist doch nicht schon das Bier zu Kopf gestiegen?»

«Da braucht es dann schon etwas mehr. So schnell kann der Brauer nicht arbeiten. Der Typ nervt einfach.»

Arno musste auf die Toilette.

Nach zwei Minuten kam er zurück. Hatte Irina nicht soeben diesen widerlichen bärtigen Schnösel angesehen? Ihm sogar zugelächelt?

«Du kennst ihn also doch?»

«Wen?»

«Willst du mich auf den Arm nehmen? Dieses bärtige Arschloch!»

«Pst, nicht so laut. Ich kenne den Kerl nicht. Ich weiss nicht, was du hast.»

«Wieso schaust du ihn an?»

«Bist du jetzt total übergeschnappt? Du benimmst dich wie ein pubertierender Halbwüchsiger. Soll ich mit geschlossenen Augen am Tisch sitzen?»

Hatte er überreagiert? Wobei, sie hatte dem Blödmann zugelächelt. Blind war er nicht.

Er griff nach ihren Händen. «Sorry, Irina. Heute ist nicht mein Tag. Tut mir leid.»

«Schon okay.»

«Wollen wir nachher gehen? Ich trinke nur noch schnell mein Bier aus.»

«Wenn du meinst.»

Er nahm den letzten Schluck und stellte das Glas auf den Tisch. «Geh doch schon mal vor. Ich zahl dann mal die Getränke», sagte er zu Irina, als sie in Richtung Tresen gingen.

«Okay, ich warte draussen auf dich.»

Arno wartete, bis Irina ausser Sichtweite war. Er nahm eine Zwanzigernote aus der Hosentasche und drückte sie der Barkeeperin in die Hand. «Stimmt so.»

«Danke, Arno. Sehr grosszügig von dir.»

«Eine Frage noch. Weisst du, wer der Typ dort hinten im grauen Poloshirt ist?»

Sie schaute sich um. «Das ist Flo.»

«Flo?»

«Mehr weiss ich nicht über ihn. Er ist selten da.» Sie stupfte einen Stammgast an, der am Tresen sass. «Daniel, weisst du etwas über Flo?»

«Er kommt aus Zürich. Ein komischer Kauz.»

«Wieso komisch?», meldete sich Arno zu Wort.

«Hab mal kurz mit ihm gesprochen, der Typ ist sehr verschlossen. Meine Wellenlänge ist er jedenfalls nicht.»

146

«Weisst du, wie er mit vollem Namen heisst?»

«Moment. Er hat sich mir vorgestellt. Mann, wie heisst der jetzt nochmal. Ja, genau, Florian Rubli.»

Arno klopfte Daniel auf die Schulter. «Danke. Bis bald.» Er steuerte auf den Ausgang zu.

«Das ging aber lange. War dein Portemonnaie leer? Musstest du noch Geschirr spülen?» Irina schaute ihn fragend an.

Arno lachte.

Die beiden gingen zum Wagen. «Autsch!» Irina knickte mit dem linken Fuss ein.

«Irina, wenn das nicht besser wird, musst du zum Arzt.»

***

Milan sass zuhause und brütete vor sich hin. Auf dem Salontisch stand eine angefangene Dose Cola, daneben ein angebissenes Käsesandwich.

Nina Andermatt konnte er von der Liste der Verdächtigen streichen. Sie war beim Überfall auf Arno Früh nicht dabei gewesen. Ihre DNA stimmte nicht mit den am Tatort gefundenen Spuren überein. Zudem, beim zweiten Überfall war sie bereits tot. Er war froh darüber, nicht mit einer Gaunerin ins Bett gesprungen zu sein. Ein seltsames Gefühl war es auch so. Beklemmend. Zufall? Oder hatte sie zu viel gewusst? Ihr langjähriger Freund wurde immer verdächtiger. Zumal sie sich kurz vor ihrem Tod von ihm getrennt hatte. War Ben Bissig der Kerl, der Arno Früh überfallen hatte? Klar. War er auch für den zweiten Überfall verantwortlich? Klar. Aber wer war die Frau?

147

Nina Andermatt musste sterben, weil sie von Bens Tat wusste. Er hatte ihr sogar davon erzählt. Natürlich hatte er nicht mit ihrer ablehnenden Haltung gerechnet. Sie hatte ihn die gesamte Gefängniszeit über unterstützt. Jetzt hatte sie sich wegen seiner nicht aufhörenden kriminellen Energie von ihm getrennt. Ben Bissig hatte Angst gehabt, dass seine Ex zur Polizei rennen würde. Darum hatte er sie kaltblütig getötet, sie zum Schweigen gebracht. Und nun hatte diese kriminelle Figur schon wieder gemordet. Einem jungen Mann das Leben genommen, einer jungen Verlobten den zukünftigen Mann. Ben, du wirst nicht ungestraft davonkommen. Ich werde dich finden. Auch wenn es Jahre gehen sollte. Die Welt ist gross. Aber ich werde jeden Winkel davon nach dir abklappern, wenn es denn sein muss. Du wirst mir nicht durch die Lappen gehen.

11. Kapitel

Ein trauriges Ereignis stand an: die Beerdigung von Nina Andermatt. Der Friedhof war schon mehr ein Park. Riesige Rasenflächen, Büsche, Bäume. Viele Menschen waren hier und gaben ihr die letzte Ehre. Die Eltern, die Schwester, die Verwandtschaft, Freunde, Arbeitskollegen. Die meisten in schlichter Kleidung, in Jeans und schönem Oberteil. So hatten es ihre Eltern gewünscht. Sie waren einfache Leute. Bestimmt hätte es auch Nina so gewollt.

Milan bemerkte vier Typen in massgeschneiderten Anzügen. Sie fielen sofort auf. Bestimmt Polizeiermittler, die sich unter die Trauernden gemischt hatten.

Am Grab sprach der Pfarrer den Hinterbliebenen Trost zu. Ninas Leib sei nicht mehr da. Sie würde trotzdem immer noch unter uns weilen. Die Worte waren ergreifend. Viele Tränen landeten in den Taschentüchern. Auch Milan kullerte salziges Nass aus den Augen. Er hatte sie gemocht. Sie hatte eine herzerfrischende Art an sich gehabt und ihn mit Zärtlichkeit beschenkt. Nun war sie tot. Das hatte sie nicht verdient. Ihr Mörder konnte nicht ungestraft davonkommen. Ihr Tod musste gesühnt werden. Ben Bissig musste schnellstmöglich zurück hinter schwedische Gardinen.

Tausend Gedanken gingen Milan durch den Kopf. Nina, die kurze Zeit mit dir war schön. Es waren nur wenige Stunden. Diese wunderbaren Momente werde ich nie im Leben vergessen. Dein Lächeln war ansteckend. Dein Herz war so unendlich gross und einladend. Wieso konnte ich dich nicht beschützen? Wieso, verdammt nochmal, konnte ich dich nicht behüten vor diesem

Teufel? Ben Bissig war der Inbegriff des Bösen. Eine von Gott verfluchte Kreatur. Der Satan persönlich. Er hatte Arno Früh ausgeraubt und den Verlobten einer jungen Frau kaltblütig getötet. Es mussten nur noch Beweise her.

Nach seiner berührenden Grabrede ging der Pfarrer in die Kirche. Die Trauernden folgten ihm nach dem Abschiednehmen am Grab ins Gotteshaus.

Zu Beginn des Trauergottesdienstes wurde ‹Amoi seg ma uns wieder› von Andreas Gabalier ab Band abgespielt. Das Lied schüttelte die Trauergemeinde erneut durch. Es war emotional. Die Verbundenheit der Trauergäste mit der Toten war spürbar. Beinahe kein Auge blieb trocken. Milan erwischte sogar einen der Anzugträger, wie er sich die Tränen aus den Augen rieb.

Der Pfarrer las den Lebenslauf vor. Nina war wohlbehütet in ihrem Elternhaus in Mettmenstetten aufgewachsen. Als sie drei Jahre alt war, schenkten ihr die Eltern ein Schwesterchen. Schon als Kind war sie sehr aufgestellt und voller Lebensfreude. Nach dem ersten Schultag sagte sie zu ihrer Mutter, ich geh da morgen nicht mehr hin. Ich will Schauspielerin werden, da muss ich weder rechnen noch schreiben können.

Diese kindliche Aussage zauberte den Trauergästen für Sekunden ein Lächeln ins Gesicht. Es wurde nichts mit der Schauspielerei. Mit sechzehn Jahren begann sie eine kaufmännische Ausbildung bei einer Bank in der Nähe ihres Wohnorts. Sie hielt ihrem Beruf die Treue und wechselte nach der Lehrzeit auf eine Stadtzürcher Bank. Am Wochenende war Nina oft abends unterwegs gewesen, meist mit ihrer Schwester. Beide liebten es, das

Tanzbein zu schwingen. Sie kannten beinahe jeden Club in der Stadt.

Abschliessend sagte der Pfarrer, Nina würde bestimmt auch im Jenseits für viel Freude und gute Stimmung sorgen.

Ben Bissig, ihr langjähriger Freund, wurde im Lebenslauf mit keinem Wort erwähnt. Der Kerl hatte es nicht verdient, an ihrer Beerdigung eine Plattform zu bekommen.

Beim Verlassen der Kirche gesellte sich einer der Anzugträger zu Milan. «Schon traurig, wenn ein Mensch so früh gehen muss», sagte der schwarzhaarige Brillenträger und schaute Milan tief in die Augen.

Meinte der Typ gar, er sei der Mörder? Er hatte bestimmt gemerkt, dass er weder zu Ninas Familie noch zu ihrem Kollegenkreis gehörte. Wahrscheinlich hatte er ihn während der ganzen Zeit beobachtet und jeden seiner Blicke und jede seiner Bewegungen analysiert.

«Ja, es ist traurig.»

«Kannten Sie Frau Andermatt gut?»

«Nein. Erst seit kurzer Zeit.»

Der Typ wurde hellhörig. «Ach ja? Wie lange denn?»

«Ich habe sie tot in ihrer Wohnung gefunden und die Polizei alarmiert.»

Der Anzugträger schien etwas verwirrt zu sein. «Oh, das tut mir leid.» Er schaute auf seine Armbanduhr. «Ich muss wieder zur Arbeit», verabschiedete er sich schnell.

Milan sah ihm nach. Auf dem Parkplatz vor der Kirche stieg er in einen dunklen BMW. Eine Minute später stieg ein weiterer Mann zu. Das Fahrzeug bewegte sich langsam und fuhr auf die Strasse.

***

Sie schluchzte ins Taschentuch und zog zwischendurch immer wieder die Nase hoch.

«Was hast du?»

«Wie kannst du nur so cool bleiben? Du hast einen Mord begangen.»

«Der Typ ist selber schuld.»

«Du hast mir versprochen, dass es keine Toten geben wird.»

«Der Kerl ist selber schuld. Hätte er dich nicht angegriffen, würde er noch leben. Du bist ebenfalls nicht unschuldig. Wärst du nicht aufgesprungen, hätte er dir nicht das Bein stellen können.»

«Jetzt machst du mich verantwortlich für den Tod des Mannes?!» Sie begann erneut zu schluchzen.

«Du hast dich ziemlich dämlich angestellt. So hatten wir es nicht geplant. Ich musste sicher sein, dass er nicht nochmals auf dich losgeht.»

«Und dafür nimmst du einen Mord in Kauf?»

«Ich habe es für dich getan.»

«Du drehst alles um. Lässt dich der Tod des Mannes völlig kalt?»

«Es musste sein. Ich hatte keine andere Wahl. Zudem, ich kannte das Gefühl bereits.»

«Was sagst du da? Du hast doch nicht schon mal jemanden umgebracht, oder?»

«Reden wir von was anderem.»

«Sag, hast du schon mehr als einen Mord begangen?»

«Schweig jetzt! Es war Notwehr.»

«Notwehr?» Sie schüttelte ungläubig den Kopf.

«Wir müssen uns auf die Zukunft konzentrieren. Der nächste Überfall steht schon bald an.»

«Ohne mich. Ich steige aus.»

«Du hängst ziemlich tief mit drin. Wir werden das weiter durchziehen.»

***

Milan wartete beim Bahnhof Kloten. Der Zug nach Zürich fuhr soeben ein. Heute Abend wollte er um die Häuser ziehen, Bar um Bar abklappern. Nicht aus Spass, nein, es war knochenharte Arbeit. Er musste mehr über Ben Bissig erfahren. Vielleicht wusste jemand, wo er steckte. Das Foto von ihm hatte er immer noch auf seinem Handy.

Er bestieg den Zug und setzte sich in ein Abteil, war beinahe allein im Wagen. Aus der Tasche zog er das Handy und sah sich das Foto von Ben an. Sympathisch sah definitiv anders aus, der zog eine Flappe, als hätte er sieben Tage Regenwetter hinter sich. Es war ein Polizeifoto. Ein fröhliches Gesicht hatte Milan auch nicht erwartet. Die ungewaschenen zerzausten Haare und der undichte Bartwuchs liessen ihn ungepflegt erscheinen. Milan wurde unsicher. In Arnos Fall hatte der Gangster einen langen dichten Bart. Wobei, der Bart musste ja nicht echt sein. Bens Blick war kalt, er starrte ins Leere. Er war nicht nur ein Verbrecher, er sah auch so aus. Was hatte Nina nur an diesem Idioten gemocht?

Im Chreis Cheib, dort wo sich ein grosser Teil des Zürcher Nachtlebens abspielt, fragte sich Milan durch diverse Bars. Überall zeigte er das Bild von Ben herum. Einige kannten ihn, wussten aber nicht, wo er im

153

Moment steckte. Andere sagten, dass ihnen dieses Gesicht bekannt vorkomme. Nicht überall stiess Milan mit seiner Rumfragerei auf Verständnis. Ein grosser Kerl mit breiten Schultern gab ihm klar zu verstehen, dass wenn er jetzt nicht gleich einen Abgang mache, er seine rechte Faust am Kinn spüren würde. Andere winkten ab, als er ihnen Bens Bild vors Gesicht hielt. Sie wollten damit nichts zu tun haben. Erfolgreich war der Abend nicht verlaufen. Milan machte sich gegen elf Uhr auf in Richtung Hauptbahnhof. In den Bars an der Langstrasse hatte er keinen Alkohol getrunken. Es wurde Zeit für einen Absacker. Im Lady Hamilton an der Beatengasse zwängte er sich am Tresen zwischen einen älteren Mann und eine aufgetakelte Tussi und bestellte sich ein Quöllfrisch.

Nach zwei Minuten bezahlte der etwa siebzigjährige Mann seine Zeche und ging; ihm war es wohl zu eng geworden. Immer wieder bemerkte Milan, wie ihn die junge Frau mit den künstlichen Fingernägeln von der Seite her ansah.

«Darf ich dir auch einen Drink bestellen?», fragte Milan und versuchte mit ihr ins Gespräch zu kommen.

«Da sag ich nicht nein. Ich nehme einen Caipirinha. Ich bin Khadra», lispelte sie und streckte Milan die rechte Hand hin.

«Milan. Freut mich.»

«Milan? Wie der Vogel?»

«Genau.»

Sie lachte und zeigte ihre vom Lippenstift verschmierten Zähne.

«Du bist nicht oft hier. Hab dich noch nie gesehen.»

«Ab und zu mal. Und du?»

«Beinahe jeden Abend. Ich wohne gleich um die Ecke und genehmige mir hier jeweils einen Schlumi.»

«Dann kennst du bestimmt jede Menge Leute hier.»

«Klar. Man kennt sich.» Sie strich sich mit der rechten Hand sinnlich die hellblonden Haare aus der Stirn und liess die Wimpern klimpern. Khadra war bestimmt keine echte Blondine, sie hatte etwas dunklere Haut.

Milan zückte sein Handy, suchte nach einem Foto und hielt es Khadra vors Gesicht. «Kennst du ihn?»

«Klar, das ist Ben.»

«Woher kennst du ihn?»

«Von früher. Er war in letzter Zeit manchmal auch wieder hier.»

«Hier im Lady Hamilton?»

Sie nickte. «Si Señor.»

«Kennst du ihn gut?»

«Mmh, ziemlich indiskrete Frage. Sagen wir mal so: Ja, es kam schon zu mehr als einem Kuss.» Sie zwinkerte ihm zu.

«Verstehe. Aber seine Freundin bist du nicht?»

«Ich? Um Himmels willen. Nein. Ich will keine feste Beziehung. Mehr als eine Nacht mit mir liegt in der Regel nicht drin. Die Männer werden mir schnell langweilig. Bei ihm war das anders, er ist ein interessanter Mann. Zudem ist er sehr grosszügig.» Sie zeigte auf ihre Gucci-Tasche. «Ein Geschenk von ihm.»

«Die kostet bestimmt um die tausend Franken.»

Sie lachte. «Verdopple den Betrag, dann liegst du ziemlich nah dran.»

«Zweitausend Franken?»

Sie nickte. «Sogar ein wenig mehr.»

«Der hat aber einen guten Job.»

Khadra lachte.

«Wieso lachst du? Was arbeitet er?»

Sie kam ihm ganz nah und flüsterte: «Berufsverbrecher.» Er roch ihre Alkoholfahne.

«Ach ja?»

«Du hast richtig gehört. Er war jahrelang im Loch.»

«Im Knast?»

«Ja, er ist ein schwerer Junge.»

«Wieso genau war er im Gefängnis?»

«Wegen Raub.»

«Weisst du, wo er im Moment ist?»

Sie zuckte mit den Schultern. «Keine Ahnung.»

«Wirklich nicht?»

Sie buchstabierte: «N – e – i – n! Verstehst du das? Das heisst nein!»

«Ist ja gut.»

«Vielleicht ist er abgehauen, ins Ausland oder so. Die Polizei sucht jedenfalls nach ihm. Es heisst, er habe seine Ex umgebracht.»

«Ach ja? Glaubst du das stimmt?»

«Nö. Ben ist kriminell, aber ein Mörder ist er nicht. Wieso interessierst du dich für ihn?»

Milan zögerte. Dann flüsterte er ihr ins Ohr: «Vielleicht bin ich ein Berufskollege und habe einen Auftrag für ihn.»

Sie schaute ihn mit grossen Augen an. «Du flunkerst, oder?»

Er zuckte mit den Schultern.

«Ich weiss wirklich nicht, wo er steckt. Frag doch mal Fiona.»

«Wer ist Fiona?»

156

«Ich habe ihn hier schon mit ihr rumknutschen sehen. Noch nicht so lange her. Die kommt bestimmt noch, ist beinahe jeden Abend da.»

Khadra nahm ihren Schminkspiegel aus der Gucci, trug einen Hauch Rouge auf und zog sich die Lippen nach. Die Schminkutensilien wanderten zurück in die Tasche. Sie nahm den letzten Schluck. Dann zog sie das Portemonnaie aus der Tasche und winkte dem Barmann zu.

«Eine Minute, Khadra, bin gleich bei dir.»

Milan fasste ihr an den Arm. «Lass mal stecken. Ich hab dich eingeladen und übernehme die Rechnung.»

«Alles? Auch meine vorgängigen Drinks?»

«Klar.»

«Supi! Ich geh dann mal. Ähm, willst du mitkommen?»

«Wohin?»

Sie lachte. «Wohin wohl? Zu mir.» Sie zwinkerte ihm zu.

War die Frau aber direkt. Zu direkt für ihn.

«Ich bleibe hier. Vielleicht kommt Fiona noch.»

«Bestimmt. Schön dich kennengelernt zu haben. Du weisst nicht, was du verpasst.» Sie stand auf und ging einige Schritte in Richtung Ausgang.

Milan rief ihr nach: «Wie erkenne ich Fiona? Wie sieht sie aus?»

Sie drehte sich um, kam nochmals zurück und schaute ihn verwegen an. «Sie ist blond, sieht etwas dümmlich aus. Du erkennst sie sofort.» Dann stöckelte sie auf ihren hochhackigen Pumps davon.

Also wie deine Zwillingsschwester, lag Milan auf den Lippen.

Er hob die Bierflasche und rief dem Barmann zu: «Bitte noch eins!» Dieser hob den Daumen.

Eine Viertelstunde später kam eine Blondine durch die Eingangstür. Fiona? Milan musste die Frau ansprechen. Sie war ziemlich klein und hager und machte den Anschein, als würde sie durch das kleinste Lüftchen weggeblasen. Sie schaute sich suchend um. Dann setzte sie sich auf den leeren Hocker neben Milan.

«Hallo, darf ich dich auf ein Getränk einladen?» Milan versuchte mit der jungen Frau ins Gespräch zu kommen.

«Wieso nicht.»

«Ich bin Milan.»

«Fiona.»

«Bist du oft hier?»

«Ja.»

Redselig sah anders aus.

«Was willst du trinken?»

«Einen Mojito», sagte sie zum Barmann.

Milan ging aufs Ganze. «Kennst du Ben?»

«Was willst du von ihm?»

«Ich muss ihn was fragen.»

«Bist du ein Bulle? Du bist bestimmt ein Bulle. Du kannst mich mal.» Sie stand auf und stürmte aus der Bar.

12. Kapitel

Sie kannte gerade mal seinen Vornamen, sonst wusste sie nichts über ihn. Vielleicht war er verheiratet. Oder er legte jeden Abend eine andere flach. Das würde ihre Träume auf einen Schlag zunichtemachen. Bitte nicht. Sie hatte sich in den Club geschlichen. Ganz zuhinterst wartete sie. Immer wieder blickte sie auf die Uhr. Noch etwa zwei Minuten, dann ging es los. Ihr Herz pochte. Sie spürte ein Kribbeln, als würden tausend Marienkäfer in ihr sitzen und sie an der Bauchwand kitzeln. Sie hatte weiche Knie, Schweiss stand ihr auf der Stirn. Ob sie sich überhaupt auf den Füssen halten konnte, wenn er die Bühne betrat?

Endlich ging das Bühnenlicht an. Drei Musiker standen auf den Brettern. Alejandro und Ruben mit Gitarren. Tico sass am Schlagzeug. So hatte sie es auf der Homepage nachgelesen. Wo war Milan?

Das Intro von ‹A Girl Like You› begann. Die Girls an vorderster Front kreischten. Als Milan etwa dreissig Sekunden später ins Scheinwerferlicht trat, hob sich die Geräuschkulisse nochmals an.

Sie war nicht die Einzige, die Gefallen am Sänger der Band fand. Hatte sie überhaupt eine Chance gegen all die kreischenden jungen Chicks? Einige hatten schon ihre Büstenhalter ausgezogen und auf die Bühne geworfen. Wie billig. Einfach nur peinlich. Wählte sich Milan in Gedanken schon eine Tussi für die Nacht aus? Lächelnd sah er ins Publikum, während er mit ausdrucksstarker Stimme ins Mikrofon sang, ja beinahe hauchte. Unglaublich smart. Unglaublich sexy. Dieser Mund.

Diese sinnlichen Lippen. Mein Gott, was stellte dieser Mann mit ihr an.

Jetzt ging er an den vorderen Bühnenrand. Er bückte sich und nahm einer Blondine die rote Rose aus der Hand, die sie ihm entgegenstreckte. Wut kam in ihr hoch. Er bedankte sich mit einem Handkuss bei der Frau. Sie musste sich diesen Kerl aus dem Kopf schlagen. Sie konnte sich ihn abschminken. Der nahm sich bestimmt alles, was sich ihm anbot. Sie selbst war viel zu schüchtern. Vom Leben gezeichnet. Immer wieder war sie an die falschen Männer geraten. An solche, die ihr etwas vorspielten. Kaum hatten sie das, was sie von ihr wollten, liessen sie sie fallen wie eine heisse Kartoffel. Äusserlich passte Milan genau in ihr Männerbild, aber er war bestimmt genauso ein Macho wie ihre früheren Bekanntschaften. Ins Kloster wollte sie nicht. Sie wollte nicht als Nonne enden. Hätte sie wenigstens seine Handynummer gehabt. Nach drei Gläsern Aperol Spritz wäre sie bestimmt in der Lage gewesen ihm eine WhatsApp-Nachricht zu senden und ihm ihre Liebe zu gestehen. Es war alles so sinnlos. Milan stand bestimmt auf extrovertierte Frauen. Sie hatte mit ihrer zurückhaltenden Art null Chancen bei ihm. Von einigen Leuten wurde sie wegen ihres stillen Wesens gar als eingebildete Zicke abgetan. Sie wischte sich einige Tränen aus den Augen. Sollte sie aus dem Club stürmen? Wieso war sie bloss hergekommen? Wie naiv bin ich eigentlich, ging es ihr durch den Kopf. Der würde mich nicht mal wahrnehmen, wenn ich an vorderster Front stünde. Wobei, wieso hat er mich beim Bahnhof Rümlang angelächelt? Wahrscheinlich lächelt er immer. Der würde bestimmt auch einer alten zahnlosen Frau mit Hängebusen bis zu den Knien zulächeln. Ein Sonnyboy. Einer der weiss, was dem weiblichen Geschlecht gefällt.

Sie wollte sich umdrehen und auf den Ausgang zusteuern, hielt inne. Wenn sie jetzt ging, verspielte sie ihre letzte Chance. Sie sollte nicht immer davonlaufen und sich endlich zu ihren Gefühlen bekennen. Mehr als nein konnte Milan nicht sagen, wenn sie ihn zu einem Kaffee einlud.

An der Bar bestellte sie einen Aperol Spritz. Dann noch einen und noch einen. Sie war schon ein wenig beschwipst, als sie an ihren vorigen Standort zurückging, stolperte über eine Handtasche und kam beinahe zu Fall. Die Besitzerin warf ihr einen bösen Blick zu.

Sollte sie nach Konzertschluss zur Bühne gehen und Milan um ein Date bitten? Dazu brauchte sie noch mindestens zwei weitere Aperol Spritz.

Im Laufe des Konzerts ging sie noch zwei Mal an die Bar. Sie war schon etwas lockerer drauf als sonst und bewegte sich beschwingt im Takt zur Musik. Es war sonst nicht ihre Art, sich einen Rausch anzusaufen. Was man nicht alles für die Liebe tut. Sie reimte sich schon die passenden Worte zusammen, ging einige Schritte näher zur Bühne. Ihr Gang war jetzt schon eher ein Torkeln.

Vor ihr gerieten zwei junge Männer aneinander. Sie begannen sich gegenseitig zu schubsen. Beide standen nicht mehr gerade auf den Beinen. Umgeben von einer Alkoholwolke wurde der Streit immer heftiger. Sie hörte Beleidigungen der übelsten Sorte.

«Verdammter Hurensohn! Mach meine Freundin nicht an.»

«Spinnst du? Wie kommst du auf diese Schnapsidee?»

«Schau sie gefälligst nicht so an, du Pimmelkauer!»

«Du abgelutschter Affenschwanz!»

Die Fluchworte wurden immer ordinärer. Die beiden begannen sich zu boxen. Die Konzertbesucher in nächster Umgebung strömten auseinander. Auf der Bühne sang Milan passend Joe Cockers ‹I come in peace›.

«Du Kotzbrocken!»

«Verfickte Tunte!»

«Hey, ihr zwei, hört auf. Seid lieb zueinander», ging sie dazwischen. Sie versuchte die beiden zu trennen.

Plötzlich spürte sie einen Schlag im Gesicht. Es zog ihr den Boden unter den Füssen weg. Dann wurde es dunkel.

***

Es war Sonntagmorgen. Weder die Uhrzeit noch der Tag spielten eine Rolle. Er schaute in die Tiefe. Eine watteweisse Nebelschicht nahm ihm die Sicht ins Tal. Hier oben schien die Sonne. Zaghaft zwar, aber immer wieder lächelte sie zwischen den Wolken hervor. Wenn sie verschwand, wurde es kalt – so wie jetzt. Die Wolke war ziemlich dicht und es konnte länger gehen, bis er die Sonne wieder auf seiner Haut spürte. Er fröstelte, zog den Reissverschluss seiner Jacke zu und richtete den Kragen auf.

Hier oben in dieser abgeschiedenen Berghütte in den Bündner Alpen war er sicher. Kein Schwein würde sich hierher verirren. Die Alpaufzüge begannen erst im Frühsommer. Bis dann war er hier gut versorgt. Die

Nächte würden zwar lang werden. Allein. Ohne Beglei-
tung. Ohne Fernseher. Selbst sein Handy hatte er unweit von Lüen in die Plessur geschmissen. Die sollten ihn
nicht finden. Er wollte nicht in den Knast zurück.
Fremdbestimmt zu sein war die Hölle auf Erden gewesen. Wenn er Lust auf ein gutes Stück Fleisch hatte, gab
es verkochte Spaghetti an einer verfickten faden Toma-
tensauce. Gab es Fleisch, erinnerte dieses an eine abge-
lutschte Schuhsohle. Keine Ahnung, wo der Gefängnis-
koch sein Handwerk gelernt hatte. Im Hilton bestimmt
nicht.

Sechs verdammte Jahre war er im Knast gewesen.
Sechs Jahre lang hatten diese uniformierten Arschlöcher
über sein Leben bestimmt. Wie konnte man nur einem
solchen Job nachgehen? Menschen wegschliessen. In
den sechs Jahren hatte er Nina vermisst. Zwar kam sie
jede Woche für eine Stunde zu Besuch, aber das war zu
wenig. Viel zu wenig. Mehr wurde nicht bewilligt. Sie
hatte die ganzen sechs Jahre zu ihm gehalten. Bei ihren
Besuchen hatte sie nie ein schlechtes Wort verloren. Sie
hatte ihm Mut zugesprochen. Er solle vorwärtsschauen.
In eine gemeinsame glückliche Zukunft. So gerne hätte
er sie dann geküsst und gespürt. Mehr als Händchenhal-
ten lag aber nicht drin. Das Beziehungszimmer wurde
ihm gestrichen, weil er sich selbst im Gefängnis nicht an
Regeln halten konnte.

Er vermisste Nina. Er konnte sogar Tränen vergies-
sen. Das salzige Nass lief ihm über die Wangen und ver-
schleierte den Blick in die Tiefe noch mehr. Nina war
tot. Mausetot. Und es war seine Schuld. Hätte er nach
dem Knast nur ein seriöses Leben begonnen. Mit ein wenig Geduld hätte er bestimmt einen guten Job gefunden.

Anstatt sich an das Versprechen zu halten, das er Nina im Gefängnis gegeben hatte, war er wieder straffällig geworden. Er konnte begreifen, dass sie ihm den Laufpass gegeben hatte. Er war ein Loser. Jetzt gab es kein Zurück mehr. Er hatte sie verloren. Für immer. Auch wenn er es sich so gewünscht hätte, Nina wäre nie seine Frau geworden. Hätte er doch eines dieser unterbezahlten Jobangebote angenommen, welche ihm nach der Entlassung gemacht wurden, er hätte sich schon hochgearbeitet. Nina wäre noch am Leben und er würde den heutigen Abend bestimmt nicht in dieser Berghütte verbringen. Er und Nina sässen vor dem Fernseher. Sie würden einen Krimi schauen. Vielleicht auch Fussball. Vor ihm würde ein grosses Bier stehen. Sie hätte einen gespritzten Weissen vor sich. Vielleicht würden sie auch früh zu Bett gehen und sich der Produktion eines gemeinsamen Kindes widmen.

Wahrscheinlich wäre er aber bei Fiona. Oder bei einer anderen billigen Tussi. Nina die Treue zu halten hatte er nie geschafft. Obwohl er sie abgöttisch liebte. Er brauchte zwischendurch Frauen, die dieselbe Lebensweise pflegten wie er. Nina war hochseriös. Eigentlich ein Wunder, dass er es in ihr Leben geschafft hatte.

«Was bin ich für ein Arschloch», sagte er leise zu sich.

Was machte wohl seine Mutter gerade? Er hatte sie jahrelang nicht gesehen. Sie wollte ihn im Gefängnis oft besuchen. Mehr als ein Besuch pro Woche wurde nicht bewilligt und er hatte die Besuche von Nina bevorzugt. Die Mutter durfte nicht ein einziges Mal kommen.

Die Bullen waren bestimmt schon bei ihr gewesen. Sie konnte ihnen nicht weiterhelfen. Hätte sie ihn verraten, wenn sie wüsste, wo er war? Bestimmt nicht. Er war ihr Fleisch und Blut. Er strich sich die Tränen aus den Augen und schnäuzte in ein Papiertaschentuch. Mutter fristete ein trostloses Leben. Sie bekam Geld von der Sozialhilfe und litt unter starken Depressionen. Die Ärzte rieten ihr seit Jahren zu einem künstlichen Kniegelenk. Sie hatte null soziale Kontakte. Einzig von Nina hatte sie die letzten Jahre regelmässig Besuch bekommen. Alle zwei Wochen hatte sie seiner Mutter die Wohnung geputzt und für sie eingekauft. Nachdem er aus dem Knast gekommen war, hatte sie ihm dutzendfach gesagt, er solle mit ihr seine Mutter besuchen, er hatte es nicht fertiggebracht. Seine Scham war zu gross gewesen. Obwohl, Mutter hätte ihn bestimmt mit offenen Armen empfangen.

Und sein Vater? Der war ein Taugenichts. Er hatte seine Mutter für eine Jüngere verlassen. So recht konnte er sich nicht an ihn erinnern. Er war damals etwa fünf Jahre alt, als der Vater das Weite suchte und mit einer Achtzehnjährigen zusammenzog. Ich bin dasselbe Arschloch wie mein Vater, ging es ihm durch den Kopf. Der Apfel fällt nicht weit vom Stamm.

Hier oben in den Bergen fühlte er sich wie im Knast. Die Berghütte hatte zwar keine Gitterstäbe vor den Fenstern. Sie war auch nicht von einer hohen alarmgesicherten Mauer umschlossen. Selbst die Dreckswärter fehlten. Trotzdem war er hier gefangen. Konnte höchstens ab und zu mal ins Tal, um sich Lebensmittel zu kaufen. Er wusste noch nicht, wohin es ihn im späten Frühling ziehen würde. Er wusste nur eines: Spätestens dann musste er von hier weg.

Die Sonne versteckte sich weiterhin hinter den Wolken. Jetzt begann es leicht zu regnen. Er suchte Schutz unter dem Vordach der Hütte. Der Regen wurde immer stärker und als die Sonnenstrahlen plötzlich wieder durch die Wolken schienen, erstrahlte am Himmel ein prächtiger Regenbogen. Er schlug sich wie eine Brücke zwischen zwei Berge. Erneut begannen die Tränen zu fliessen. Plötzlich war er sich bewusst, welche Schönheiten die Natur zu bieten hatte. Er konnte diese Augenblicke mit niemandem teilen.

***

Sie lag auf der Couch. Nur im Slip und einem alten zerlöcherten Unterleibchen. Sie hatte eine Decke über sich gelegt. Es war bald Mittagszeit. Sie verspürte keinen Hunger. Ihr Schädel brummte, ihr Kinn schmerzte. Zum Glück war nichts gebrochen. Es brauche Zeit, hatte ihr der Arzt im Krankenhaus gesagt. Es würden keine bleibenden Schäden zurückbleiben. Auch die Zähne seien heil geblieben. Zum Glück. Trotzdem schmerzte der ganze Kopf, als wäre sie damit mit Höchstgeschwindigkeit gegen eine Wand gerannt. Dabei hatte sie nur schlichten wollen. Sie mischte sich sonst nicht in Streitigkeiten anderer ein. Ohne Promille im Blut hätte sie sich bestimmt nicht zwischen die zwei Raufbolde gestellt.

Der Typ, der ihr den Schlag versetzt hatte, war der Polizei bekannt. Andere Konzertbesucher hatten ihn festgehalten und der Polizei übergeben. Das hatte sie im Krankenhaus erfahren.

Um acht Uhr morgens war sie aus der Notfallstation entlassen worden. Sie hatte sich ein Taxi genommen und war damit nach Hause gefahren. Sie hatte versucht zu schlafen. Ein Ding der Unmöglichkeit. Diese Schmerzen. Sie waren unerträglich. Trotz Verabreichung von Schmerztabletten. Sie hatte bereits sechs Ponstan verdrückt.

Sie starrte ins Nichts. Gedanklich war sie beim gestrigen Abend. Er hatte so schön begonnen und dann abrupt geendet. In einer kurzen Bewusstlosigkeit.

Plötzlich schrillte die Türklingel. Wer mochte das sein? Ihr Vater? Ach was, der kam nie unangemeldet zu Besuch. Der hätte sie vorher angerufen. Vielleicht war einer Nachbarin der Zucker oder das Salz ausgegangen? Das war bisher noch nie passiert. Zudem war Sonntag. Sollte sie die Türklingel ignorieren? So wie sie im Moment aussah, konnte sie unmöglich jemandem gegenübertreten.

Erneut ging die Türklingel. Der schrille Klang durchbohrte ihren Schädel. Sie zog die Decke über den Kopf. Sie verfluchte die Person, die auf die Klingel gedrückt hatte. Trotzdem schlich sie auf Zehenspitzen zum Wohnungseingang und schaute durch den Türspion. Du heilige Scheisse! Sie zuckte zusammen. Ihr Puls ging bis zum Hals. Sie musste leise sein. Sie schlich zum Spiegel, der im Korridor stand, schaute hinein. So konnte sie die Tür unmöglich öffnen. Am Kinn präsentierte sich eine hässliche blutunterlaufene Stelle. Doch sie musste öffnen. Sie war völlig durch den Wind, huschte ins Schlafzimmer und glitt auf dem Parkettboden aus. «Autsch! Scheisse!» Das laute Poltern und ihr Fluchen waren bestimmt bis ins Treppenhaus zu hören. Schnell stand sie wieder auf und stieg in ihre schwarze Trainerhose. Aus dem Schrank nahm sie den erstbesten Pullover und band sich einen Schal so um, dass er ihr Kinn abdeckte. Sie atmete nochmals tief durch und ging zur Wohnungstür. Noch ein kurzer Blick durch den Türspion. Er stand immer noch da. Ihr Herz schlug Purzelbäume. Langsam drehte sie den Wohnungsschlüssel und öffnete die Tür.

Ein sympathisches Lächeln sprang ihr ins Auge. Er hielt ihr seine rechte Hand hin. «Hallo Zora, wie geht's?»

«Ähm, es geht. Danke der Nachfrage.» Sie konnte seinem Blick nicht länger standhalten und schaute zu Boden.

«Ich nehme an, du kennst mich.»

Sie schaute kurz auf, lächelte und nickte.

«Ich wollte nach dir sehen. Schauen, wie es dir geht.» Milan schien ebenfalls nervös zu sein. Das Gespräch kam nicht so richtig in Fahrt. Für einige Sekunden standen sie sich schweigend gegenüber. Es kam ihr vor wie eine halbe Ewigkeit. Reiss dich zusammen, ging es ihr durch den Kopf. Reiss dich zusammen. Dein Traummann steht dir gegenüber und wenn du dich nicht endlich normal verhältst, schwirrt er womöglich gleich wieder ab. Auf nimmer Wiedersehen.

«Möchtest du nicht reinkommen?» Erneut lächelte sie und machte die Tür ganz auf.»

«Ich möchte nicht stören.»

«Du störst nicht. Ein wenig Ablenkung tut mir gut. Mein Kopf brummt gewaltig.»

Milan schritt in den Korridor. Er bückte sich, um die Schuhe auszuziehen.

168

«Behalte die Schuhe ruhig an.»

Er behielt die schwarzen Skechers an und folgte ihr ins Wohnzimmer. Neben dem Esstisch blieben sie stehen.

«Setz dich. Was willst du trinken?»

Er zögerte.

«Ich nehme einen Espresso. Willst du auch einen?»

«Gern.»

Sie nahm ein grösseres Bündel Euroscheine vom Esstisch und versorgte das Geld in einer kleinen Schrankschublade.

«Du solltest nicht so viel Geld zuhause horten.»

«Ich weiss», sagte sie mit hochrotem Kopf und ging in Richtung Küche. Im Korridor erhaschte sie beim Vorbeigehen nochmals einen Blick in den Spiegel. Sie gefiel sich gar nicht. Diese Haare, ungewaschen und zerzaust. In der Küche nahm sie die Kaffeemaschine in Betrieb und wartete. So konnte sie sich etwas Zeit verschaffen. Mit den Händen brachte sie ihre Haare in Ordnung, benutzte die Backofentür als Spiegel. Tausend Gedanken gingen ihr durch den Kopf.

Mit zwei dampfenden Espressotassen und einigen Biskuits auf dem Tablett ging sie drei Minuten später ins Wohnzimmer zurück.

Milan lächelte. «Danke.»

Sie setzte sich ihm gegenüber. «Wie hast du mich gefunden?»

«Ich war im Krankenhaus. Dort hat man mir gesagt, dass du heute in der Früh wieder entlassen wurdest.»

«Kanntest du meinen Namen?»

«Den habe ich gestern erfahren, als wir das Konzert abbrechen mussten.»

«Wegen mir musste das Konzert abgebrochen werden? Wie peinlich.»

«Mehr wegen des Schlägers. Dich trifft keine Schuld. Man hat mir gesagt, dass du zwischen zwei Streithähnen schlichten wolltest.»

«Das hätte ich lieber gelassen.»

«Das wäre schade gewesen.»

«Wie? Was?»

«Ja, dann sässe ich jetzt nicht hier.»

Ihr schoss das Blut in den Kopf. Nach drei Sekunden des Schweigens sagte sie: «Ich stehe nicht im Telefonbuch. Wie hast du meine Adresse rausgekriegt?»

«Ich habe so meine Beziehungen.»

«Deine Beziehungen?»

«Ich hoffe, du bist mir nicht böse. Ich habe einen Kollegen bei der Polizei. Der hat mir deine Adresse gegeben.»

«Ist der Fachausdruck dafür nicht Amtsgeheimnisverletzung?», sagte Zora schmunzelnd.

«Ja, so in der Art. Aber er hat es für eine gute Sache getan. Sonst hätte ich lange nach dir suchen müssen.»

«Dann sag ihm einen herzlichen Gruss von mir. Ich werde nochmal ein Auge zudrücken.»

Sie sah, wie sich Milans Gesichtsausdruck veränderte. Er wirkte noch nervöser. Sie kicherte und glaubte sein Aufschnaufen zu hören.

«Schön, dass du mich besuchst, auch wenn ich das niemals erwartet hätte.»

«Ich bereue es nicht, dass ich zu dir gefahren bin.»

Theatralisch strich sie sich über die Stirn und tat, als wische sie sich den Schweiss davon.

«Ich war sowas von aufgeregt, als ich vor deiner Tür stand und auf die Klingel gedrückt habe.»

«Du und aufgeregt? Auf der Bühne machst du immer einen entspannten Eindruck.»

«Ja, auf der Bühne bin ich ein selbstbewusster Sänger. Das ist nicht der echte Milan. Privat bin ich ruhig. Kein Mann der grossen Töne.»

Sie hielt sich das Kinn.

«Grosse Schmerzen?»

Sie nickte, nahm den Schal vom Hals und zeigte ihm die blutunterlaufene Stelle am Kinn.

«Sieht ziemlich übel aus.» Er griff mit seiner rechten Hand gegen die verfärbte Stelle und streichelte kurz darüber.

Sie war wie elektrisiert.

Sofort nahm er die Hand wieder von ihrem Kinn. Sie sah sein leeres Schlucken.

«Unkraut vergeht nicht.»

«Unkraut? Ich wusste nicht, dass Unkraut so schön sein kann.»

Sie sah, wie sich seine Wangen rot färbten; ihre nahmen gleichzeitig dieselbe Farbe an. Sie fühlte sich wohl in seiner Umgebung, fasste nach seiner rechten Hand und streichelte sanft über seinen Handrücken. Sie fühlte sich so geborgen wie lange nicht. Als er ihr Gesicht in seine Hände nahm und seine Lippen sanft auf die ihren drückte, lief es ihr heiss den Rücken hinunter.

Einen Espresso später sagte Milan: «Ich lasse dich jetzt lieber weiter ausruhen. Ausserdem wartet meine Mutter auf mich.»

«Du wohnst noch bei deiner Mutter?»

Er lachte. «Nein, aber sie hat mich zum Kaffee eingeladen. Ob ich jetzt allerdings noch mehr davon vertrage, weiss ich nicht.»

Er stand auf.

«Sehen wir uns wieder?» Ihre schwarzen grossen Augen glänzten und schauten ihn fragend an.

«Klar.» Er nahm den Kugelschreiber aus der Seitentasche seiner Hose und kritzelte seine Telefonnummer auf das Tattoo-Magazin, das auf dem Salontisch lag. Sie begleitete ihn zur Tür. Nach einer nicht enden wollenden Umarmung trat er ins Treppenhaus.

***

«Du siehst heute so glücklich aus.»

«Glücklich?»

«Als wärst du frisch verliebt.»

«Ma.»

«Bist du es?»

Milan nickte.

«Schön, ich habe schon gemeint, ich werde nie Grossmutter.»

«Ma, ich hatte heute gerade mal das erste Date mit Zora.»

«Erzähl mir mehr von ihr.»

«Was willst du hören?»

«Wie sieht sie aus? Wie ist sie? Was arbeitet sie?»

«Sie hat schwarze mittellange Haare. Ihre Haut ist etwas gebräunt.»

«Eine Ausländerin?»

«Nein, sie kommt aus dem Kanton Graubünden.»

«Dann hat sie diesen sympathischen Dialekt?»

«Sie spricht wie du und ich. Als ihr Vater mit ihr ins Zürcher Unterland zog, war sie erst sieben Jahre alt.»

«Und ihre Mutter?»

Milan schluckte leer. «Die ist bei ihrer Geburt gestorben.»

«Oh nein. Welch trauriges Schicksal! Wie alt ist deine neue Flamme?»

«Fünfundzwanzig.»

«Da hast du dir ein blutjunges Mädel gekrallt.» Eva lachte und boxte ihren Sohn leicht gegen die Schulter. «Ich habe eine Ananastorte gemacht. Du nimmst doch ein Stück, oder?»

«Klar, Ma, du kennst mich doch.»

«Du hättest sie auch mitnehmen können.»

«Es ist zu früh.»

«Was gefällt dir an ihr?»

«Optisch ist sie eine Wucht. Ausserdem sind wir seelenverwandt.»

Eva wurde plötzlich ernst. «Bei Robert und mir war das auch so. Wir hatten oft dieselben Ideen und Gedanken. Wir schienen wie füreinander gemacht. Bis uns dieser, entschuldige, verdammte Unfall, auseinanderriss.»

Milan streichelte seiner Mutter über den Arm. Er wusste, wie schwer es ihr fiel, über seinen Vater zu sprechen.

«Ma, war es wirklich ein Unfall?»

«Wie meinst du das?»

«Wieso hat der Unfallfahrer nicht angehalten?»

«Das habe ich mich auch immer wieder gefragt und tue das manchmal heute noch. Zuerst hatte ich einen Verdacht.»

«Erzähl.»

173

«Es gab einen anderen Mann, der es auf mich abgesehen hatte. Auch nach der Heirat mit Robert versuchte er immer wieder um meine Gunst zu werben. Er war sehr aufdringlich und klingelte ab und zu bei mir, wenn Robert ausser Haus war. Es grenzte an Stalking, was der Typ tat.»

«Hat Dad ihn nicht in die Schranken gewiesen?»

«Ich habe deinem Vater nie von diesem Kerl erzählt. Ich wollte mit der Sache selbst klarkommen.»

«Meinst du, der könnte für den Tod von Dad verantwortlich sein?»

«Nein. Ich habe damals der Polizei von ihm erzählt. Die haben sein Alibi überprüft, es war stichhaltig.»

«Wer weiss, vielleicht hatte er doch seine Finger im Spiel.»

«Ich habe mit der Sache abgeschlossen. Spielt sowieso keine Rolle mehr.»

«Wieso?»

«Der Typ könnte nicht mehr zur Rechenschaft gezogen werden.»

«Stimmt. Die Schweiz ist eine Insel. Im Gegensatz zu den umliegenden Staaten verjährt Mord hier nach dreissig Jahren.»

«Das wusste ich nicht. Der Mann ist tot. Er ist knapp ein Jahr nach dem Tod deines Vaters freiwillig aus dem Leben geschieden, hat sich unter den Zug gelegt. Nun möchte ich dieses leidige Thema abschliessen und über etwas Schönes reden. Erzähl mir mehr von Zora. Was arbeitet sie?»

«Sie ist Pflegerin in einem Altersheim.»

«Ein schöner Beruf.»

Milan nickte. «Sie arbeitet Schicht.»

«Wenn ihr euch wirklich liebt, werdet ihr auch das meistern.»

«Klar. Da mache ich mir keine Sorge.»

«Wann stellst du mir die junge Dame vor?»

«Ma, gib mir noch etwas Zeit.»

Eva hielt beide Hände abwehrend in die Höhe. «Ist ja schon gut. Ich bin sowas von gespannt auf die junge Frau.»

**

Milan sass vor dem Fernseher und zog sich eine weitere Folge von ‹The Fall› rein, eine Krimiserie, die vorwiegend in Nordirland spielt. Hauptfigur ist der Serienmörder Paul Spector, der nebst seinen Gräueltaten ein unauffälliges harmonisches Familienleben führt.

Wie schön wäre es jetzt, Zora neben sich zu haben und den Arm um sie zu legen. Sie zu spüren. Sie zu riechen.

Er hatte gehofft, sie würde ihn heute Abend anrufen oder wenigstens eine WhatsApp-Nachricht senden. Das Handy war stumm geblieben. Er hatte ihr noch nicht mal gesagt, dass er als Privatdetektiv arbeitete. Hoffentlich kam sie damit klar. Viele Leute reagierten erstmal mit Erstaunen, wenn er davon erzählte. Der Beruf klang gefährlicher, als er war. Zudem wurde diese Arbeit von vielen nicht ganz ernst genommen. Der Grossteil war Recherche. In wirklich gefährliche Situationen war er bisher nicht geraten.

Er konnte sich nicht auf den Film konzentrieren und stellte den Fernseher ab. Immer wieder schaute er aufs Handy, prüfte, ob der Ton auch wirklich eingeschaltet war. Das Handy blieb stumm. Das machte ihn wahnsinnig. Wieso hatte er nicht nach ihrer Telefonnummer gefragt? Er hätte ihr bestimmt schon unzählige Nachrichten geschrieben. Er hatte es in Zoras funkelnden Augen gesehen, sie war ebenso verliebt wie er. Oder war sie einfach eine gute Schauspielerin? Doch wieso sollte sie seinen Kuss erwidern, wenn sie nichts von ihm wollte? Hatte sie das Magazin mit seiner Nummer darauf sofort weggeschmissen, nachdem er gegangen war?

Seine Gedanken kamen nicht von Zora los. Er hätte anderes zu tun gehabt. Er wollte die Täterschaft, die Arno ausgeraubt hatte, endlich ans Messer liefern. Er war blockiert. Das würde eine lange Nacht werden. In seinem Kopf hatte es nur Platz für Zora. Er hatte Angst, dass sie ihn schon vergessen hatte. Wäre sie dann an sein Konzert gekommen? Erneut erhaschte er einen Blick aufs Display seines Handys. War dieses Ding kaputt? Per WhatsApp wünschte er seiner Mutter einen schönen Abend. Postwendend kam zurück: *Danke, dir auch, Milan*. Das Ding war funktionstüchtig. Milan ging an den Kühlschrank. Nach zwei oder drei Bier würde er bestimmt besser einschlafen können. Er griff nach einer Dose Heineken.

13. Kapitel

Milan war im Bad. Er pinselte sich mit Rasierschaum ein und nahm den Nassrasierer zur Hand. Vorsichtig setzte er die Klinge an. In diesem Moment ging der WhatsApp-Klingelton. Sein Handy lag auf dem Badewannenrand. Vor Schreck schnitt er sich an der Wange, ein wenig Blut floss ins Spülbecken. «Scheisse!»

Wünschte ihm Zora einen guten Morgen? Bestimmt. Wer sonst schrieb ihm um diese Zeit eine Nachricht. Der Schnitt an der Wange war ziemlich heftig und es brannte wie verrückt. Für eine Liebesbotschaft von Zora nahm er dies gern in Kauf. Er stoppte die Blutung, nahm das Telefon zur Hand und legte es enttäuscht wieder weg. Die Nachricht kam nicht von seinem Lieblingsmenschen, auf dem Display stand: *Nachricht von Ruben*.

Wieso schrieb ihm Ruben am frühen Morgen? Bestimmt irgendein schmutziges Filmchen. Das hatte Zeit. Zuerst wollte er sich fertig rasieren, duschen und dann gemütlich einen Kaffee trinken.

Frisch rasiert sprang er unter die Dusche. Erst ein wenig Shampoo auf die Haare, dann strich er sich mit Duschgel ein und verteilte es auf dem ganzen Körper. Tat das gut, das warme, wenn nicht eher heisse Wasser erst auf dem Rücken und dann auch auf der Vorderseite zu spüren.

Zehn Minuten später sass er am Esstisch, vor ihm stand ein Kaffee. Er gähnte, reckte und streckte sich und nahm den ersten Schluck. Herrlich. Besser konnte ein Morgen nicht beginnen. Er überlegte. Falsch – konnte er doch. Was fehlte, war eine Gutenmorgen-Nachricht von Zora. Das wäre das i-Tüpfelchen gewesen und hätte sein Herz noch mehr erwärmt. Er nahm das Handy vom Tisch. Was hatte ihm Ruben wohl wieder für einen Müll geschickt? Er öffnete die Nachricht und brachte den Mund nicht mehr zu: *Erneuter Überfall in gleicher Manier wie bei Arno. Ruf mich an, wenn du mehr erfahren willst.* Nicht schon wieder. Wobei, für seine Ermittlungen konnte es nur von Nutzen sein. Jede Aktion des Gaunerpärchens konnte ihn näher ans Ziel bringen. Wenn die so weitermachten, würden sich bald erste Fehler einschleichen, das war mehr als menschlich. Eine Täterschaft wurde mit jedem weiteren Verbrechen unvorsichtiger.

Sollte er heute freinehmen? Überstunden hatte er mehr als genug. Ein dringender Auftrag stand nicht an.

Er wählte Rubens Nummer, dieser nahm sofort ab.

«Guten Morgen, Milan, die haben es schon wieder getan.»

«Wann und wo?»

«Vergangenen Freitag in der Nähe von Glattfelden.»

«Schon wieder im Zürcher Unterland.»

«Ja.»

«Das ist bestimmt kein Zufall.»

«Keine Ahnung.»

«Ich bin gespannt auf weitere Details. Können wir uns treffen?»

«Ich habe über Mittag Zeit. Um zwölf Uhr im Starbucks am Rennweg?»

«Okay, bis dann.»

***

Kurz vor zwölf Uhr setzte sich Milan an einen kleinen Tisch vor dem Starbucks Coffee am Rennweg in Zürich. Den Caramel Macchiato, von dem er gerade den ersten Schluck nahm, hatte er sich vorgängig am Tresen geholt.

Am Tisch neben ihm sass eine junge Frau, sie beendete gerade ihr Telefonat. «Tschüss, Zora, wir sehen uns heute Abend.»

Er sah sie neugierig an. Zora war kein häufiger Name. War das eine Kollegin von Zora? Von seiner Zora? Von der süssesten Frau des ganzen Universums? Sollte er die junge Dame ansprechen? Zu verlieren hatte er nichts.

«Ist etwas?», fragte sie mit kalter Stimme. Sie hatte wohl bemerkt, wie er sie seit Sekunden anstarrte.

«Hast du soeben mit Zora Zanetti telefoniert?»

Sie schaute ihn abschätzig von Kopf bis Fuss an und schüttelte den Kopf. «Ich wüsste nicht, was dich mein Privatleben angeht. Das ist der dümmste Anmachspruch, der mir je zu Ohren gekommen ist, und ich habe schon so manchen gehört. Komm, Othello, wir gehen.»

Den schwarzen Mops hatte Milan gar nicht bemerkt. Er folgte seinem Frauchen mit lautem Grunzen, als sie ihre langen Beine in Richtung Oetenbachgasse bewegte. Milan schaute den beiden nach, bis sie nach dem Dosenbach rechts um die Ecke bogen. Noch immer schaute er ins Leere, als ihn Rubens Stimme zurück in die Realität holte.

«So gut sieht die jetzt auch nicht aus, mit ihrem wandelnden Fussabtreter.»

«Was?»

179

Ruben lachte. «Habe schon Schönere aus dem Bett geschmissen.»

«Ich weiss nicht, wovon du redest.»

«Dir sind die Augen beinahe aus den Höhlen gefallen. Habe dich schon länger beobachtet, wie du ihr hinterhergestiert hast. Wisch dir endlich den Schaum vom Mund.»

«Spinnst du?!» Milan bewegte seine rechte Hand abschätzig vor seiner Stirn hin und her.

«Bist wohl heute mit dem linken Bein aufgestanden. Bist du mies drauf.»

«Hör auf mit deinem Palaver.»

«Was hast du?»

Milan winkte verärgert ab. «Das verstehst du nicht. Lass uns über die Überfälle reden.»

«Ich hol mir erst etwas zu trinken. Soll ich dir auch was mitbringen?»

«Nein.»

Wenig später setzte sich Ruben mit einem Espresso in der Hand zu Milan an den Tisch. Die Sonne schien. Er zog die Jacke aus.

«Hör zu: Am späten Freitagabend hat das Gaunerpärchen erneut zugeschlagen. Auf der Kiesstrasse, die in Richtung Glattfelden führt, haben die beiden eine Frau ausgeraubt.»

«Wieder mit fingiertem Unfall?»

«Dieses Mal lief es etwas anders ab.»

«Wie?»

«Moment.» Ruben stürzte seinen Espresso mit einem Schluck hinunter. «Die Frau stand am Strassenrand und zeigte der Lenkerin des Wagens mit erhobenem Daumen an, sie möge bitte anhalten.»

«Sie machte Autostopp?»

«Kann man so sagen.»

«Und dann?»

«Sie hielt an. Die Autostopperin bat sie, sie möge sie bis zur nächsten Tankstelle mitnehmen. Ihr sei das Benzin ausgegangen. Sie deutete dabei auf einen weissen Wagen, der am Strassenrand stand.»

«Der weisse BMW?»

«Keine Ahnung. Wahrscheinlich schon. Die ausgeraubte Frau konnte sich nur daran erinnern, dass der Wagen weiss war.»

«Okay.»

«Ehe die Autolenkerin reagieren konnte, zog die Gangsterin einen Pfefferspray aus ihrer seitlichen Hosentasche und sprühte damit durch das geöffnete Fenster. Der Fahrzeuglenkerin mitten ins Gesicht. Diese sah sofort nichts mehr. Sie hörte noch, wie die Beifahrertür aufging und ein Mann schrie: «Nimm die Handtasche und dann schnell weg!»

«Diese Überfallserie muss ein Ende nehmen, besser heute als morgen. Konnte die Überfallene die Frau beschreiben?»

«Ja. Obwohl, so richtig konnte sie die Frau nur für wenige Sekunden sehen.»

Milan zückte den Notizblock. «Schiess los.»

«Schwarze mittellange Haare. Sie hatte eine weisse Mütze auf. Sie trug eine schwarze Hose und ein schwarzes Shirt mit ganz kurzen Ärmeln.»

«Keine Jacke? So warm ist es am Abend noch nicht.»

«Nein. Aber sie war ja anscheinend mit dem Auto unterwegs.»

«Wie alt war die Frau ungefähr?»

«So zwischen zwanzig und Mitte zwanzig.»

«Okay.»

«Ihre Arme waren total tätowiert.»

«Tätowiert?»

«Ja.»

«Okay. Was für Tattoos?»

«Daran kann sich die Frau leider nicht erinnern.»

«Noch etwas?»

«Der Komplize hat Hochdeutsch gesprochen, allerdings wie ein Schweizer.»

«Das müssen dieselben sein.»

«Ausser es sind Trittbrettfahrer. Vieles stand ja in der Zeitung.»

«Das glaube ich nicht. Wie gross war die Beute dieses Mal?»

«Etwas mehr als dreitausend Euro.»

«Euro?» Milan überlegte.

«Die Frau wollte sich am Samstag in Deutschland ein neues Schlafzimmer kaufen.»

«Lange werden die beiden nicht Ruhe geben.»

«Wieso meinst du?»

«Dieser Überfall hat sich beinahe nicht gelohnt.»

«Ich denke auch. Der nächste Überfall wird nicht lange auf sich warten lassen.»

«Ich muss sie aufhalten.»

Ruben schaute auf die Armbanduhr. «Ich muss wieder. Die Arbeit ruft.»

«Danke, mein Freund. Eine Frage noch: Wo hat die Frau das Geld abgehoben?»

«Ebenfalls auf einer Bank in Zürich.»

«Und wieso war sie am späten Abend noch mit so viel Geld unterwegs?»

«Sie war an einer Betriebsfeier. Tschüss, Milan. Wir sehen uns.»

Milan überlegte. Alle Opfer hoben ihr geraubtes Geld auf Stadtzürcher Banken ab. Gab es noch etwas anderes, was die Opfer miteinander verband? Klar. Alle wohnten im Zürcher Unterland. Gab es noch mehr Gemeinsamkeiten?

***

Ruben hatte Milan eine vertrauliche Mail mit den Personalien der Opfer geschickt. Bestimmt hatte er ein schlechtes Gewissen. Er war so seriös.

Es musste eine gemeinsame Verbindung zur Täterschaft geben. Sollte Ben Bissig der Täter sein, wie kam er dann an das Wissen, dass die Überfallenen jeweils so viel Geld mitführten? Es konnte kein Zufall sein, dass bei jedem der Überfälle mehrere tausend Franken Beute gemacht wurden. Heutzutage, wo kaum jemand noch eine grössere Menge an Bargeld bei sich trägt. War Fiona die Komplizin von Ben? Wobei, sie war blond, hatte keine schwarzen Haare. Hatte sie eine Perücke getragen? War Arnos Freundin die Täterin? Wenn ja, wer war ihr Komplize? Ben? Oder der Typ, mit dem sie sich neulich im Restaurant im Hauptbahnhof getroffen hatte? Hatte Irina tätowierte Arme? Soweit er sich erinnern konnte, eher nicht. Konnte man sich überhaupt auf Zeugenaussagen verlassen?

Milan fasste den Entschluss, Veronica Schwertfeger in Glattfelden einen Besuch abzustatten. Sie war das letzte Opfer und konnte ihm bestimmt mehr über die Täterin sagen. Ruben würde ihn in Stücke reissen, wenn er von seinem Vorhaben erführe. Er hatte ihm hoch und heilig versprochen, mit den Personalien der Opfer diskret umzugehen, doch er wollte den Fall endlich zu Ende bringen. Das Opfer aus Glattfelden war im Moment seine einzige Hoffnung.

***

Es war später Nachmittag, die Turmuhr der reformierten Kirche in Glattfelden zeigte viertel nach vier. Milan stand vor einem alten Wohnblock in der Nähe des Gotteshauses und studierte die Klingelbeschriftungen. Endlich, die Klingel in der Mitte rechts war mit ‹V. *Schwertfeger / M. Hohl*› angeschrieben.

Er nahm seinen gefälschten Polizeiausweis aus der Jackentasche, dieser wirkte täuschend echt. Ein Laie würde die Fälschung bestimmt nicht bemerken. Trotzdem hatte er ein mulmiges Gefühl. Er trug den Ausweis schon länger bei sich. Wenn die Frau zuhause war, würde er ihn heute zum ersten Mal benutzen. Ruben hatte ihm gesagt, dass sie in einem Lebensmittelgeschäft in Zürich arbeite. Es war also gut möglich, oder sogar wahrscheinlich, dass sie noch nicht da war. Vielleicht war wenigstens ihr Freund schon zuhause.

Milan atmete tief durch. Er bewegte den rechten Daumen in Richtung Klingelknopf. Abrupt stoppte er die Bewegung, zog das Handy aus der Jackentasche und öffnete die Spiegel-App. Die Perücke sass gerade. Die stahlblauen Linsen liessen seine Augen grösser erscheinen, der Blick wirkte starr. Alles war in bester Ordnung. Er drückte kräftig auf die Klingel und wartete.

Nichts passierte.

Er drückte die Klingel erneut.

Eine feine leise Stimme meldete sich über die Gegensprechanlage: «Hallo.»

«Guten Tag. Frau Schwertfeger?»

«Ja.»

«Ich bin von der Polizei. Ich habe noch einige Fragen an Sie.»

Der Türöffner ging. «Kommen Sie hoch in den ersten Stock.»

Er ging durch die Haustür, muffige, abgestandene Luft kam ihm entgegen. Durch das kleine Fenster drang nur gedämpftes Licht ins Treppenhaus. Beinahe stolperte er über ein Dreirad, das im Weg stand. Er suchte einen Lichtschalter. Vergeblich. Einen Lift schien es in dieser Bruchbude nicht zu geben. Er nahm die Holztreppe. Bei jedem seiner Schritte stöhnten die Stufen unter seinen Füssen auf. Ihm ging das Lied vom alten Haus von Rocky Docky durch den Kopf. Auch dieses Haus hier hatte bestimmt schon viel erlebt. Er war gespannt auf Veronica Schwertfeger.

Im ersten Stock öffnete sich knarrend eine Tür einen Spalt breit. Eine junge Frau schaute ins Treppenhaus. Ihre kurzen braunen Haare hatte sie vorn mit Gel nach oben geformt. In ihren Augen erkannte er Angst, vielleicht war es auch Unsicherheit. Er streckte ihr die gefälschte Polizeimarke entgegen. Ohne einen Blick darauf zu werfen, öffnete sie die Wohnungstür ganz.

«Eigentlich habe ich schon alles gesagt.» Mit einer Handbewegung deutete sie ihm an einzutreten.

«Vielleicht haben meine Kollegen etwas Wesentliches überhört. Wir wollen den Fall endlich abschliessen. Diese Überfälle müssen aufhören.»

Sie nickte und führte ihn in eine kleine altertümliche Küche. Beim Vorbeigehen erhaschte er einen Blick durch die offene Wohnzimmertür.

«Sie wollen verreisen?»

«Sie meinen wegen der Reiseprospekte auf dem Salontisch?»

Er nickte.

«Nein, ich verreise nicht. Meine Kollegin hat Ferienpläne.»

«Ihre Kollegin?»

«Monika Hohl und ich leben zusammen in einer WG.»

Auf diese Idee war Milan gar nicht gekommen. Er hatte gedacht, der zweite Name an der Türklingel gehöre ihrem Freund.

«Ist Frau Hohl nicht da?»

«Nein.»

Er schaute auf die Uhr. «Bestimmt ist sie noch bei der Arbeit.»

«Nein, sie sucht sich gerade eine neue Stelle.»

«Sie ist arbeitslos?»

Sie nickte. «Nehmen Sie Platz. Wollen Sie einen Kaffee? Oder ein Glas Cola?» Er zögerte. Der Anblick des haufenweisen ungewaschenen Geschirrs in der Spüle sowie des schmutzigen Plattenbodens verleiteten ihn zu einem kraftvollen ‹Nein, danke›.

Beide nahmen gleichzeitig am kleinen Esstisch Platz. Sie legte ihre feinen Hände auf die Essplatte. Über die Farbe ihrer Fingernägel war er nicht überrascht, dieses Blutrot schien momentan der absolute Renner zu sein.

«Frau Schwertfeger, beginnen wir nochmals von vorn. Sie kamen auf der Kiesstrasse in Richtung Glattfelden angefahren, da stand plötzlich diese Frau am Strassenrand.»

Sie nickte.

«Sie haben angehalten. Hatten Sie keine Angst?»

«Angst?»

«Immerhin war es dunkle Nacht. Sie haben bestimmt von den Überfällen gehört, die Zeitungen haben darüber berichtet.»

«Ich lese keine Zeitungen.»

«Auch in den Nachrichten waren die Überfälle ein Thema.»

«Klar, ich hatte schon etwas über diese Überfälle im Zürcher Unterland gehört, habe mir aber keine weiteren Gedanken darüber gemacht. Leider. Im Nachhinein bin ich schlauer.»

«Die Frau hat Ihnen zugewinkt?»

«Ja, ich dachte, sie sei allein und habe eine Autopanne.»

«Können Sie mir die Frau beschreiben?»

Veronica Schwertfeger atmete tief durch. «Das habe ich doch schon getan. Lesen Sie den Rapport Ihrer Kollegen durch.»

«Vielleicht erinnern Sie sich heute an weitere wichtige Details. Schliessen Sie die Augen und versetzen Sie sich nochmals in die Situation.»

Sie verdrehte die Augen. «Kann ich erst noch eine rauchen?»

Ohne eine Antwort abzuwarten, griff sie zum gelben Zigarettenpäckchen, das auf dem Küchentisch lag. Sie stand auf, ging ans Fenster, öffnete es und zündete sich eine Zigarette an. Hastig zog sie daran und blies den Rauch ins Freie.

Nachdem sie sich wieder hingesetzt hatte, sagte sie scheu lächelnd: «Ich komme mir vor wie bei einem Verhör.»

«Das ist kein Verhör, das ist eine polizeiliche Befragung. Sie sind eine wichtige Zeugin. Schliessen Sie die Augen. Sie werden sehen, das funktioniert.»

«Ein bisschen doof komme ich mir schon vor.»

«Vielleicht dient Ihr Erinnerungsvermögen einer guten Sache. Denken Sie daran, das Gaunerpärchen hat immerhin ein Menschenleben auf dem Gewissen.»

Sie schloss die Augen.

«Was sehen Sie?»

«Ich komme angefahren, da steht eine Frau am Strassenrand, neben einem Wagen.»

«Welche Marke hat der Wagen?»

«Keine Ahnung. Ich kenne mich da nicht aus. Er ist weiss.»

«Ein BMW?»

Die junge Frau zögerte. «Vielleicht.»

«Wie sieht die Frau aus? Beschreiben Sie sie.»

«Sie ist jung, so zwischen zwanzig und fünfundzwanzig. Jetzt halte ich neben ihr an und öffne das Fenster der Beifahrertür. Sie hat eine gesunde Gesichtsfarbe und grosse dunkle Augen.»

«Eine gesunde Gesichtsfarbe? Was heisst das?»

«Sie hat einen braunen Teint.»

«Eine Afrikanerin?»

«Nein, nicht schwarz. Braun habe ich gesagt.» Sie wirkte genervt.

«Eine Südländerin?»

«Keine Ahnung. Vielleicht. Es war dunkel.»

«Konzentrieren Sie sich weiter. Was hat die Frau für eine Augenfarbe?»

«Ich denke, braun, vielleicht auch schwarz. Jedenfalls hat sie dunkle Augen.»

«Was wiederum für eine Südländerin sprechen würde.»

«Oh Mann, Sie machen es mir nicht einfach. Es ging alles so schnell. Vielleicht hatte sie auch grüne oder gar blaue Augen.»

«Beschreiben Sie ihre Haare.»

Sie überlegte einen Moment. Auf ihrer Stirn machten sich Schweissperlen bemerkbar. «Die Haare sind dunkel, sie sind schwarz.»

«Hat sie langes Haar?»

«Mittellang.»

«Gelockt oder gerade?»

«Gerade.»

«Wie hat die Frau gesprochen?»

«Ganz normal.»

«Das heisst?»

«Wie Sie und ich, mit Zürcher Unterländer Dialekt.»

«Was trug sie für Kleider?»

«Schwarze Jeans und ein schwarzes T-Shirt.»

«Keine Jacke?»

«Nein.»

«Die lag bestimmt im Wagen.»

Sie nickte.

«Sie haben ausgesagt, die Frau sei an den Armen tätowiert gewesen.»

«Ja.» Veronica Schwertfeger öffnete die Augen.

«Schliessen Sie die Augen wieder. Beschreiben Sie die Tattoos.»

«Es sind viele Tattoos.»

«Wie viele?»

«An den Armen hatte sie keine tattoofreie Stelle.»

«Sind die Bilder farbig oder schwarz-weiss?»

«Ich weiss es nicht.»

«Können Sie sich an ein Sujet erinnern? Vielleicht ein Tribal, ein Tier oder ein bestimmter Schriftzug?»

Sie fuhr sich mit der rechten Hand übers Haar. «Nein.»

«Und im Gesicht?»

«Was im Gesicht?» Sie wirkte angespannt.

«Sind da auch Tattoos?»

«Nein. Definitiv nein.»

Sie öffnete die Augen und stand auf. «Ich mach da nicht mehr mit. Das ist mir zu blöd. Es ging alles so schnell. Zudem wühlt mich das Ganze wieder auf. Nicht auszudenken, wenn die mich auch getötet hätten.»

«Nur eine Frage noch.»

Sie stöhnte auf.

«Die Fingernägel. Waren die gefärbt?»

«Keine Ahnung. Ist das wichtig?»

«War die Farbe vielleicht die gleiche wie bei Ihnen? Blutrot?»

«Was?» Sie begann zu lachen. «Was wollen Sie damit sagen?»

«Beim ersten Überfall hatte die Frau blutrot lackierte Fingernägel.»

Sie hielt sich die Nägel vors Gesicht. Lange schwieg sie, dann sagte sie: «Diese Farbe nennt man blutrot? Das wusste ich nicht. Ich lackiere meine Nägel seit Jahren mit diesem Lack.»

«Frau Schwertfeger, können Sie sich wirklich nicht an eines der Tattoos erinnern? Das wäre womöglich eine heisse Spur.»

«Es könnte sein, dass sie eine Rose auf einem der Arme trug. Ja, ich meine mich daran zu erinnern.»

«Auf welchem Arm? Auf dem rechten oder dem linken?»

«Ich weiss es nicht. Sie bringen mich ganz durcheinander. Ich kann nicht mehr. Bitte gehen Sie jetzt.»

14. Kapitel

«Ich dachte schon, du hast mich vergessen», sprach Milan freudig erregt ins Telefon.

«Ich dich vergessen? Wie kommst du auf diese verrückte Idee?»

«Habe den ganzen Sonntagabend auf ein Lebenszeichen von dir gewartet.»

«Auf ein Lebenszeichen?»

«Auf eine WhatsApp-Nachricht zum Beispiel.»

Zora kicherte. «Ich hatte am Sonntagabend riesige Kopfschmerzen. Nur drei Ponstan gleichzeitig haben mich davon erlöst. Bin dann allerdings gleich eingeschlafen.»

«Du Arme! Heute ist schon Dienstag. Hast du auch den ganzen Montag durchgeschlafen?»

Jetzt lachte sie lauthals heraus. «Gestern Abend hatte ich etwas vor.»

«Es ist schön deine Stimme zu hören. Ich habe dich vermisst. Hast du heute Abend Zeit?»

«Heute Abend? Mmh, ich muss überlegen. Ich schau kurz in meine Agenda.»

«Hä?»

«Erwischt! Klar habe ich Zeit. Um sieben bei mir?»

«Bis dann.»

Milan stürmte ins Schlafzimmer und durchwühlte den Kleiderschrank. Wo war seine neue Jeans? Scheisse! Scheisse! Scheisse! Sie müsste doch eigentlich an einem Bügel hängen. Er hatte sie letzte Woche im ‹Glatt› gekauft. Bereits zum dritten Mal zog er die Kleiderbügel von rechts nach links und fluchte dabei ununterbrochen. Die Diesel-Jeans hatte ihn ein Vermögen gekostet. Über dreihundert Franken hatte er dafür hingeblättert. Verdammt! Wo war dieses edle Teil mit den Destroyed-Effekten? Er hielt inne. Überlegte. Was hatte er sonst noch im ‹Glatt› gekauft? Ja, genau, einen Dyson Staubsauger. Jetzt huschte ein Lächeln über seine Lippen. Der Staubsauger und die Jeans lagen bestimmt immer noch im Kofferraum seines Wagens.

***

Es klopfte an Rubens Bürotür.

«Hallo, wer ist da?»

Die Tür ging auf. Theodor stand da, mit zwei Bechern Kaffee in der Hand.

«Ruben, es ist Zeit für eine Pause.»

«Kannst du Gedanken lesen? Ich wollte soeben aufstehen und zum Kaffeeautomaten gehen.»

Theodor war etwas älter als er. Ein guter Polizeikollege. Ein Familienmensch. Er hatte eine wundervolle Frau und fünf Kinder. Deshalb war er auch unter dem Spitznamen ‹Theo Rammler› bekannt. Ob er selbst von seinem Übernamen wusste, entzog sich Rubens Kenntnis.

Theodor setzte sich zu Ruben und streckte ihm einen Becher hin. «Danke, Theo. Was gibt's Neues?»

«Das Räuberpärchen hat wieder zugeschlagen.»

«Das Pärchen, welches das ganze Zürcher Unterland verrückt macht?»

Theodor nickte.

«Wann?»

«Vergangene Nacht, kurz nach Mitternacht.»

«Du heilige Scheisse! Gibt es Verletzte, oder gar …»

«Zum Glück nicht.»

«Wo hat sich der Überfall ereignet?»

«Etwas ausserhalb von Lufingen, in Richtung Embrach.»

«Wie hoch ist die Beute?»

«Etwas über sechstausend Franken.»

«Nur?»

«Verdienst du sechstausend Franken in so kurzer Zeit? Der Überfall hat nicht mal zwei Minuten gedauert.»

«Dieses verdammte Pärchen muss endlich geschnappt werden.»

«Die beiden hinterlassen kaum Spuren.»

«Irgendwann werden sie einen Fehler machen.»

«Ganz bestimmt, ich hoffe, möglichst bald.»

«Eine Studie besagt, dass Verbrecher von Tat zu Tat unvorsichtiger werden. Meist fühlen sie sich von Mal zu Mal sicherer.»

«Irgendwann müssen sich die beiden ein neues Tatmuster zulegen. Mittlerweile ist wohl jedem bekannt, dass wenn ein Motorrad auf der Strasse liegt, Vorsicht geboten ist.»

«Beim Überfall bei Glattfelden hat die Täterschaft schon etwas anders gehandelt.»

«Stimmt.»

«Wenn es denn dieselben waren wie bei den anderen Beutezügen.»

«Du meinst es sind zwei Gaunerpaare unterwegs? Womöglich Trittbrettfahrer?»

«Keine Ahnung. Irgendwie passt der Fall Glattfelden einfach nicht ins übrige Verhaltensmuster.»

***

Milan stand am Rotlicht. Was ihm Ruben soeben am Telefon erzählt hatte, machte ihn rasend vor Wut. Es musste Bewegung in den Fall kommen. Immer weniger glaubte er daran, dass Ben Bissig zur Täterschaft gehörte. Er war zur Fahndung ausgeschrieben, weil er der Hauptverdächtige im Mordfall Nina Andermatt war. Hätte er sich da dem Risiko ausgesetzt, erwischt zu werden? Aber aus welchem Grund hatte er seine Ex umgebracht? War er überhaupt ihr Mörder?

Endlich änderte die Ampel die Farbe, er setzte seinen Wagen in Bewegung.

Noch wenige Minuten, dann würde er Zora wiedersehen. Sein Herz hüpfte bereits vor Vorfreude. Sie hatte gesagt, sie werde etwas Kleines kochen. Würde er überhaupt einen Bissen runterkriegen? War sie eigentlich schon seine Freundin? Immerhin hatten sie sich geküsst, sogar kurz mit Zunge. Heute wollte er Nägel mit Köpfen machen. Er wollte wissen, woran er bei ihr war. Ein wenig enttäuscht war er schon, hatte sie sich erst heute wieder bei ihm gemeldet. Seine Gedanken waren seit Sonntag nur noch bei ihr. Wäre es ihr ebenfalls so ergangen, hätte sie sich doch nicht zwei Tage Zeit gelassen. Er redete sich wieder etwas Hoffnung ein. Frauen tickten halt anders als Männer.

Er stellte seinen Wagen auf ein Besucherparkfeld, stieg aus und machte einen letzten Kontrollblick in den Seitenspiegel. Die Frisur sass.

Ach ja, den Rosenstrauss hätte er beinahe vergessen. Er öffnete den Wagen nochmals und nahm ihn vom Beifahrersitz. Die freundliche Frau im kleinen Blumenge-

195

schäft in Niederglatt hatte ihm augenzwinkernd gesagt, zwölf rote Rosen seien noch immer der Klassiker bei Frischverliebten. Hatte sie es ihm tatsächlich angesehen, dass in seinem Herzen tausende von Schmetterlingen um die Wette tanzten? Oder hatte sie einfach ins Blaue palavert und dabei ins Schwarze getroffen?

Die Haustür war nicht abgeschlossen. Milan nahm die Treppe und stand vor der Wohnungstür. Er klingelte. Keine zwei Sekunden später öffnete sich die Tür, als hätte Zora dahinter schon auf ihn gewartet. Zwei dunkle Augen strahlten ihn an. «Für mich? Oh, ich liebe Rosen.»

Etwas umständlich umarmte Milan seine neue Eroberung. In der einen Hand hatte er immer noch den Rosenstrauss. Ihre Lippen suchten sich. Der Kuss war intensiv.

«Komm rein. Du hast bestimmt Hunger.»

Die beiden lösten sich aus der Umarmung. Sie nahm ihm den Strauss ab. Er folgte ihr ins Wohnzimmer. Der Esstisch war gedeckt, in der Mitte zwischen den zwei Gedecken stand ein kleiner Raclette-Ofen. «Ich hoffe, du magst Raclette.»

«Und wie.»

Er nahm auf dem Sofa Platz und sah ihr zu, wie sie mit strahlendem Gesichtsausdruck die Blumen in eine Vase stellte. Sie trug eine schwarze Röhrenjeans. An diesen Beinen konnte er sich nicht sattsehen. Ihr enggeschnittener Pullover mit dem gekräuselten Saum liess ihren Busen beachtlich erscheinen. Ob wohl darunter ein Push-up seinem Zweck diente? Er wollte es heute noch herausfinden.

Der Raclette-Ofen war noch nicht in Betrieb, trotzdem begann Milan zu schwitzen. Er nahm die Jacke ab und legte sie neben sich aufs Sofa.

«Es geht nicht mehr lang, die Kartoffeln sind bald so weit.»

«Nur keinen Stress. Ich habe heute nichts mehr vor.»

«Da bin ich froh.» Sie schmunzelte. Dieses Lächeln machte ihn wahnsinnig. Am liebsten hätte er den Hauptgang ausgelassen. Das Dessert stand bereits in Form einer hochattraktiven jungen Frau vor ihm. Er streckte seine Hand nach ihr aus. Sie kam auf ihn zu. Mit ihrer rechten Hand umschloss sie die seine und streichelte mit dem Daumen sanft über seinen Handrücken. Er war wie elektrisiert und sagte minutenlang kein Wort.

«Setz dich an den Tisch», meinte sie. Blitzartig erwachte er aus den schönsten Träumen. «Ich gehe noch schnell in die Küche, um die Zutaten zu holen.»

Die beiden stiessen mit einem Glas Heida an, einem Savagnin Blanc, dessen Trauben an den sonnigen und steilen Hängen von Visperterminen, dem höchsten Rebberg nördlich des Alpenhauptkamms, reifen.

Sie erzählte ihm vom heutigen Arbeitstag im Altersheim. Nach der zweiten Käsescheibe sagte sie: «Es wird warm. Darf ich meinen Pullover ausziehen?»

Er verschluckte sich beinahe an einem Bissen einer heissen Kartoffel. Hustend sagte er: «Sicher, kein Problem.»

Zu seiner leisen Enttäuschung stand sie auf und verliess das Wohnzimmer. Eine Minute später kam sie in einem schwarzen ärmellosen Shirt mit gewagtem

Ausschnitt zurück. Für einen Moment versank sein Blick in den Tiefen ihrer Hügellandschaft. Zum ersten Mal konnte er ihre unzähligen Tattoos aus der Nähe betrachten. Die schwarze Rose auf ihrem rechten Unterarm sprang ihm sofort ins Auge. Er war leicht verunsichert. «Stören dich die Tattoos?» Sie hatte wohl bemerkt, wie er auf die verschiedenen Motive starrte.

Wie von weit weg, hörte er ihre Stimme. «Sag, stören dich die Tattoos?»

«Nein, sicher nicht. Sie sehen faszinierend aus.»

«Da habe ich ja nochmal Glück gehabt. Dachte schon, jetzt verschwindest du gleich durch die Tür auf Nimmerwiedersehen. Tattoos sind nicht jedermanns Sache.» Er hörte ihr belustigtes Lachen.

«Ich habe kein einziges Tattoo. Kommst du damit klar?»

«Ich würde es auch nicht mehr tun. Jugendsünden. Ich habe mit dieser angefangen.» Sie zeigte auf die schwarze Rose. «Beinahe monatlich sind weitere Motive dazugekommen.»

Gedanklich war Milan zur Hälfte bei Veronica Schwertfeger. Was hatte sie ihm gesagt? Die Gaunerin sei an den Armen tätowiert gewesen. Sie konnte sich an eine Rose erinnern.

«Milan, geht's dir gut?»

«Was? Ja. Wieso?»

«Du wirkst ein wenig blass.»

«Ach ja?» Er hob die Flasche Heida an. «Nimmst du noch einen Schluck?»

Sie nickte lächelnd. Er goss Wein nach.

Nach der siebten Käsescheibe war Schluss für Milan. Er meinte zu platzen. Zora hatte nur vier Scheiben verdrückt, soweit er es mitbekommen hatte. An ihrem Körper war kein Gramm Fett zu sehen. Sie war perfekt, zumindest in angezogenem Zustand. Er hoffte, ihren flachen Bauch heute auch noch in natura zu sehen. Nicht der kleinste Ansatz eines Speckröllchens war durch das Shirt zu erkennen. Er musste da schon etwas mehr aufpassen. Wenn er über Wochen keine Kalorien zählte, machte sich bereits ein kleiner Bauchansatz bemerk-bar. Mit regelmässigem Sport und gesunder Enährung war dieser jeweils nach wenigen Tagen verschwunden. Trotzdem, er hätte sich gewünscht alles essen zu können, was sein Herz begehrte, und dabei rank und schlank zu bleiben. So wie es einer Anzahl von Menschen geht, die genbedingt einfach nicht zunehmen.

«Möchtest du noch warten, oder sollen wir gleich zum Dessert übergehen?», hörte er Zoras Stimme. Sie holte ihn aus den Gedanken.

Er fuhr sich mit der rechten Hand langsam über den vollen Bauch. «Eigentlich hat es keinen Platz mehr darin.»

«Ach was! Der ist jedenfalls schön straff. Du scheinst viel Sport zu machen.»

Hatte er Halluzinationen, wenn er in den Spiegel sah? Oder übersah seine neue Flamme den leichten Bauchansatz einfach grosszügig?

«Straff? Mein Shirt scheint gut zu kaschieren.»

Sie lachte. «Komm wir setzen uns aufs Sofa und quatschen noch ein wenig, bevor wir uns das Vanille-Glace mit den heissen Beeren gönnen.»

«Darf ich schnell auf deinen Balkon? Ich würde gern eine rauchen.»

«Klar. Ich komme mit.»

«Rauchst du auch?»

«Gelegentlich.»

Die beiden zogen ihre Jacken an und gingen nach draussen. Während Zora die Zigarette in den Mund steckte und mit beiden Händen vor dem Wind schützte, gab Milan ihr Feuer. Danach tauschten sie die Rollen.

«Und du? Rauchst du viel?»

«Ein Paket geht im Tag schon drauf. Ich sollte es mir längst abgewöhnen, aber es ist schön, ein gutes Essen mit einer Zigarette abzuschliessen.»

Es war kühl draussen. Nach wenigen Zügen brachen die beiden ab und gingen ins Wohnzimmer zurück. Sie entledigten sich ihrer Jacken und setzten sich nebeneinander aufs Sofa.

Nach zwei Minuten machte sie den Anfang. Sie nahm seine linke Hand, führte sie zu ihrem Mund und hauchte einen zärtlichen Kuss darauf. Sein Herz begann schneller zu schlagen. Er sah auf die Rose auf ihrem rechten Unterarm. Nein, das konnte nicht sein. Sie war bestimmt keine Gangsterin, konnte bestimmt keiner Fliege etwas zuleide tun. Oder doch? Er konnte den Blick nicht mehr von der Rose lösen.

«Gefällt sie dir?»

«Wer?»

«Die Rose.»

«Sie ist wunderschön.»

«Mir gefällt sie auch. Donald Caspar Bishop Winterbottom hat gute Arbeit geleistet.»

«Donald Caspar Bishop wie?»

«Donald Caspar Bishop Winterbottom. Ich habe ihn in einer kleinen Seitengasse in Los Angeles gefunden, in Santa Monica. Der Kerl hat was drauf. Er war damals schon beinahe siebzig Jahre alt.»

«Wie alt ist das Tattoo?»

«Lass mich überlegen. Das müsste so vor etwa sieben Jahren gewesen sein. Es hat mich ein Vermögen gekostet. Der Künstler wusste sich zu verkaufen.»

Milan liess es bleiben nachzufragen, wie viele Dollars für dieses Kunstwerk den Besitzer gewechselt hatten. Viel mehr interessierte ihn, was Zora gestern Abend gemacht hatte. Zu plump durfte er sie nicht danach fragen.

«Ich habe mir gestern Abend einen schlechten Krimi reingezogen. Mit einem Auge habe ich die ganze Zeit auf mein Handy geschielt, in der Hoffnung auf eine Nachricht oder einen Anruf von dir.»

Sie lachte lauthals heraus. «Jetzt bist du ja hier.»

«Wo warst du gestern?»

Sie schaute ihn schelmisch an. «Mein Gott, Milan, du hättest Detektiv werden sollen. Ich hatte gestern Abend einen wichtigen Termin.»

«Ich bin Privatdetektiv. Du hast ins Schwarze getroffen.»

Für einen Moment verfinsterte sich ihre Miene. Dann sagte sie lächelnd. «Echt? Du verarschst mich auch nicht? Du bist ein Schnüffler?»

«Ein hässlicher Ausdruck, aber wenn du dem so sagen willst. Ja, ich bin ein Schnüffler.»

«Nicht ungefährlich der Job, oder?»

Er winkte ab. «Nicht gefährlicher als jeder andere Beruf. Man muss sich an Regeln halten.»

«An was bist du im Moment so dran?»

«Ehebruch, Beschattungen, das Übliche halt.»

«Klingt nicht nach Traumberuf.»

«Für mich schon. Ich bin mein eigener Chef. Es gibt auch spannende Momente.»

«Du klärst also auch richtige Verbrechen auf?»

«Was meinst du damit?»

«Raub, Mord und solche Dinge. Kapitalverbrechen halt.»

Er nickte. «Klar, wenn ich den Auftrag dazu bekomme.»

Er sah in ihr Gesicht und meinte ein leeres Schlucken zu sehen. Er schaute wieder auf ihren rechten Unterarm. Diese verdammte Rose war doch nicht etwa das Tattoo einer skrupellosen Gangsterin?

Ihre Lippen näherten sich den seinen. Sie küssten sich leidenschaftlich, minutenlang, bis sie sagte: «Lass uns nach hinten gehen. Im Schlafzimmer ist es gemütlicher.»

***

War das eine Nacht! Schlaf nachholen konnte er nach seinem Tod. So schnell hoffte er nicht zu sterben. Er hatte mit Zora eine wundervolle Nacht verbracht. Es sollte nicht die letzte sein.

Er blickte auf den Wecker, der auf dem Nachttisch stand. Zora lag schon nicht mehr auf der anderen Bettseite. Noch vierzig Minuten, dann musste er aufstehen.

Ein Gefühl von Glück, gepaart mit Angst, liess ihn nicht zur Ruhe kommen. Hatte sie etwas mit den Überfällen am Hut? Wenn ja, seine Glückssträhne wäre bald

Vergangenheit. Ach was, er sollte in seiner Freizeit nicht auch noch Detektiv spielen. Manchmal sah er überall Gespenster.

Auf leisen Sohlen schlich Zora ins Zimmer.

Ein undefinierbares Geräusch entwich seinem Mund.

«Was hast du? Schlecht geträumt?»

«Du hast mich erschreckt. Bin es nicht gewohnt in fremden Betten aufzuwachen.»

Dieses Bett war verhext. Er bildete sich darin die schaurigsten Szenarien ein, hatte gesehen, wie Zora mit einem Gegenstand in der rechten Hand aufs Bett zukam. Im Halbdunkeln hatte er gemeint, den Umriss einer Pistole zu erkennen. Sie streckte ihm eine Tasse Kaffee entgegen.

Er richtete sich auf. «Danke. Den habe ich jetzt dringend nötig.»

«Was kriege ich dafür?» Sie streckte ihm ihren Mund entgegen.

Er küsste sie. «Leg dich noch ein wenig zu mir.» Er versuchte sie ins Bett zu ziehen.

«Milan, ich würde gern zu dir ins Bett kommen, geht aber nicht. Ich muss in zwanzig Minuten zur Arbeit. Geduscht habe ich auch noch nicht. Du kannst gerne weiterschlafen. Ich lege den Zweitschlüssel auf den Esstisch.»

Er spürte ihre weichen Lippen nochmals auf den seinen.

«Tschüss. Sehen wir uns heute Abend?»

Er nickte.

Zwei Minuten später hörte er das Duschwasser plätschern. Er nickte nochmals ein.

Plötzlich hörte er, wie die Wohnungstür ins Schloss fiel. Jetzt wurde es auch für ihn Zeit. Er stand auf und ging auf den Balkon, griff zur Zigarettenschachtel, die immer noch auf dem Balkontischchen lag, und beobachtete, wie Zora in Jeans und schwarzer Lederjacke das Tor der Tiefgarage öffnete. Sie fuhr Motorrad? Das hatte sie ihm nicht gesagt. Er schaute auf den schwarzen Helm, den sie unter ihrem linken Arm trug. Eine Minute später fuhr sie auf einem dunklen Motorrad aus der Tiefgarage. Sie gab mächtig Gas und verschwand Sekunden später in der Ferne. Er drückte die Zigarette aus, ging in die Küche und liess sich einen Espresso raus. Zurück im Wohnzimmer setzte er sich an den Tisch. Der Zweitschlüssel lag da, daneben ein kleiner handgeschriebener Zettel. *Bis heute Abend, mein Schnuggelhase,* stand in schöner Schrift darauf, untermalt mit einigen Herzchen.

Sie liebte ihn ebenfalls, das wurde ihm beim Anblick dieser Liebesbotschaft bewusst. Er schämte sich wegen seiner abstrusen Gedanken. Er war an eine Gute geraten. Die vielen Tattoos, die er beim nächtlichen Bettsport alle zu Gesicht bekommen hatte, gefielen ihm immer besser. Auch am Rücken, am Bauch, an den Beinen und selbst am Po hatte sie unzählige Sujets. Einzig der Kopf, der Hals und die Hände waren frei von Tattoos.

Er kippte den Espresso in einem Zug hinunter. Zurück in der Küche, stellte er die Tasse ins Spülbecken. Sein Blick fiel auf die Zeitung auf dem Fenstersims. Er schaute genauer hin. War das nicht dieselbe Zeitung, die er in Ninas Wohnung gesehen hatte? Er blätterte darin. Tatsächlich, auf Seite vier fand er den Bericht über den Überfall auf Arno Früh. War das womöglich das gleiche

Exemplar? Als er Nina tot in der Wohnung gefunden hatte, war die Zeitung nämlich verschwunden. Hatte Nina sie entsorgt? Oder hatte Zora die Zeitung an sich genommen und Nina nebenbei eine Kugel in den Kopf gejagt?

«Scheisse!» Milan stöhnte auf. «In was für einen Schlamassel bin ich da geraten.» Er stellte sich unter die Dusche. Danach zog er sich an. Er ging nochmals in die Küche und steckte die Zeitung in seine innere Jackentasche. Eiligen Schrittes verliess er die Wohnung.

***

Milan konnte keinen klaren Gedanken fassen.

Nach zwei Minuten ging er zurück zum Schreibtisch. Er setzte sich und starrte in den Bildschirm. Eine Idee? Denkste. Er liebte den Job in der Werbeagentur, aber an einem Tag wie heute ging gar nichts. Für Kreativität brauchte er volle Konzentration. Mit tausend Fragen im Hintergrund war an ein gewissenhaftes Arbeiten nicht zu denken. Er nahm den Schreibblock zur Hand, machte zwei Kreise. Den linken beschriftete er mit Nina, unter den rechten schrieb er Zora. Hatten die beiden Frauen eine Verbindung zueinander? Eine berufliche jedenfalls nicht. Die eine war Bankangestellte gewesen, die andere war Altenpflegerin. Keine Überschneidung. Waren sie Kolleginnen? An der Beerdigung war Zora jedenfalls nicht gewesen. Kannte sie Ben Bissig? War sie seine Komplizin auf den irren Raubzügen durchs Zürcher Unterland?

Wie sollte er ihr heute Abend unter die Augen treten? Sollte er ihr von seinem aktuellen Fall erzählen und ihre Reaktion abwarten?

***

Arno hatte soeben den Abfall in den Müllcontainer geworfen und wollte in die Wohnung zurück. Er war dreissig Meter vom Hauseingang entfernt, als Pavel Jaskin aus der Tür trat und seinen Briefkasten öffnete. Arno verlangsamte seinen Gang, er wollte seinem Nachbar nicht über den Weg laufen.

Der Briefkasten quoll beinahe über. Bestimmt Mahnungen in Hülle und Fülle, ging es Arno durch den Kopf. Um die gesamte Post rauszunehmen, musste der Tscheche den Geldbeutel, den er in der linken Hand hielt, kurz ablegen. Sekunden später verschwand er mit den Briefen in den Händen durch die Tür.

Arno konnte seinen Schritt wieder beschleunigen. Pavels Geldbeutel lag noch immer auf dem Briefkasten. Er nahm ihn in die Hand und schaute hinein – prallgefüllt mit Banknoten. Sollte er ihm hinterherrennen? Er schaute sich um. Niemand war zu sehen. Er steckte ihn ein und ging durch die Haustür.

In der Wohnung legte er den Geldbeutel auf den Esstisch, holte sich ein Glas aus dem Küchenschrank und goss Cola ein. Er starrte auf das Portemonnaie. Sein Puls ging schneller. Hatte auch niemand gesehen, wie er das Ding an sich genommen hatte? Einen Zustupf konnte er gut gebrauchen. Er entnahm dem braunen Ding ein Bündel Banknoten. Er zählte durch und pfiff leise durch die Zähne. Fünf Tausender-, acht Zweihun-derter-, eine

Hunderter- und vier Zwanzigernoten lagen darin, dazu Münzen im Wert von zwölf Franken und dreissig Rappen. Bestimmt kein ehrlichverdientes Geld. Das Arbeitslosengeld war niemals so hoch. Der Tscheche hatte Dreck am Stecken. War er doch ein Teil der Gaunerbande, welche das Zürcher Unterland in Angst und Schrecken versetzte?

Arno beschloss das Geld zu behalten.

***

In Gedanken versunken sass Milan zuhause auf dem Sofa. Sollte er Zora eine Nachricht schreiben? Irgendwie war ihm die Lust dazu vergangen, mit ihr den Abend zu verbringen. Sollte sie eine Gaunerin sein – und danach sah es im Moment aus – war jede Minute, die er mit ihr zusammen verbrachte, die reinste Zeitverschwendung. Allerdings konnte er sie auch nur ihrer Taten überführen, wenn er sich weiter mit ihr traf, auch wenn das seinem Herzen womöglich einen irreparablen Schaden zufügte. Er überlegte. Sein Handy klingelte. ‹Die Beste›, stand auf dem Display.

«Hallo, Ma.»

«Hallo, Milan. Willst du mit Zora heute Abend bei mir vorbeikommen? Ich habe eine Apfelwähe gebacken. Es würde mich freuen, sie kennenzulernen.»

Er überlegte. Was sollte er ihr antworten? «Es geht heute nicht, ich muss arbeiten. Ich muss jemanden überwachen.»

«Schade. Ein anderes Mal. Pass auf dich auf. Tschüss.»

207

Er hörte die Enttäuschung in Mutters Stimme. Zu gern hätte er ihren Wunsch erfüllt. Es hatte alles so schön angefangen mit Zora. War sie wirklich kriminell? Er musste Gewissheit darüber haben und wählte ihre Nummer.

***

«Geht es dir nicht gut? Du bist heute so ruhig.»
«Ich habe Kopfschmerzen», leugnete Milan.
«Oh.» Sie stand auf und streckte ihre Hände nach seinem Kopf aus. Er spürte ihre Finger an seinen Schläfen, mit etwas Druck massierte sie leicht darüber. «Besser?»
Er nickte. «Ein wenig.» Innerlich zerriss es ihn beinahe. Seit sie für ihn tatverdächtig war, konnte er ihre Nähe nicht mehr ertragen. Hatte er sich so in ihr getäuscht?
«Soll ich dir eine Kopfschmerztablette holen?»
Er nickte erneut und war froh, wenn sie endlich die Hände von ihm liess. Milan war hergekommen, um sie als Täterin zu entlarven. Wie sollte er das anstellen?
Sie kam mit einem Glas Wasser und einer Tablette zurück. Zora hatte ihren Glanz verloren. Noch vor wenigen Stunden war er sowas von verliebt gewesen in diese junge Frau, jetzt überkam ihn beinahe ein Brechreiz, wenn sie ihn anlächelte. Hastig steckte er die Tablette in den Mund und trank das Glas leer.
Minutenlang sassen die beiden schweigend nebeneinander. Leise Musik klang aus den Boxen.

Ihm gingen tausend Gedanken durch den Kopf. Er musste endlich herausfinden, ob sie wirklich eine Gaunerin war. Wie sollte er das Gespräch beginnen?

Zora kam ihm zuvor. «Du, in meiner Küche lag eine Zeitung. Ich finde sie nicht mehr.»

Sofort war Milan voll da. «Eine Zeitung?»

«Ich dachte, du hättest heute Morgen vielleicht ein wenig darin gelesen und sie danach entsorgt.»

«Ich? Nö. Ich habe in deiner Küche keine Zeitung gesehen. Und wegschmeissen würde ich eh nichts, was nicht mir gehört.»

«Sie war schon älter.»

«Ist sie denn so wichtig?»

«Egal. Irgendwo muss sie sein.»

«Wie war dein Tag?»

«Es geht.»

Was heisst das?»

«Frau Müller ist gestorben.»

«Frau Müller?»

«Meine Lieblingspatientin. Siebenundneunzig Jahre alt und allerliebst.»

Na ja, dachte Milan. Wenn jeder so alt würde, könnte ich meine Altersrente vergessen.

«Und du?»

«Was?»

«Wie war dein Tag?»

Jetzt oder nie. Er musste die Überfälle im Zürcher Unterland erwähnen. Wie war wohl ihre Reaktion darauf?

«Ich komme nicht weiter. Die Täterschaft in meinem Fall ist ziemlich raffiniert.»

«Verrätst du mir mehr darüber?»

«Okay, aber es bleibt unter uns.»

«Klar, Inspektor Columbo.»

«Du hast bestimmt schon von den nächtlichen Überfällen im Zürcher Unterland gehört? Da werden mitten in der Nacht Autofahrer von einem Gangsterpärchen ausgeraubt.» Er schaute ihr dabei in die Augen. Sie verzog keine Miene.

«Klar habe ich davon gehört, wird ja ständig in den Nachrichten erwähnt. Da bist du dran?»

Er nickte.

«Wie bist du zu diesem Fall gekommen?»

«Eines der Opfer hat mich engagiert.»

Sie leerte ihr Glas Eistee. «Interessant. Erzähl mir mehr davon.»

«Was willst du hören?»

«Die Gauner müssen doch irgendwelche Spuren hinterlassen. Noch keine heisse Spur?»

«Leider nein. Sie sind clever.»

«Also keine Tatverdächtigen?»

«Doch, es gibt eine Reihe von Tatverdächtigen, aber ...»

«Aber was?»

«Es fehlen Beweise.»

«Willst du noch etwas Eistee?» Sie deutete auf die beiden leeren Gläser auf dem Salontischchen und ging in die Küche. Mit einer Flasche in den Händen kehrte sie zurück und sagte: «Es gibt viele Verdächtige? Wie viele?»

Er überlegte. Innerlich ging er die Tatverdächtigen durch. «Mindestens vier», sagte er nach einer Weile.

«So viele? Es war in den Nachrichten immer nur von einem Mann und einer Frau die Rede.»

«Stimmt. Wobei, die beiden sind womöglich nicht allein. Im Hintergrund könnten noch andere an den Taten beteiligt sein.»

«Ach ja?»

«Reine Theorie.»

«Mich interessiert der Fall. Vielleicht kann ich dir behilflich sein?»

Er schaute in ihr fragendes Gesicht. «Wie willst du mir helfen?»

«Keine Ahnung. Ich biete dir jedenfalls meine Hilfe an.»

Er wusste nicht mehr, was er denken sollte. War sie nicht nur eine wunderschöne junge Frau, sondern auch ein raffiniertes Biest? Könnte er nur Gedanken lesen, vielleicht würde der Fall kurz vor der Auflösung stehen.

«Wir könnten dem Pärchen eine Falle stellen.» Ihre Worte liessen ihn aufhorchen.

«Wie?»

«Keine Ahnung, du bist der Profi. Wie kommt das Gangsterpärchen jeweils an die Information, dass die Bestohlenen so viel Geld dabeihaben?»

Er zuckte mit den Schultern. «Hast du eine Idee?»

«Zufall?»

«Wohl kaum. Die Bestohlenen wohnen alle im Zürcher Unterland und haben das Geld jeweils in Zürich abgehoben.»

«Alle auf derselben Bank?»

«Eben nicht, sonst wäre ich bestimmt schon weitergekommen.»

«Der Fall ist wirklich knifflig.»

211

«Ja. Aber ich werde diesem fiesen Pärchen auf die Schliche kommen. Ich schwöre dir, die werden ihre gerechte Strafe erhalten und für Jahre hinter Schloss und Riegel wandern.» Schluckte Zora leer, als er sie ansah, oder bildete er sich das bloss ein?

«Zora, ich muss.»

«Du schläfst heute nicht hier?» Sie schaute ihn enttäuscht an.

«Ich muss morgen früh raus und brauche jetzt meinen Schönheitsschlaf.» Er zwinkerte ihr zu. In seinem Innern brodelte es. Er hasste es zu lügen. Kurze Zeit später verliess er die Wohnung.

15. Kapitel

«Die nächste Strasse biegst du links ab, dann sind wir gleich da.»

«Mir graut jetzt schon vor der Befragung.»

«Scheissjob.»

Unweit eines grösseren Wohnblocks am Ortsrand von Kloten stellte die Fahrerin den dunklen BMW auf ein weisses Parkfeld. Die beiden stiegen aus, in ziviler Kleidung.

«Lass uns erst eine rauchen.»

«Gute Idee.»

Der ältere Polizist hielt seiner jungen Kollegin eine Schachtel Zigaretten hin, danach bediente er sich selbst.

«Der Staatsanwalt hätte diesen Job auch selbst übernehmen können.»

«Find ich auch», sagte er und blies den Zigarettenrauch in die Luft, «der Kerl verdient bestimmt das Doppelte wie wir.»

«Mindestens.»

«Ich weiss nicht, was diese Fragerei bringen soll. Ihr Verlobter ist tot. Sie hat den Ablauf des Überfalls bereits zu Protokoll gegeben und hat jetzt wohl anderes zu tun, als auf unsere nervigen Fragen zu antworten.»

«Stimmt. Wobei, sie ist bestimmt froh, wenn das Gaunerpärchen endlich hinter Schloss und Riegel sitzt.»

«Das macht ihren Verlobten auch nicht wieder lebendig. Und ob unsere Fragen da weiterhelfen?»

«Lass uns einfach den Job erledigen.»

Die beiden drückten ihre Zigaretten aus.

«Das ist das erste Mal für mich.»

«Was?»

Der Polizistin fiel das Sprechen schwer. «Ich musste noch nie jemanden mit einem solchen Schicksal befragen.»

«Schiss?»

«Ein mulmiges Gefühl.»

«Lass mich machen.»

Sie atmete erleichtert auf und band sich die blonden Haare mit einem Gummiband zusammen. «Wollen wir?»

Sie gingen zum Haus und schauten auf die Klingelbeschriftungen.

«Hier.» Sie zeigte aufs Klingelschild mit der Aufschrift ‹Ott/Monterubbianesi›.

«Ein Zungenbrecher. Ob ich den Namen dann auch aussprechen kann?» Der Polizist schaute seine Kollegin von der Seite her an. Sie lächelte gequält und sagte: «Schau, die Haustür steht offen. Gehen wir in den vierten Stock und klingeln an der Wohnungstür.»

Die beiden traten in den Eingangsbereich. Sie hatte schon einen verdammt geilen Arsch. Ob sie wohl mitbekam, was in seinem Kopfkino abging, wenn er mit ihr unterwegs war? Er hatte die Schicht mit einem Kollegen getauscht – nur um ihr nahe zu sein. Verdammt, er könnte ihr Vater sein. Er musste sich auf die Befragung konzentrieren.

Im engen Fahrstuhl spürte er ihren Atem an seinem Hals. Er sah sie kurz an, konnte ihrem Blick nicht lange standhalten. Diese stahlblauen Augen und dieses verschmitzte Lächeln machten ihn verrückt. Eine verhängnisvolle Affäre, mit Michael Douglas und Glenn Close in den Hauptrollen, ging ihm durch den Kopf. Den Film hatte er erst letzthin wieder mal gesehen. In seinem Hirn begannen sich erneut Fantasien festzusetzen. War der jungen Polizistin bewusst, wie sehr sie ihm den Kopf verdrehte? Sollte er es einfach tun? Sollte er sie an sich ziehen und seine Lippen auf die ihren drücken? Er begehrte sie. Ach, hätte er doch acht Arme, wie ein Oktopus, er könnte sie gleichzeitig überall umschlingen. Würde er eine Ohrfeige kassieren? Gar eine Anzeige? Wäre es der Beginn einer leidenschaftlichen Liebschaft? Soviel er wusste, hatte sie keinen Freund. Sein gesenkter Kopf verhalf ihm zu einem Blick in ihr Dekolleté. Er war nur einen halben Meter und eine dünne Stoffschicht von dem entfernt, was er begehrte. Seine Finger begannen zu zucken. Mut war nicht eben seine Stärke, Spontanität schon gar nicht. Das Paradies war so nah und doch so fern. Wartete sie nur darauf, dass er die Initiative ergriff? Stand sie auf reifere Männer?

Nach einer gefühlten Ewigkeit hielt der Lift ruckartig an. Er verlor das Gleichgewicht und landete in ihren Armen. Sie lachte und fing ihn auf. «Nicht so stürmisch.»

Sein Gesicht verfärbte sich. Er musste ins Freie und stürmte aus dem Lift.

Sie standen vor der Wohnungstür von Rosanna Monterubbianesi. Ein kurzer Blick zu seiner Kollegin. Sie nickte. Er drückte auf den Klingelknopf.

Der Schlüssel wurde von innen gedreht. Langsam ging die Tür auf. Ein junger Mann stand vor ihnen. Braungebrannt. Die pechschwarzen Haare waren nach hinten gegelt. Sein schwarzes Hemd war nicht zugeknöpft. Die kurz gestutzten Brusthaare und das Sixpack waren kaum bedeckt.

«Buongiorno, Sie wünschen?» Der Mann schaute nur seine Kollegin an. Er schien Luft für ihn zu sein.

«Ist Frau Monterubbianesi hier?»

«Si.»

«Können wir sie sprechen?»

«Was wollen Sie von ihr?»

«Wir sind von der Polizei.»

Der junge Mann wandte sich ab und rief: «Rosanna, Polizia ist da!»

«Eine Minute!»

«Un momento.» Der junge Mann machte die Tür zu und liess die beiden im Treppenhaus warten.

«Komischer Typ. Hat die sich so schnell getröstet?» Die Polizistin schaute ihn fragend an.

Er zuckte mit den Schultern. «Keine Ahnung.»

Zwei Minuten später ging die Wohnungstür wieder auf. Rosanna Monterubbianesi, eine bildhübsche junge Frau, stand vor ihnen, in Bademantel, Badelatschen und mit nassen Haaren. «Entschuldigen Sie, ich war gerade unter der Dusche.»

Sie war zierlich. Mit einem scheuen Lächeln bat sie die beiden einzutreten. Das Wohnzimmer war modern eingerichtet.

«Frau Monterubbianesi, erst mal möchten wir Ihnen unser Beileid aussprechen.»

Die junge Frau nickte.

«Der Staatsanwalt schickt uns. Wir haben einige Fragen an Sie.»

«Okay. Was wollen Sie wissen?» Die Augen der Frau wurden glasig.

«Könnten Sie die Täterschaft nochmals beschreiben?»

«Das habe ich doch bereits getan, in derselben Nacht, in der mein Verlobter umgebracht wurde.» Die Frau begann zu schluchzen.

Der junge Mann kam ins Wohnzimmer. «Rosanna.» Er streichelte über ihr Haar und hielt ihre Hand.

«Ich weiss, Sie machen nur Ihren Job. Es fällt mir sehr schwer über diese Nacht zu sprechen.» Sie hatte sich wieder unter Kontrolle. «Es ging alles so schnell. Der Kerl mit der Pistole hatte einen längeren Bart. Er war jung. Die andere Person kann ich nicht beschreiben. Sie war schlank und trug einen Motorradhelm.»

«War diese Person ein Mann oder eine Frau?»

«Ich denke, eine Frau. Aber sicher bin ich mir nicht.»

«Und sonst?»

«Mein Verlobter hat die Person mit Helm verletzt.» Die junge Frau zog die Nase hoch.

Ist die Verletzung schwer? Müsste die Person immer noch hinken?»

«Keine Ahnung. Er hat ihr ein Bein gestellt. Sie ist auf die Knie gefallen. Das war sein Todesurteil.»

Erneutes Schluchzen. Der junge Mann hielt immer noch ihre Hand. «Bitte gehen Sie jetzt. Es ist zu viel für Rosanna.»

Der Polizist und seine Begleiterin standen auf und verabschiedeten sich.

«Komm, wir nehmen das Treppenhaus. Ein wenig Bewegung tut mir gut», sagte er.

«Dann nimm du mal die Treppe, ich nehme den Fahrstuhl. Mal sehen, wer schneller unten ist.»

Als er sich in Bewegung setzte, sah er, wie sie mit verschmitztem Lächeln die Lifttür hinter sich schloss.

Er begann zu rennen. Er wollte ihr imponieren. Der Lift war nicht auf dem neusten Stand. Wenn er sich beeilte, konnte er es schaffen. Mit keuchendem Atem kam er unten an. Keine Spur von ihr. Auf seinem Gesicht zeichnete sich ein Lächeln ab. Ein Siegerlächeln. Dieses gefror blitzartig, als er das Haus verliess. Sie stand gespielt gelangweilt an den Wagen gelehnt und konsultierte ihre Uhr. Sie begann lauthals loszulachen. Er mochte ihre fröhliche Art. Der Moment war ungeeignet. Ihr Lachen war schon mehr ein Auslachen.

«Ich wollte soeben den Trupp mit den Suchhunden aufbieten. Hast du einen Umweg genommen?»

«Bin extra langsam gegangen, gentlemanlike.»

«Jetzt aber im Ernst. Meinst du die Monterubbianesi hat sich bereits einen Neuen angelacht?»

«Macht den Anschein.»

«Ziemlich dreist. Eben noch verlobt. Kurz vor der Heirat und nachdem ihr Zukünftiger das Zeitliche gesegnet hat, liegt der nächste Mann in ihrem Bett.»

«Die schnelllebige Zeit. Es ist nicht mehr wie früher.»

«Die beiden wirkten ziemlich vertraut.»

«Habe ich auch so gesehen.»

«Du meinst doch nicht etwa, dass die beiden den Verlobten umge…, ja du weisst schon.»

«Oh, Oh! Der Gedanke ist mir auch gekommen.»

«Was sagen wir dem Staatsanwalt?»

«Unseren Verdacht behalten wir für uns. Ist ja nur eine Vermutung.»

«Der junge Südländer hat ein Killergesicht.»

«Jetzt, wo du es sagst.»

Beide lachten.

«Nochmal, dem Staatsanwalt sagen wir nichts davon. Wir geben ihm den Wisch mit den Antworten der Monterubbianesi. Fertig.»

«Klar. Ich möchte da nicht in etwas hineingezogen werden. Vielleicht sind die beiden unschuldig. Der Staatsanwalt hätte ja selbst herfahren können, dann hätte er die beiden Turteltäubchen auch gesehen.»

Sie gaben sich die Hand zum Zeichen des Schweigens, stiegen in den Wagen und fuhren davon.

«Hast du ihr Tattoo gesehen?»

«Nö. Die Monterubbianesi hat ein Tattoo?»

«Auf dem linken Unterarm. Sie hat kurz den Ärmel des Bademantels hochgezogen.»

«Was für ein Tattoo?»

«Einen Anker, den gleichen wie ich. Bestimmt vom selben Künstler gestochen.»

«Wusste gar nicht, dass du ein Tattoo hast.»

«Meines ist an einer Stelle, wo es nur sehr wenige zu Gesicht bekommen. Am A…, du weisst schon.»

«Mir könntest du es doch zeigen.» Er bekam eine trockene Kehle, spürte die Röte in seinem Gesicht. Zum Glück musste sie sich auf den Verkehr konzentrieren.

«Wer weiss, vielleicht zeig ich es dir mal.»

Spielte sie mit ihm? «Okay», ging leise über seine Lippen.

«Ja, wieso nicht.»

Er begann zu schwitzen. Verarschte ihn die Kleine? Er wurde mutiger. «Wann?»

«Irgendwann mal.»

«Wieso lange warten. Zeig es mir doch gleich, ich hätte gerade Zeit.» Die Wärme war tierisch. Er öffnete

219

das Fenster der Beifahrertür und liess kühlere Luft in den Wagen.

«Im Sommer können wir zusammen ins Schwimmbad gehen. Dann siehst du es.»

«Ins FKK-Schwimmbad?»

Sie lachte schallend. «Nein. Aber mein Bikini-String ist nicht mit eben viel Stoff ausgestattet.»

«Von mir aus kann der Sommer kommen.»

Riesengelächter. Sie sprachen wieder über ihre Polizeiarbeit. «Ich glaube, die Monterubbianesi hat zusammen mit ihrem neuen Lover ihren Verlobten umgebracht.»

«Okay.»

«Nur, was ist mit den anderen Überfällen im gleichen Stil?»

«Wäre ich Alfred Hitchcock, würde ich sagen, die anderen Taten sind ein gutes Ablenkungsmanöver. Kein Mensch käme so auf die Idee, dass sie ihren Verlobten kurz vor der Hochzeit loswerden wollte.»

«Ausser wir zwei Schlauen.» Sie schaute ihn kurz an und zwinkerte ihm zu.

«Immerhin war es der einzige Überfall, der einen Toten zu beklagen hatte. Die restlichen Taten sind vergleichsweise glimpflich abgelaufen.»

«Bruno, du hättest Filmregisseur werden sollen.»

«Die beiden könnten natürlich auch auf den Zug aufgesprungen sein. Eine Serie von Überfällen im Zürcher Unterland. Wieso nicht einen zusätzlichen erfinden?»

«Bruno, du bist genial. Falls ich mal einen lästigen Verehrer loswerden will, rufe ich dich an.» Sie hielt sich den Bauch vor Lachen.

«Falls meine Theorie tatsächlich zutreffen sollte, wüssten natürlich die echten Gauner, dass es Trittbrettfahrer gibt.»

«Stopp! Deine Theorie kann nicht stimmen.»

Er schaute sie fragend an.

«Beim ersten Überfall in der Nähe von Dielsdorf wurde die gleiche weibliche DNA gefunden wie im Fall Monterubbianesi.»

«Stimmt. Daran habe ich nicht mehr gedacht.»

«Könnte das die DNA von Rosanna Monterubbianesi sein?»

«Das werden die von der Spurensicherung wohl überprüft haben.»

«Denke ich auch.»

«Wobei, ganz sicher bin ich mir da nicht.»

«Die Monterubbianesi könnte auch einen Killer beauftragt haben.»

«Du meinst, einen von der sizilianischen Mafia?»

«Wurde eigentlich überprüft, ob die Monterubbianesi tatsächlich Geld abgehoben hat in Zürich?»

«Bestimmt.»

«Vielleicht waren die achtzehntausend Franken für die Bezahlung des Mörders gedacht.»

«Du schaust eindeutig zu viele Mafiafilme.»

«Etwas irritiert mich.»

«Was?»

«Hast du dich nicht in den Fall eingelesen?»

«Nö, nicht so richtig.»

«In Zürich wurde letzthin eine Frau umgebracht, zuhause in ihrer Wohnung. Wie hiess sie schon wieder?»

«Keine Ahnung.»

«Ja, genau, Nina Andermatt. Sie wurde mit derselben Waffe umgebracht wie der Verlobte der Monterubbianesi.»

«Echt jetzt?»

«Ja, anhand der Kugeln konnte das festgestellt werden. Sie wurden aus derselben Waffe abgefeuert.»

«Der Fall beginnt interessant zu werden.»

«Komm, wir besuchen den Ort der schrecklichen Tat.»

«Müssen wir nicht zum Staatsanwalt?»

«Morgen, er hat heute frei. Sag nur, du hast das schon vergessen?»

«Jetzt, wo du es sagst.»

«Lass uns den Ort des Schreckens besuchen.»

«Okay, aber erst gehen wir etwas essen. Mein Magen knurrt.»

***

«Willst du fahren? Bin ich voll, habe eindeutig zu viel gegessen.»

«Frauen gehören eh an den Herd und nicht hinter das Steuer.»

«He, wir Frauen können fahren. Statistisch gesehen machen wir viel weniger Unfälle als ihr.»

«Statistisch gesehen? Trau nie einer Statistik, sie könnte gefälscht sein.»

Sie waren unterwegs zu der Stelle, wo der Verlobte von Rosanna Monterubbianesi ums Leben kam.»

«Fahr etwas langsamer, gleich sind wir da.»

«Wo genau wurde der Mord begangen?»

222

«Du bist mir ein Polizist. Liest du dich nicht in die Fälle ein? Unser Chef hätte keine Freude, wenn er davon wüsste.»

«Du sagst ihm doch nichts, oder?»

«Bruno, ich bin eine Frau, keine Petze.»

«Bis jetzt hat mich der Fall nicht gross interessiert. Langsam werde ich richtig heiss darauf.»

«Stopp! Halt an, hier ist es passiert, gleich da vorn, wo der Kerl steht. Was macht der da?»

«Sieht aus, als würde er sich ebenfalls für den Fall interessieren.»

«Genau. Polizist ist er nicht. Wir würden ihn kennen.»

«Vielleicht der Täter?»

«Bruno, du machst mir Angst. Wäre möglich. Er scheint etwas zu suchen.»

«Hat er etwas verloren, als er den Mann erschossen hat?»

«Schau, er macht Fotos. Wir müssen herausfinden, wer der Kerl ist.»

«Wir machen eine Personenkontrolle. Dann wissen wir es.»

«Bist du verrückt? Dann weiss er Bescheid. Er hat uns noch nicht gesehen. Weit und breit ist kein geparktes Auto in Sicht. Ich steige hier aus. Wenn er geht, werde ich ihm hinterherschleichen.»

«Das ist zu gefährlich.»

«Der wird doch nicht auf eine Frau schiessen. Der erkennt mich nicht als Polizistin. Für den absoluten Notfall bin ich gut gerüstet, auf meine HK P30 ist Verlass.»

Sie öffnete die Beifahrertür und stieg aus.

«Sei vorsichtig! Pass auf.»

«Warte weiter vorne auf mich. Sollte ich dich anrufen, drehst du sofort um und kommst her.»

Seit ungefähr fünf Minuten stand sie hinter den Bäumen und beobachtete den Mann. Er suchte immer noch den Tatort ab. Doch ein Polizist? Vielleicht ein Neuling? Ach was, der wäre bestimmt nicht allein hergekommen. Jetzt telefonierte er. Sie war zu weit weg, hörte ihn nicht sprechen. Der Typ war relativ jung, im besten Alter, schätzte sie. Wie ein Mörder sah er nicht aus. Wie sieht ein Mörder überhaupt aus? Hat er schiefe Zähne? Eine Knollennase? Ein vernarbtes Gesicht? Sie musste über sich selbst schmunzeln. Jetzt schien der Typ zu gehen. Er ging auf dem Radweg in Richtung Winkel, langsam und gemütlich. Sie folgte ihm mit sicherem Abstand. Nach mehreren hundert Metern ging er rechts in den Wald. Er hatte sein Auto dort abgestellt und stieg ein. Sie nahm ihr Handy aus der Jeanstasche und fotografierte das Nummernschild. Das Auto fuhr los.

Sie wählte eine Nummer. «Bruno, du kannst mich holen. Ich kenne sein Nummernschild.» Zwei Minuten später stieg sie zu Bruno in den Wagen. Sie hielt ihm das Handybild vor die Augen. Er tippte das Nummernschild ein. Nervös trommelte sie mit den Fingerkuppen der linken Hand auf ihren Oberschenkel.

«Ruhig bleiben, Mädel, in fünf Sekunden spuckt der Computer den Namen aus.»

Sie steckte das Handy in die Jeanstasche und boxte ihren Begleiter leicht gegen das Schulterblatt. Jetzt stand der Name des Fahrzeugbesitzers auf dem Display.

«Bruno, da müssen wir dranbleiben. Der Name kommt mir irgendwie bekannt vor.»

***

Milan ging früh zu Bett. Er hatte Zora eine WhatsApp-Nachricht geschickt: Er fühle sich krank und bleibe zuhause. Er musste auf Distanz gehen. Zuerst wollte er wissen, ob sie etwas mit den nächtlichen Überfällen zu tun hatte. Wenn ja, würde er selbstverständlich einen Schlussstrich ziehen. Er konnte unmöglich eine Kriminelle zur Freundin haben. Sollte er sie beim nächsten Treffen darauf ansprechen? Ihr ohne Umschweife sagen, dass sie für ihn tatverdächtig war? Ihre Reaktion könnte Bände sprechen. Wobei, sollte sie unschuldig sein, würde er alles kaputt machen. Ein Fünkchen Hoffnung blieb ihm, dass sie eine Gute war, sie hatte ihm gar ihre Mithilfe angeboten. Die beiden könnten den Verbrechern gemeinsam eine Falle stellen, sie zu einem weiteren Überfall animieren, bei dem eine Menge Kohle zu holen war. Doch wie sollten die Gangster davon erfahren? Er konnte ja schlecht ein Inserat mit folgendem Text in den Zeitungen abdrucken lassen: ‹*Ich, Milan Sommer, wohnhaft an der Geissbergstrasse in Kloten, bin in der nächsten Nacht mit einem riesigen Geldbetrag unterwegs. Liebe Gangster, bitte überfallen Sie mich. Aber bitte nur die, die verantwortlich sind für die bisherigen Überfälle im Zürcher Unterland. Herzlichst, euer Milan.*›
Wieso wusste das Gaunerpärchen, dass die Überfallenen jeweils mit so viel Geld unterwegs waren? Zufall? Kaum. Wenn er das herausfände, könnte er ihnen eine Falle stellen. Ob er Zora dabei einspannen sollte? Eher nicht. Erstens könnte sie die Frau im Motorradkombi sein. Sollte er da falsch liegen – und darauf hoffte er

immer noch –, war es zu gefährlich, sie in den Fall mit-einzubeziehen. Das Gaunerpaar war skrupellos. Beim zweiten Überfall hatten sie selbst vor Mord nicht zu-rückgeschreckt. Die Worte von Veronica Schwertfeger gingen Milan nicht mehr aus dem Kopf. Die Frau, die sie überfallen hatte, sei an beiden Armen tätowiert ge-wesen. Von einer Rose hatte sie gesprochen. Zudem hatte die Frau eine eher dunkle Haut. Das alles traf wie die Faust aufs Auge auf Zora zu.

Er richtete sich auf und strich sich den Schweiss von der Stirn. Endlich hatte er die passende Frau gefunden und nun war diese womöglich eine Gangsterbraut. Nein, so gemein konnte das Schicksal nicht sein. Ein Blick auf die Uhr zeigte ihm, dass es bereits nach Mitternacht war. Er kam einfach nicht von den Gedanken los und wälzte sich unruhig von der einen auf die andere Seite. Was machte Zora gerade? Lag sie ebenfalls im Bett? Oder war sie in einer besonderen Mission unterwegs? In der Mission ‹Geldklau›?

16. Kapitel

Ben Bissig blinzelte. Erste Sonnenstrahlen drangen durch das kleine Fenster. Er reckte und streckte sich und versuchte nochmals einzuschlafen. Es war verdammt hell.

Zehn Minuten später sass er in Shirt und kurzer Hose auf einem Stein vor der Hütte und rauchte. Es schien wieder ein schöner Tag zu werden. Noch ein wenig frisch zwar, aber die Sonne sandte bereits erste wärmende Strahlen. Er hatte geträumt. Ein schöner Traum. Er war mit Nina auf dem Zürichsee. Sie sassen in einem Pedalo. Er machte ihr einen Heiratsantrag. Ihre Antwort bekam er leider nicht mit. Gerade in dem Moment, als sie den Mund öffnete und entweder ja oder nein sagen wollte, war er erwacht. Scheiss Sonne! Ninas Strahlen hatte es angedeutet, sie hätte bestimmt ja gesagt.

Er war sonst nicht der Romantiker. Dieser Traum hatte ihn mitgenommen. Nach dem Erwachen hatte er sich erst umgeschaut – Nina war nicht da. Es hatte sich alles so echt angefühlt. Nach wenigen Sekunden war ihm wieder klar geworden: Er war allein in dieser verfluchten Hütte. Auf der Flucht vor der Polizei. Er war nicht mal da, wo sich Fuchs und Hase Gute Nacht sagten, er war noch viel weiter weg. Am Arsch der Welt. Dort, wo keine Sau hinwollte. Jedenfalls nicht zu dieser Jahreszeit. Und Nina? Die war noch weiter weg. Er schaute zum Himmel. War sie wirklich da oben und schaute ihn an? Ach was, sie lag in einer fucking Holzkiste. Tot! Bestimmt drangen schon Würmer in ihre Körperöffnungen. Oder war sie eingeäschert worden?

227

Er wischte sich mit dem Shirt einige Tränen aus dem Gesicht. Er weinte nur, wenn er allein war, dann jedoch oft und richtig. Kein anderer Mensch hatte das Recht ihm dabei zuzusehen. Hätte er ein normales Leben geführt, wäre Nina nicht tot. Er müsste nicht auf dieser Alp leben, müsste sich nicht verstecken. Er hielt es hier oben nicht mehr aus. Sollte er sich der Polizei stellen? Im grauste davor, nochmals für einige Zeit in den Knast zu gehen. Wie lange bekäme er wohl? Immerhin hatte er dieses Mal keine Waffe benutzt. Er war während dem Schichtwechsel in den Kiosk geschlichen. Die beiden Frauen standen davor und quatschten. Sie hatten ihn nicht mal bemerkt. Wie ein Sechser im Lotto, dachte er damals. Die Kasse stand offen und das Geld lachte ihn richtiggehend an. Ihm war, als hätten die vielen Hunderternoten gar mit ihm gesprochen. ‹Wir haben genug vom dunklen Leben in dieser engen Kasse und heute Abend geht's sogar in einen noch dunkleren Banktresor. Nimm uns mit auf eine wundervolle Reise. Gib uns aus! Wir wollen etwas von der Welt sehen!›

Er wollte endlich zur Ruhe kommen und ein anständiges Leben führen. Dazu musste er sich stellen. Im Knast könnte er sich weiterbilden. Irgendwann wollte er selbständig werden und ein Geschäft übernehmen. Was für eines? Das hatte noch Zeit. Darüber konnte er sich hinter den schwedischen Gardinen den Kopf zerbrechen. Dieses Mal war es Diebstahl. Einige Monate, wenn nicht gar ein Jahr, dürfte er trotzdem kassieren. Wegen der Vorstrafen. Mit dem Mord an Nina hatte er nichts am Hut. Er hätte selbst gerne gewusst, wer der Mörder war. Sie hatte keiner Menschenseele je etwas zuleide getan.

Wieso musste sie sterben? Bestimmt wollten ihm die Bullen auch diese Tat anhängen.

***

Milan war aufgewühlt. Zora hatte ihn vor zwanzig Minuten angerufen, sie hatten ein wenig zusammen gequatscht. Er war wieder weit weggekommen von den Gedanken, sie könnte der eine Teil des Gaunerpärchens sein. Sie sei bei einer Kollegin gewesen und erst etwa fünfundvierzig Minuten nach Mitternacht nach Hause gekommen. Sie wolle ihn heute Abend unbedingt wieder sehen, vermisse ihn schon sehr.

Kaum aufgelegt, bekam er den nächsten Anruf. Ruben war am Telefon und erzählte ihm von einem neuen Überfall. Etwas ausserhalb von Bülach war eine junge Frau von einem Motorrad und einem BMW ausgebremst worden. Die beiden flüchteten mit fünftausend Franken. Tatzeitpunkt: kurz nach Mitternacht.

Scheisse! Also doch Zora. Der Zeitpunkt des Überfalls hätte gepasst, wenig später war sie zuhause. Wer könnte der Kerl sein? Hatte Zora einen Freund, den sie ihm unterschlagen hatte? Hätte sie sich denn dann auf ihn eingelassen? Wieso sah sie ihn stets so verliebt an? Es musste endlich Klarheit her. Er schrieb ihr eine Nachricht: ‹Heute Abend um neunzehn Uhr bei mir? Es gibt Spaghetti.›

Keine zwei Minuten später kam die Antwort: ‹Freue mich. Bis dann.› Die Nachricht war untermalt mit jeder Menge Smileys und Herzchen.

***

Arno öffnete die Wohnungstür. Es war früher Abend. Irina hatte ihm geschrieben, es werde wieder später. Auch die vorige Nacht war sie spät nach Hause gekommen. Wann genau wusste er nicht. Gegen Mitternacht war er ins Bett gegangen und sofort eingeschlafen. Er hatte die Schnauze voll, jedes Mal auf sie zu warten. Gegen drei Uhr war er erwacht. Irina hatte gleichmässig atmend neben ihm gelegen.

Er legte die drei Briefe, die er dem Briefkasten entnommen hatte, auf den Esstisch und öffnete den ersten. Die Handyrechnung. Im zweiten befand sich der Kontoauszug von der Bank. Den dritten Brief liess er liegen, er war an Irina adressiert. Mit grossen Augen schaute er auf den Absender: ein Geschäft für Motorradbekleidung.

Es juckte ihn in den Fingern. Hatte Irina etwas bestellt? Wenn ja, was? Sie hatte mit Motorradfahren etwa so viel am Hut wie er mit Synchronschwimmen. Mehr noch, sie war jedes Mal richtig wütend geworden, wenn er von seinem Traum, einer Harley, gesprochen hatte.

Er ging ins Schlafzimmer, öffnete den Kleiderschrank und klaubte Pavels Geldbeutel hervor, den er unter den Jeans versteckt hatte. Er konnte das Geld unmöglich behalten. Das schlechte Gewissen belastete ihn schon seit zwei Tagen. Pavel war zwar ein Arschloch, aber mit den Überfällen hatte er nichts zu tun. Hätte er sein Portemonnaie liegengelassen, wäre er auch froh, wenn es ein ehrlicher Finder zurückbringen würde.

Zwei Minuten später klingelte Arno mit Herzklopfen an Pavels Wohnungstür. Die Tür ging auf. «Ich habe dir doch gesagt, du sollst dich hier nie mehr ...»

Arno sah, wie Pavel plötzlich auf den Geldbeutel starrte, den er in den Händen hielt. Für einen Moment herrschte Schweigen, dann sagte der Tscheche: «Hallo, Arno, schön dich zu sehen. Komm rein.»

Arno folgte Pavel und zog die Eingangstür hinter sich zu.

«Was willst du trinken? Ein Bier?»

«Keine Umstände.»

«Wir beide trinken jetzt ein Bier zusammen.»

«Okay.»

«Geh schon mal ins Wohnzimmer. Ich hol die Getränke aus der Küche.»

Arno setzte sich aufs Sofa. Die Luft war abgestanden. Frische Luft hatte das Wohnzimmer bestimmt seit Tagen keine mehr abbekommen. Im Fernseher lief eine uralte Folge der Simpsons. Er legte den Geldbeutel auf den Tisch und suchte nach der Fernbedienung, sie lag auf dem Salontisch, halb zugedeckt von einer geöffneten Tüte Paprikachips. Er nahm sie in die Hand. Eklig. Sie war klebrig und feucht. Es schüttelte ihn. Er stellte den Ton leiser und legte sie schnell wieder auf den Tisch.

Pavel kam mit zwei Dosen Budweiser ins Wohnzimmer, die eine hielt er ihm hin. «Prost. Vielen Dank für den Geldbeutel. Wo hast du ihn gefunden?»

«Er lag vorhin im Treppenhaus am Boden», log Arno.

«Ach ja? Komisch.» Pavel nahm den Geldbeutel in die Hand und schaute hinein. Sein Aufschnaufen war deutlich zu hören.

«Glück gehabt. Das Geld ist noch drin. Du wunderst dich bestimmt, wieso ich mit so viel Geld herumlaufe.»

«Ich habe nur kurz hineingesehen und deine Bankkarte darin entdeckt.»

«Ich hatte eine Glückssträhne.»

«Ach ja?»

«Diese Sportwetten bringen nichts. Ich war im Casino. Das erste, aber sicher nicht das letzte Mal.»

«Okay.»

«Ich muss dir etwas gestehen.»

«Was denn?»

«Bleibt aber unter uns. Schwörst du?»

Arno zögerte. «Klar.» Er hob drei Finger der rechten Hand.

«Ich war am Tatort, als du überfallen wurdest.»

«Das weiss ich. Habe ja schliesslich gute Ohren.»

«Tut mir leid, dass ich es abgestritten habe. Ich hatte meine Gründe.»

«Schon gut. Ich weiss mittlerweile, dass dir der Fahrzeugausweis abgenommen wurde.»

«Was?!»

«Und von deiner Affäre mit der Frau des Handwerkers auch.»

«Verdammter Schnüffler!» Pavel hob drohend die Hand. «Raus hier! Raus! Du verdammter Spion!»

***

«Mmh, schmeckt richtig gut», sagte Zora, nachdem sie sich die erste Gabel mit Spaghetti carbonara umwickelt in den Mund gesteckt hatte.

«Danke.»

232

«Könnte mich daran gewöhnen, von dir bekocht zu werden.» Sie griff nach seinem Arm und streichelte zärtlich darüber.

«Bist du weitergekommen in deinem Fall?»

Milan schüttelte den Kopf.

«Wie willst du weiter vorgehen?»

Er zuckte mit den Schultern. «Keine Ahnung. Ich bin am Ende mit meinem Latein.»

«Ach was, aufgeben kommt nicht in Frage. Erzähl mir mehr über die Überfälle. Es muss doch eine Lösung geben. Ich möchte dir helfen. Der Fall soll endlich abgeschlossen werden.»

«Nochmal von Anfang an. Der Typ trägt einen Bart und ist jung. Die Frau hat gebräunte Haut, an den Armen trägt sie viele Tattoos. Ihre Fingernägel sind blutrot gefärbt.»

Milan schaute Zora tief in die Augen. Er war gespannt auf ihre Reaktion.

Sie streckte ihm lachend ihre Hände entgegen. «Inspektor Columbo, Sie können mich festnehmen. Sie haben mich durchschaut.»

Er lachte gekünstelt. Er wusste nicht mehr, woran er bei ihr war. So viele Gemeinsamkeiten mit der Gangsterbraut waren doch kein Zufall. Und jedes Mal, wenn das Pärchen erneut zuschlug, und das geschah in immer kürzeren Abständen, war Zora unterwegs. Musste er sie von nun an jede Nacht überwachen?

17. Kapitel

Samstagmorgen sieben Uhr. Zora schlief noch, Milan war hellwach. Nervös ging er in seinem Wohnzimmer auf und ab. Ruben hatte ihm in der Nacht eine Nachricht geschrieben, jetzt versuchte er ihn im Minutentakt zu erreichen. Auch auf dem Festnetz nahm er nicht ab. Milan wusste, dass er eine Nachtschicht hinter sich hatte. Schlief er so tief und fest, dass er das penetrante Klingeln seines Telefons nicht hörte? Hatte er es auf lautlos gestellt? Oder lag er bei der Polizeikollegin im Bett, mit der er sich hin und wieder vergnügte? Ihm blieb keine andere Wahl, als ihm auf die Mailbox zu sprechen. «Ruben, ruf sofort zurück!»

War der Fall bald gelöst? Wenn ja, wäre ihm die Polizei zuvorgekommen und er konnte sich Arnos Belohnung ans Bein streichen. Der würde ihm wohl nur einige Hunderter für die Umtriebe auszahlen. Nichts da mit einer grossen Summe Geld, um sich an einem warmen Strand eine kurze Auszeit zu gönnen. Vielleicht war Ben doch nicht der Täter. Milan hoffte gar ein wenig darauf. Er wollte endlich genaue Details über dessen Verhaftung erfahren. *Bitte Ruben, ruf mich endlich an!*

***

Zora war wieder zuhause in ihrer Wohnung in Bülach. Milan hatte ihr gesagt, dass er einen dringenden Termin habe, und sie somit sozusagen aus seiner Wohnung geschmissen. Er hatte sie um halb acht in der Früh geweckt und zum Aufbruch gedrängt. Ohne Dusche und ohne Frühstück hatte sie eine Viertelstunde später seine

Wohnung verlassen. Mehr als einen flüchtigen Kuss gab es nicht zum Abschied. Ein bisschen komisch kam ihr sein Verhalten schon vor. Nun sass sie in ihrer Badewanne und spielte mit dem Schaum auf ihrem Bauch. Wohin musste Milan so früh? Wieso durfte sie währenddessen nicht in seinem Bett weiterschlafen? Sie hatte nicht den Mut gehabt ihn danach zu fragen. Er war sehr angespannt gewesen. Hatte er womöglich schon genug von ihr? Lag er bereits bei einer anderen im Bett? Wollte er sie deshalb so schnell loswerden?

Sie liess heisses Wasser nachlaufen, nahm das Shampoo vom Wannenrand und goss sich etwas davon in die linke Handfläche. Sie roch daran, Jasmin mit einem Hauch Kirsche. Herrlich dieser Duft! Sie hätte stundenlang daran riechen können. Sie strich sich die gelartige Flüssigkeit ins Haar und massierte sie gleichmässig ein. Gedanklich war sie wieder bei Milan. War es das gewesen? War sie nur eine weitere Medaille in seiner Trophäensammlung? Viel wusste sie nicht über ihn. Er hatte drei Jobs, wohnte in Kloten und war ohne Vater aufgewachsen. Das Wichtigste: Er war genau ihr Typ. Bitte lieber Gott, lass es nicht zu Ende sein, ging ein leiser Seufzer zum Himmel. Sie, die sonst nichts mit Religion am Hut hatte, hoffte, dass Gott, oder wer auch immer da oben sass, ihr Stossgebet erhörte.

Ihr Handy klingelte. Sie erschrak. Milan? Rief er an, um ihr zu sagen, dass es aus war?

Sie stand auf und griff nach dem Badetuch, das sie vorsorglich aufs Waschbecken gelegt hatte. Sie hob einen Fuss an, um ihn abzutrocknen, beinahe rutschte sie aus. Ihr entfuhr ein kurzer Schrei. Nicht auszudenken, wenn sie mit dem Kopf gegen den Wannenrand geschlagen wäre.

Vorsichtig stieg sie aus der Wanne. Das Handy hatte unterdessen aufgehört zu klingeln. Sie hob es vom Boden auf und schaute aufs Display. Enttäuschung machte sich auf ihrem Gesicht breit, ihr Vater hatte sie versucht zu erreichen. Was wollte er wohl? Egal, der konnte warten. Sie durchforstete die Musikmediathek ihres Handys. Kurze Zeit später erklang Alicia Keys' Stimme in ihrem Badezimmer. Eine gute Ablenkung. Sie stieg zurück in die Wanne und liess nochmals heisses Wasser nachlaufen.

***

Nachdem Zora gegangen war, stürmte Milan blitzartig aus der Wohnung. Rennend versuchte er Ruben ein weiteres Mal zu erreichen – ohne Erfolg. Kurze Zeit später stand er völlig ausser Atem vor dessen Wohnadresse und klingelte Sturm. Nichts. Weder der Türöffner noch die Gegensprechanlage machten sich bemerkbar. Er griff erneut zum Handy.

Im Erdgeschoss ging ein Fenster auf. Eine Frau in den Sechzigern mit bunten Lockenwicklern im Haar schaute hinaus. «Wollen Sie zu Herrn Wolf?» Ihre schrille Stimme war Gift für seine Ohren. Er bejahte.

«Der wurde heute Morgen von einer jungen Dame in einem VW Golf abgeholt.»

«Welche Farbe hatte der Wagen?»

«Rot.»

«Gina», murmelte er.

«Wie bitte?»

«Nichts, vielen Dank.»

Enttäuscht zog er davon. Ruben war mit Gina unterwegs, seiner Polizeikollegin. Es konnte länger gehen, bis er auf sein Handy guckte. Den Klingelton hatte er bestimmt abgestellt. Zum Glück gab es Menschen, die ständig am Fenster klebten, jetzt wusste er wenigstens Bescheid. Er musste sich gedulden, was nicht gerade seine Stärke war. Zuhause legte er sich aufs Sofa und wartete. Er wartete und wartete. Zwölf Uhr war schon vorbei. Sein Handy blieb stumm. Mann, Ruben, zieh endlich deinen Lümmel aus der Pflaume.

***

«Bruno, ich glaube ich weiss, wie es gewesen sein muss.»

«Okay. Erzähl.»

Sie stellte das Radio leiser. «Die Monterubbianesi ist bestimmt schon länger zweigleisig gefahren. Sie musste ihren Verlobten noch vor der Hochzeit loswerden. Der Typ, den wir am Tatort gesehen haben, ist der Auftragskiller. Sie hat ihn gekauft.»

«Und wieso die anderen Überfälle?»

«Wie du am Donnerstag vermutet hast, reines Ablenkungsmanöver.»

«Klingt wie aus einer amerikanischen True Crime Story.»

«Oh, ich liebe diese Serien.»

«Beweisen können wir nichts.»

«Falsch.»

Er schaute sie mit grossen Augen an. «Wie meinst du das?»

«Beweisen können wir noch nichts, die Betonung liegt auf noch. Wir arbeiten weiter an diesem Fall, bis wir ihn gelöst haben.»

«Du hast eines vergessen.»

«Was?»

«Ab Montag sind wir nicht mehr zusammen eingeteilt.»

Sie kniff ihn leicht in den Oberschenkel. «Stimmt, Bruno, aber der Tag hat vierundzwanzig Stunden. Wir können auch privat am Fall weiterarbeiten.»

«Du meinst nach Schichtende?»

«Bingo! Jawohl, mein Lieber.»

«Und wieso wurde die Frau in Zürich mit derselben Waffe umgebracht?»

«Wir werden es herausfinden.» Sie lachte und gab Vollgas. Soeben wurden sie über Funk zu einem Verkehrsunfall auf der A51 aufgeboten.

***

Endlich, Ruben rief an.

«Dachte schon, ihr habt euch zu Tode gef...»

«Was?!» Ruben lachte.

«Ich warte seit Stunden auf deinen Anruf.»

«Ist ja gut. Jetzt bin ich dran.»

«Wie lief das ab mit der Verhaftung von Ben Bissig?»

«Er hat sich selbst gestellt. Ist in Chur auf dem Polizeiposten aufgekreuzt und hat um seine Festnahme gebettelt.»

«Hat er den Mord an Nina Andermatt gestanden?»

«Nein.»

«Aber wenigstens die Überfälle auf den Strassen im Unterland?»

«Nein, er sitzt immer noch in Chur und wird voraussichtlich am Montag nach Zürich überführt und befragt.»

«Damit ist mein Fall wohl gelöst.»

«Abwarten. Am Montag kann ich dir bestimmt mehr erzählen.»

***

Milan sass in Zoras Wohnzimmer. Zum einen war er froh, war Ben Bissig endlich gefasst. Er war sich zu hundert Prozent sicher, dass dieser widerliche Kerl Nina und den Freund der Monterubbianesi erschossen und Arno ausgeraubt hatte. Natürlich hätte er den Fall gerne selbst gelöst und von Arno einen ordentlichen Batzen kassiert.

Immerhin war Zora jetzt vom Verdacht einer Komplizenschaft bei den Überfällen befreit. Unmöglich, dass sie eine Spiessgesellin von Ben war.

Darum hatte er sie sofort nach dem Telefonat mit Ruben angerufen. Endlich war er frei für seine grosse Liebe. Nun hatte er grenzenloses Vertrauen in Zora. Er wollte es für sich behalten, dass sie für ihn zwischendurch tatverdächtig gewesen war.

Mit strahlendem Lächeln und zwei Espressotassen in den Händen kam Zora ins Wohnzimmer. «Lust auf einen Film?»

«Wieso nicht.»

«Netflix?» Sie nahm die Fernbedienung in die Hand und zappte sich durch die Filmvorstellungen. «Action? Horror? Oder lieber einen Krimi?»

«Egal, such du dir einen Film aus.»

«Übrigens, bist du weitergekommen in deinem Fall?»

Er nickte.

Ihre grossen Augen wurden noch riesiger. «Erzähl.»

«Der Fall ist abgeschlossen. Der männliche Täter ist geschnappt. Seine Gehilfin zu finden, dürfte ein Kinderspiel sein. Der Typ wird am Montag vernommen und bestimmt singen. Das könnte seine Strafe etwas mildern.»

«Gratuliere.»

«Leider nicht mein Verdienst. Die Polizei war schneller.»

«Jetzt hast du mehr Zeit für mich, oder?»

«Es tut mir leid, habe dich heute etwas unsanft aus meiner Wohnung bugsiert.»

«Ach ja? Zum Glück hast du das selbst bemerkt.» Sie setzte ein schelmisches Schmunzeln auf und startete ‹Gone Girl› mit Ben Affleck in der Hauptrolle. In den nächsten eineinhalb Stunden fiel ihr vor Schreck immer wieder mal das Herz in die Hose – obwohl sie den Film bereits mehrmals gesehen hatte.

18. Kapitel

Früher Montagnachmittag. Ben Bissig wurde von zwei Polizisten in ein Büro geführt.

«Nehmen Sie ihm die Handschellen ab.»

Umständlich löste ihm einer der Uniformierten die Fesseln.

«Autsch! Pass doch auf.»

«Guten Tag, Herr Bissig. Mein Name ist Lüthold Gredig. Ich bin der untersuchende Staatsanwalt in Ihrem Fall. Nehmen Sie bitte Platz.»

Ohne ein Wort zu sagen, setzte sich Ben Bissig auf den Stuhl. Gelangweilt spielte er mit den Kordeln seines roten Kapuzenpullovers.

Gredig nahm seine schwarze Hornbrille von der Nase, hauchte kurz in beide Gläser und wischte diese mit seiner dunkelvioletten Krawatte sauber. Die Brille wieder aufgesetzt, starrte er sein Gegenüber lange Zeit schweigend an, als ob er prüfen wollte, ob der junge Mann seinem Blick standhalten konnte.

Als Ben den Blick endlich senkte, lächelte der Staatsanwalt und sagte: «Herr Bissig, was haben Sie mir zu sagen?»

«Nichts.»

«Kaum, oder?»

«Fragen Sie die Churer Bullen, denen habe ich alles erzählt.»

«Ich möchte es aber nicht, wie sagten Sie so schön, von den Churer Bullen hören, sondern von Ihnen.»

Bissig schnaufte laut auf und warf seine Arme in die Luft. Sofort hielt ihn ein Polizist an der Schulter fest und drückte seinen Oberkörper nach unten.

«Fass mich nicht an, Schwuchtel!», entfuhr es Bissig. Er drehte seinen Kopf blitzartig zur Seite.

«Herr Bissig, machen Sie sich das Leben nicht selbst schwer. Beantworten Sie meine Fragen, dann können Sie zurück in Ihre Zelle.»

«Ja, ich habe einen Scheiss gemacht.»

Der Staatsanwalt hatte das Gefühl, sein Gegenüber schaue durch ihn hindurch. «Herr Bissig, haben Sie Drogen genommen?»

«Was?»

«Wann haben Sie zum letzten Mal konsumiert?»

«Vor einer Stunde.»

«Vor einer Stunde?» Gredig runzelte die Stirn.

«Die Uniformträger sind anscheinend blind. Ich hatte noch etwas Reserve im Arsch.»

«Was haben Sie konsumiert?»

«Marschpulver.»

«Also Kokain.» Der Staatsanwalt nahm ein kleines Bündel Unterlagen vom Pult und blätterte darin. «Die Churer Polizei hat hier geschrieben, Sie hätten sich gestellt.» Er setzte einen fragenden Blick auf.

«Wenn es denn da so steht, wird es wohl so sein. Vielleicht schreiben die ja auch Scheisse. Können die überhaupt schreiben? Zeigen Sie mal her.» Er lachte hämisch.

«Ich rate Ihnen höflich zu bleiben.»

«Ich habe keine Nerven für diese Fragerei. Ja, ich habe mich in Chur gestellt und zugegeben, dass ich den Diebstahl beim Kiosk im Kreis 4 gemacht habe. Punkt. Kann ich jetzt zurück in die Zelle?»

«Nicht so schnell. Weiter haben Sie mir nichts zu sagen?»

«Doch, das Wetter ist schön draussen, schätze, zwanzig Grad. Aber das sehen Sie ja selbst, wenn Sie Ihren ehrenwerten Kopf in Richtung Fenster drehen.»

«Ein wenig vorlaut für einen möglichen Mörder.»

Ben Bissig zuckte kurz zusammen. «Was wollen Sie damit sagen?»

«Sie sind tatverdächtig.»

«Tatverdächtig? Und was soll ich getan haben?»

«Sie haben Ihre Freundin erschossen.»

«Ich habe keine Freundin.»

«Nina Andermatt.»

«Meine Ex. Wieso hätte ich sie umbringen sollen?»

«Keine Ahnung. Das passiert manchmal. Sagen Sie mir wieso.»

«Damit habe ich nichts zu tun. Ich habe Geld aus diesem Kiosk gestohlen und dabei nicht mal eine Waffe benutzt. Es war Diebstahl, kein Raub.»

«Und der Mann, der bei Kloten mitten in der Nacht erschossen wurde?»

«Nie davon gehört. Was soll mit dem sein?»

«Waren das nicht zufällig Sie? Der wurde nämlich mit derselben Waffe umgebracht wie Ihre Ex.»

«Nochmal, wieso sollte ich meine Ex umgebracht haben?»

«Vielleicht wusste sie zu viel. Vielleicht …»

«Mein Mandant verweigert jede weitere Aussage», fiel der hagere Anwalt mit dem bleichen Teint dem Staatsanwalt ins Wort.

***

«Und?» Ist dein Fall jetzt definitiv geklärt? Hat der Typ gesungen?»

«Leider nein. Er gibt nur einen einfachen Kioskdiebstahl zu, mit den nächtlichen Überfällen will er nichts zu tun haben.»

«Vielleicht erzählt er die Wahrheit.»

«Ach was, der lügt wie gedruckt. Die werden die Wahrheit schon noch aus ihm herauskitzeln.»

«Und wenn er doch die Wahrheit sagt? Ich denke, die haben noch nicht den richtigen.»

«Wieso, Zora? Wie kommst du darauf?»

Es schepperte. «Scheisse!»

«Was ist? Hallo?»

Sie meldete sich wieder. «Mein iPhone ist runtergefallen.»

«Sag, wieso denkst du, dass die noch nicht den richtigen haben?»

«Reine Intuition.»

Er lachte. «Okay, wir werden sehen. Sehen wir uns heute Abend?»

«Tut mir leid, ich habe mit einer Arbeitskollegin abgemacht. Wir gehen zusammen ins Horse Pub.»

«Dann wünsche ich euch viel Spass. Bis morgen.»

«Ich ruf dich an.»

«Das hoffe ich doch. Tschüss, Zora.» Er liess seinem Abschiedsgruss einen lauten Schmatzer folgen und legte das Handy auf den Salontisch. Sekunden später griff er wieder danach und wählte Arnos Nummer.

«Hi Milan, was gibt's?»

«Die Polizei hat einen Tatverdächtigen gefasst.»

«Super.»

«Er gibt im Moment nichts zu, er wird bestimmt bald weichgekocht sein. Es ist der Ex der ermordeten Bankangestellten. Wie ich dir schon gesagt habe, wurde der Mann im Mordfall bei Kloten mit derselben Waffe erschossen wie Nina Andermatt.»

«Ach ja?»

«Schade, konnte ich nicht mehr für dich tun.»

«Wir werden schon eine für beide Seiten befriedigende Lösung finden. Finanziell, meine ich.»

«Dann will ich nicht länger stören. Geniess den Abend mit Irina.»

Arno lachte. «Du wirst es nicht glauben, die ist natürlich wieder mal ausser Haus.»

***

«Er fährt aus der Tiefgarage, folge ihm unauffällig.»

Bruno startete den Motor und folgte dem Wagen.

«Schliess etwas näher auf, sonst verlieren wir ihn.» Heute Abend waren sie nicht mit dem Dienstwagen, sondern mit seinem getunten Subaru unterwegs. Er drehte das Radio voll auf. ‹Thunderstruck› dröhnte für Sekunden aus den Boxen. Sie drehte leiser. «Spinnst du?! Du kannst auch gleich eine Sirene aufs Dach stellen.»

«Ist ja gut.»

«Er biegt ab, muss wohl tanken. Fahr rechts ran. Wir warten hier.»

Fünf Minuten später ging es weiter.

«Bruno, der wird doch nicht etwa zur Monterubbianesi fahren?»

«Sieht tatsächlich so aus.»

245

«Der Typ muss etwas mit dem Mord zu tun haben.»

«Meinst du?»

«Klar.»

Sie hielten auf dem Parkplatz vor dem Haus an. Einige Meter weiter vorn hatte er geparkt und war bereits ausgestiegen. Bruno wollte ebenfalls aussteigen, doch sie hielt ihn am Arm zurück. «Wir warten einen Moment, bis er im Haus verschwunden ist.»

Zwei Minuten später stiegen sie aus und gingen ebenfalls zum Haus. Die Eingangstür war abgeschlossen.

«Und jetzt?» Er schaute sie fragend an.

Sie drückte auf eine der Klingeln und hielt den Zeigefinger vor den Mund.

«Hallo, wer ist da?»

«Entschuldigung. Ich habe soeben den Müll rausgebracht und den Schlüssel oben vergessen. Können Sie mir bitte die Tür öffnen?»

Zwei Sekunden später ging der Türöffner und sie huschten ins Treppenhaus und in den Lift. Dieses Mal hatte sich Bruno gut auf den abrupten Stopp vorbereitet, er kam nicht aus dem Gleichgewicht. «Willst du wirklich klingeln?»

«Wieso nicht?»

«Sollte der Typ wirklich der Killer sein, könnte es ungemütlich werden.»

«Der wird bestimmt nicht auf Polizisten schiessen.»

«Wieso nicht? Wenn das sein einziger Ausweg ist. Mir ist nicht wohl bei der Sache.»

«Bruno, sei kein Feigling. Das ziehen wir jetzt durch.»

«Dafür zeigst du mir dein Tattoo schon vor dem Sommer. Abgemacht?»

«Spinner.» Sie lachte und wedelte mit der rechten Hand vor ihrem Gesicht.

Die beiden verliessen den Lift und sie drückte auf die Türklingel. Schritte waren zu hören. Der Schlüssel wurde gedreht. Rosanna Monterubbianesi stand vor ihnen. Ihr Blick verriet Erstaunen. «Euch hätte ich jetzt nicht erwartet.»

Die Polizistin machte eine entschuldigende Handbewegung. «Tut uns leid, dass wir Sie nochmals stören. Wir haben noch einige Fragen.»

«Kommen Sie herein. Ihr Kollege ist schon da.»

Die Polizistin schaute Bruno erschrocken an, dann sagte sie zu Rosanna Monterubbianesi: «Ich verstehe nicht ganz. Was meinen Sie?»

«Ein Kollege von Ihnen sitzt schon im Wohnzimmer. Er ist seit gut fünf Minuten hier.»

Ihr wurde beinahe schwindlig. Wie peinlich. Einen Rückzieher konnten sie nicht mehr machen. Da mussten sie jetzt durch.

«Kommen Sie herein. Sie nehmen bestimmt auch einen Tee. Ich habe gerade einen Topf mit Wasser auf den Herd gestellt.»

Die beiden traten ein und folgten der jungen Frau ins Wohnzimmer.

«Setzen Sie sich. Wo ist jetzt Ihr Kollege hin?»

«Wir wissen nichts davon, dass ein Kollege von uns hier sein sollte.»

«Bei uns in der Firma geht's manchmal auch drunter und drüber. Da weiss man oft auch nicht, was der andere tut. Bestimmt musste er mal für kleine Jungs.»

«Was wollte er denn von Ihnen wissen?»

«Ob ich mich noch an gewisse Details des Gaunerpärchens erinnere.»

«Und?»

«Es war dunkel und es ging alles so schnell. Ich war wie in Trance. Und wieso sind Sie nochmals hergekommen?»

«Wir wollten Sie fragen, ob Ihnen seit unserem letzten Besuch noch etwas eingefallen ist.»

Rosanna Monterubbianesi schüttelte energisch den Kopf. «Leider nein.»

«Dann können wir wieder gehen», sagte Bruno, der bis dahin geschwiegen hatte. Er stand auf.

«Trinken Sie doch noch einen Tee mit mir. Ihr Kollege kommt bestimmt gleich von der Toilette zurück.»

«Überredet.» Die Polizistin warf Bruno einen bösen Blick zu. Dieser setzte sich wieder.

Rosanna Monterubbianesi ging in die Küche. Bruno flüsterte seiner Kollegin zu: «Komm, wir verschwinden. Ich will mich nicht vor unserem Chef rechtfertigen müssen.»

«Keine Angst, Bruno, ein Polizist ist dieser Typ definitiv nicht.»

Rosanna Monterubbianesi kam mit einem Tablett zurück. Darauf standen vier Tassen mit heissem Wasser. Die Teebeutel hatte sie schon hineingelegt. Das Wasser schimmerte bereits in einem leichten Rotton. «Früchtetee ist doch in Ordnung?»

Beide nickten.

«Wo bleibt euer Kollege so lange?» Rosanna starrte zur Toilettentür.

«Der hat doch nicht etwa Dünnpfiff?», sagte Bruno und lachte. Selbst Rosanna musste lachen. «Igitt.»

Nach drei Minuten nahm Rosanna die Teebeutel aus den Tassen. «Ich hoffe er schmeckt Ihnen.» Sie schob beiden eine Tasse zu, dann stand sie auf, ging zum Bad und klopfte leise an die Tür.

«Hallo?»

Keine Antwort.

«Hallo! Alles in Ordnung?» Sie bekam keine Antwort, öffnete vorsichtig die Tür und liess einen kurzen gellenden Schrei los. Bruno stand auf und rannte sofort ins Bad.

***

Ihm ging ganz schön die Muffe. Er hatte die Balkontür aufgerissen, war nach draussen gestürmt und hatte die Tür leise angelehnt. Von drinnen war nicht ersichtlich, dass sie nicht abgeschlossen war, jedenfalls nicht auf den ersten Blick. Bis jetzt hatten sie anscheinend nicht bemerkt, dass der Türgriff falsch stand. Er kauerte unter dem weissen Tisch und hoffte, dass die drei nicht so schnell auf die Idee kamen, auf dem Balkon nach ihm zu suchen. Er überlegte. Er war in einer heiklen Situation. Er musste weg hier, und zwar schnell. Aber wie? Die Idee war glänzend gewesen, sich als Polizist auszugeben, nur hatte er sie zur falschen Zeit in die Tat umgesetzt. Wie hätte er ahnen können, dass die richtige Polizei nur Minuten nach ihm bei der Monterubbianesi aufkreuzen würde. Ein unglücklicher Zufall. Wenn die ihn schnappten, dann …, ja, dann was? Nicht auszudenken.

War er gelenkig genug, um auf den Balkon nebenan zu steigen? Ein Hochseilakrobat war er nicht. Er musste es versuchen. Eine andere Wahl blieb ihm nicht. Höchstens noch die, sich zu stellen und sich Handschellen anlegen zu lassen. Langsam kroch er unter dem Tisch hervor. Die kleinste Unachtsamkeit konnte verheerend sein. Er stiess an die kupferne Giesskanne. Beinahe wäre sie umgekippt! Glück gehabt! Sein Puls ging noch schneller. Er war am Ende des Balkons angelangt und stand auf. Von hier aus konnten sie ihn durchs Fenster hindurch nicht sehen. Er musste ein Niesen unterdrücken.

Vorsichtig nahm er die leere Geranienkiste vom Geländer und stellte sie behutsam auf den Boden. Die beiden Balkone waren nur durch eine ungefähr dreissig Zentimeter dicke Mauer voneinander getrennt. Ängstlich schaute er nach drüben. Gedämpftes Licht war zu sehen. In der Nachbarswohnung war offenbar jemand zuhause. Oh, mein Gott! Trotzdem, er musste auf den anderen Balkon gelangen – er war unmöglich, es auf den unteren zu schaffen. Er hätte sich bei einem Sturz das Rückgrat oder das Genick gebrochen. Genickbruch hätte er in dem Fall bevorzugt. Lieber tot als querschnittgelähmt. Er musste endlich los. Er richtete sich darauf ein, die ganze Nacht auf dem anderen Balkon zu verbringen, und hoffte, dass die Menschen der dazugehörigen Wohnung am Morgen frühzeitig zur Arbeit gingen. Dann müsste er wohl oder übel die Tür aufbrechen, um durch die Wohnung ins Treppenhaus und schlussendlich ins Freie zu gelangen, um diesem Wahnsinn zu entfliehen.

Nochmals musste er zum Tisch zurück, um sich einen Stuhl zu schnappen. Er stand seitlich zum Fenster und schaute ins Wohnzimmer. Rosanna Monterubbianesi war nicht zu sehen. Auf der Couch sassen eine blon-de

Frau und ein Mann mit Glatze, nur am Hinterkopf hatte er kurzes graumeliertes Haar. Die beiden sassen in entgegengesetzter Richtung zum Fenster und unterhielten sich. Stimmen waren nicht zu hören, aber die Gesten deuteten auf ein heftiges Gespräch hin. Schnell machte er einen Schritt nach vorn und schnappte sich den erstbesten Stuhl. Puh – das war geschafft! Er stellte ihn dicht ans Geländer, platzierte sich darauf und stellte den rechten Fuss auf die Brüstung, dann den linken. Mit den Händen stützte er sich an der Zwischenmauer ab. Leise zählte er bis drei. Ein grösserer Schritt und schon stand er auf dem Balkongeländer der Nachbarswohnung. Beinahe hätte er das Gleichgewicht verloren. Den Sturz aus dieser Höhe hätte er kaum überlebt und wenn, dann mit irreparablem Schaden. Das Glück schien ihm hold zu sein. Ein dreistufiges Gewürzregal stand da. Als hätte es jemand vorsorglich für ihn bereitgestellt. Er trat mit dem rechten Fuss sorgfältig auf die oberste Stufe und zog den linken nach. Einen Moment hielt er inne und atmete tief durch. Es ging weiter. Zehn Sekunden später spürte er den festen Balkonboden unter seinen Füssen. Er ging zum Fenster und schaute vorsichtig um die Ecke. Dicke Vorhänge versperrten ihm den Blick in die beleuchtete Wohnung. Er schaute auf den roten Tisch, dieser war leer. Auf dem Fenstersims stand ein halbgefüllter Aschenbecher, daneben ein Zigarettenpäckchen. Er schaute hinein. Eine einzige Zigarette lag darin. Er nahm sie raus und holte sein Feuerzeug aus der Hosentasche. Doch dann überlegte er es sich anders und warf die Kippe über das Geländer.

Er schaute auf die Uhr: dreizehn nach sieben. Es war gut möglich, oder besser gesagt, sehr wahrscheinlich, dass heute noch jemand nach draussen kam, um seine Nikotinsucht zu befriedigen.

Vom Balkon von Rosanna Monterubbianesi hörte er eine männliche Stimme: «Hier draussen ist er nicht. Er muss sich irgendwie durch die Wohnungstür davongeschlichen haben.»

«Oder er steckt noch in der Wohnung. Vielleicht im Kleiderschrank, oder unter dem Bett», kam postwendend die Antwort von einer Frau.

«Komm, wir gehen wieder rein. Silvia, du sicherst die Wohnungstür ab und ich durchsuche Zimmer um Zimmer. Geht das für Sie in Ordnung, Frau Monterubbianesi?»

«Klar.»

Zehn Sekunden später hörte er das Schliessen der Balkontür und es kehrte Stille ein.

Er wartete jetzt schon eine halbe Ewigkeit unter dem Balkontisch und hatte sich bereits einen steifen Nacken geholt. Es wurde immer kälter und die Position, in der er verharrte, war alles andere als bequem.

Plötzlich ging die Balkontür auf. «Keine Ahnung, wann mein Mann heimkommt. Wir können noch etwas plaudern.» Die Frau telefonierte. Sie trat auf den Balkon. Er sah nur ihre dunkle Trainerhose und die roten Plüschpantoffeln. «Shit, ich muss mir in der Küche neue Zigaretten holen. Dachte, es stecke noch eine im Päckchen.» Sie ging wieder in die Wohnung zurück. Die Tür liess sie offenstehen.

Das war seine Chance! Wenn nicht jetzt, wann dann?

Er schlich ins Wohnzimmer. Die Frau war nicht zu sehen. Sie war bestimmt schon in der Küche. Er ging an der offenen Küchentür vorbei in den Korridor. «Wo sind nur diese verdammten Zigaretten?», hörte er sie fluchen. Er drehte den Schlüssel der Wohnungstür und öffnete sie. Etwas zu laut. «Schatz, bist du schon zurück?», hörte er gerade noch und floh ins Treppenhaus. Er rannte die Treppe hinunter und stürmte ins Freie. Mittlerweile war es stockdunkle Nacht. Das Handy vibrierte in der Hosentasche. Eine Nachricht. Er las sie und schaute auf die Uhr. In fünf Minuten war es zweiundzwanzig Uhr. Er musste sich beeilen, dann sollte es gerade noch reichen.

19. Kapitel

Dienstagnachmittag. Vierzehn Uhr.

«Ben Bissig hat nicht gelogen», sagte Milan am Telefon zu Ruben.

«Richtig. Gebeamt wird ausschliesslich in Science-Fiction-Filmen. Ein besseres Alibi, als zur Tatzeit im Gefängnis zu sitzen, gibt es wohl kaum.»

«Wann genau war der Überfall gestern Abend? Und wo?»

«In Bassersdorf. Um etwa zwanzig Minuten nach zehn. Eine junge Frau stellte ihren Wagen auf den Aussenparkplatz, direkt vor ihrem Wohnhaus. Unweit davon sass eine Frau auf einem Motorrad. Die Autofahrerin schenkte ihr keine grosse Beachtung. Plötzlich fiel die Maschine um, die Motorradfahrerin lag fluchend daneben und hielt sich das Bein. Wie jeder guterzogene Mensch rannte ihr die andere Frau zu Hilfe. Ihre Handtasche liess sie auf dem Beifahrersitz zurück. Ein Komplize muss die Situation sofort ausgenützt und die Handtasche aus dem Wagen entwendet haben.»

«Lass mich raten, es lag ziemlich viel Geld in der Handtasche.»

«Falsch.»

«Falsch? Ach ja?»

«Etwa fünfzig Franken. Aber das Täterpaar hatte es auf einen diamantenbesetzten Ring aus Weissgold abgesehen. Die Frau hatte diesen am selben Abend für über zehntausend Franken im Glatt gekauft.»

«Dieselbe Täterschaft?»

«Ich denke schon. Die junge Frau hat der Motorradfahrerin aufgeholfen, diese hat sich danach artig bedankt und ist mit einem Affenzahn davongebraust. Gleichzeitig sei ein weisser BMW, der in der Nähe gestanden hatte, losgefahren wie ein Irrer. Die Bestohlene hat sofort bemerkt, dass weder das Motorrad noch der weisse BMW ein Nummernschild montiert hatten. Das böse Erwachen kam allerdings erst, als sie die Tasche aus dem Wagen holen wollte.»

«Die Suche nach dem Gangsterpärchen beginnt erneut.»

«Genau.»

«Weisst du sonst noch was?»

«Nichts. Sie haben weder DNA-Spuren noch sonst was hinterlassen.»

Milan legte das Telefon zur Seite. Ben Bissig war definitiv aus dem Rennen. Um Zora sah es schlechter aus. Sie hatte auch für diese Tat kein Alibi. Oder sollte er im Pub nachfragen, in dem sie den Abend angeblich verbracht hatte? Die Aussage von Veronica Schwertfeger, die Arme der Räuberin seien vollkommen tätowiert gewesen, hatte sich in sein Gehirn eingebrannt.

Zora war nicht die einzige Verdächtige, Arnos Freundin zählte auch dazu. Wo hatte sie sich in der Nacht herumgetrieben?

Milan fasste den Entschluss, Arno am Arbeitsplatz zu besuchen.

Eine halbe Stunde später fragte Milan am Empfang der Firma, in der Arno arbeitete, nach ihm. Eine ältere Frau in einem rassigen Einteiler führte ihn zu seinem Arbeitsplatz.

«Hallo, Milan, dich hätte ich hier nicht erwartet.»

«War gerade auf der Durchfahrt und dachte, ich überbringe dir eine Neuigkeit. Hoffe, ich störe nicht.»

Arno winkte ab. «Sicher nicht.» Er wartete, bis die Empfangsdame das Büro verlassen hatte. Dann schloss er die Tür. Es traf sich gut, seine Bürokollegin war in den Ferien. Er hatte den Raum für sich allein.

«Hat Ben Bissig ausgepackt?», fragte er und deutete Milan an, sich zu setzen.

Milan schüttelte den Kopf. «Er ist nicht der Täter.»

Arno schaute ihn fragend an.

«Gestern Abend gab es einen neuen Überfall. Bissig sitzt bekanntlich hinter schwedischen Gardinen.»

«Scheisse, dann beginnt die Suche wieder von vorn.»

«Du sagst es. Eine harte Nuss. Ich mach mich wieder auf den Weg.»

«Darf ich dich heute zum Nachtessen einladen?»

Milan überlegte. Wieso eigentlich nicht? Er hatte heute beinahe noch nichts gegessen und sich für den Abend nichts vorgenommen. «Gern. Wo? Wann?»

«Um halb sechs hier vor der Firma?»

«Geht in Ordnung.»

«Hast du gestern Abend das Fussballspiel der Spanier gesehen? Anpfiff war erst am späten Abend. Ein klasse Spiel.»

«Klar habe ich mir das reingezogen.»

«Das 1:0 gleich nach dem Anpfiff könnte das Tor des Jahres werden.»

«Ja, wirklich sensationell, dieser Fallrückzieher. Also tschüss, bis heute Abend.»

Er musste Arno nicht auf die Nase binden, dass er das Tor erst in der Pausenwiederholung gesehen hatte, weil er zur Anspielzeit noch unterwegs gewesen war.

Dass er beinahe von der Polizei auf dem Balkon der Monterubbianesi gefasst worden wäre, wollte er ebenfalls für sich behalten. Nicht auszudenken, wenn die ihn geschnappt hätten, dann hätte er jetzt eine Anzeige am Hals und seine Detektivkarriere wäre vorbei, bevor sie richtig begonnen hatte. Er musste vorsichtiger werden und sich fortan an die Gesetze halten. Aber erst ab Morgen. Heute wollte er sich noch ein letztes Mal in seine Polizeimaskerade stürzen.

***

Milan fuhr nach Glattfelden. Letzthin hatte er von Zora einige Aufnahmen gemacht. Er wollte Veronica Schwertfeger die tätowierten Arme zeigen. Vielleicht erkannte sie diese wieder. Zoras Gesicht hatte er abgedeckt. Insgeheim hoffte er, dass er mit seinem Verdacht falsch lag. Aber eben, ein Alibi für die Tatzeiten hatte Zora nicht. Nicht auszudenken, wenn Veronica Schwertfeger aussagen würde, dass das genau die Arme der Gangsterin seien! Da musste er jetzt durch. Gehörte die schöne Zeit mit der jungen Bündnerin bald der Vergangenheit an?

Im Auto setzte er sich die Perücke auf und die blauen Linsen ein. Ein letzter Blick in den Rückspiegel, dann stieg er aus und klingelte kurz darauf bei Veronica Schwertfeger.

Nach wenigen Sekunden ging der Türöffner und er trat ins Treppenhaus. Wieder knarrte die Holztreppe unter ihm auf dem Weg in den ersten Stock. Jetzt stand er vor der Wohnungstür, doch sie blieb zu. Er betätigte die Klingel rechts neben der Tür. Kurze Zeit später sah er in ein erschrockenes Gesicht. «Ich dachte, es sei meine Mitbewohnerin. Die vergisst den Hausschlüssel regelmässig.»

«Komme ich ungelegen?»

Sie schüttelte den Kopf. «Ich bin eben erst nach Hause gekommen. Es ist nicht aufgeräumt.»

Das hatte Milan auch nicht erwartet. Er hatte mit der schmuddeligen Wohnung der jungen Frau ja bereits Bekanntschaft gemacht.

«Darf ich?» Er setzte vorsichtig einen Schritt in die Wohnung.

«Bin gespannt, was Sie heute zu mir führt. Wollen Sie was trinken?»

Milan verneinte. «Ich habe Bilder tätowierter Arme einer Frau. Vielleicht erkennen Sie die Tattoos.»

«Wer ist die Frau?»

«Das tut nichts zur Sache. Sie ist uns gestern wegen anderer Delikte in die Arme gelaufen. Es könnte sein, dass sie auch die Täterin in Ihrem Fall ist.»

«Okay. Zeigen Sie her.»

Er zog das Handy aus der Tasche und zeigte ihr die Bilder von Zoras tätowierten Armen.

«Sie hat eine Rose tätowiert. Aber sonst mag ich mich an keines der Tattoos erinnern. Ich glaube, diese Frau war es nicht.»

«Sind Sie sicher?»

«Ich denke schon.» Sie schaute nochmals genauer hin. «Vielleicht doch. Mann, ich weiss es nicht.»

«Ja oder nein?»

«Ich glaube, das sind diese Arme», sagte sie zögernd. Milan atmete tief durch. Er bekam kaum Luft, ihm wurde schwindlig.

«Was ist? Geht es Ihnen nicht gut?»

«Alles in Ordnung. Vielleicht sind wir am Ziel mit unserer Suche. Ich möchte nicht länger stören.»

Er wurde an die Wohnungstür begleitet. Beim Abschied sagte sie: «Zu neunzig Prozent sind das die Arme der Täterin. Ich denke, Sie können die Akte bald schliessen.»

Er ging die Holztreppe nach unten und stiess beim Öffnen der Haustür beinahe mit einer Person zusammen.

«Hallo, sorry.»

Die Frau sagte nichts. Sie würdigte ihn keines Blickes. Ihre mittellangen Haare schimmerten braunrötlich. Einige Sommersprossen zierten ihr Gesicht. Sie war chic gekleidet. Ihre hellblaue Leinenhose passte ausgezeichnet zur mattrosafarbenen Bluse. Die ebenfalls hellblauen Stöckelschuhe brachten die Holztreppe gehörig zum Knarren. Milan blieb in der offenen Haustür stehen und starrte ihr nach. Sie zückte einen Schlüssel, steckte ihn ins Schloss und verschwand in der Wohnung von Veronica Schwertfeger. Monika Hohl, ging es ihm durch den Kopf. Er ging in Richtung seines Wagens, den er um die Ecke geparkt hatte. Er schaute nochmals zurück. Im ersten Stock verschwanden sofort zwei Frauenköpfe vom Fenster.

**

Silvia und Bruno trafen sich zufällig in der Kantine des Polizeigebäudes.

«Willst du diesen Typen weiter observieren heute Abend?» Er schaute seine Kollegin fragend an.

«Nein, wir lassen die Finger von diesem Fall. Gestern lief es beinahe schief.»

«Das hast du genial angestellt, wie du dein Telefon zur Hand genommen und so getan hast, als telefoniertest du mit einem Vorgesetzten. Frau Monterubbianesi hing förmlich an deinen Lippen. Als du ihr dann klargemacht hast, dass der Polizeikollege, der in ihrer Wohnung gesessen hatte, dringend wegmusste, weil er an einen Tatort gerufen wurde, war die Frau beruhigt.»

«Zum Glück stand die junge Frau immer noch unter Medikamenten und war etwas verwirrt. Sonst hätte sie bestimmt gemerkt, dass ich ihr einen Bären aufgebunden habe.»

«Ja, sie hat selbst gesagt, dass sie im Moment noch etwas durch den Wind sei und deshalb wahrscheinlich nicht gemerkt habe, dass der Polizist wieder gegangen war, während sie in der Küche Wasser in den Topf gegossen hatte.»

«Bruno, wir hatten grosses Glück. Die Frau wollte zuerst die Nummer 117 wählen. Unsere private Schnüffelaktion wäre aufgeflogen und wir müssten bei unserem Chef antraben, der uns wahrscheinlich bis auf weiteres in den Innendienst verdonnern würde.

«Deine geniale Idee hat uns den Kopf gerettet, danke dir, Silvia! Bewirb dich im Schauspielhaus. Du hast Talent. Aber was hatte Milan Sommer bei der Monterubbianesi zu suchen?»

«Ich habe mich nochmals genauer in die polizeilichen Akten eingelesen. Er hat zwar Nina Andermatt in ihrer Wohnung tot vorgefunden, ermittelt aber auch für einen gewissen Arno Früh.»

«Er ist also doch Polizist?»

«Nein, Privatdetektiv. Wenn du dich nur ein wenig mehr mit den Akten vertraut machen würdest ...»

«Du bist der Kopf unseres Teams. Ich bin für die Stärke verantwortlich.» Bruno lächelte Silvia verschmitzt zu und zeigte ihr die Muskeln seines rechten Oberarms.

«Es ist vorbei. Ich will nichts mehr mit der Sache zu tun haben. Es ist schon komisch, dass gerade der Privatdetektiv die tote Frau gefunden hat.»

«Zufall?»

«Wahrscheinlich. Bruno, wir haben uns da in etwas hineingesteigert, von der wir von Anfang an die Finger hätten lassen sollen.»

«Wir waren völlig im Rausch und haben sogar den Bruder der Monterubbianesi als möglichen Nebenbuhler ihres toten Verlobten gesehen.»

«Bleibt alles unter uns, gell, Bruno?»

Er nickte.

***

Milan und Arno sassen in einem Bülacher Restaurant und studierten die Speisekarte. Plötzlich flüsterte Milan: «Mist, ich kenne die beiden.»

Sein Tischgenosse schaute auf. Zwei junge Frauen kamen durch die Tür, hängten die Jacken an die Garderobe und steuerten einen freien Tisch an. «Die eine kommt mir auch bekannt vor», sagte Arno.

«Welche?»

«Die mit den rötlichen Haaren. Irgendwo habe ich die schon gesehen.»

«Sie heisst Monika Hohl und wohnt in Glattfelden.»

261

«Der Name sagt mir nichts.» Er kratzte sich mit der rechten Hand am Hinterkopf.

«Die Kurzhaarige mit der Gelfrisur war ebenfalls ein Opfer. So wie du.»

«Du meinst, sie wurde auf die gleiche Weise überfallen?»

«Genau.»

«Woher weisst du das?»

«Ich war bei ihr zuhause.»

Milan sah in Arnos erstauntes Gesicht. «Das musst du mir erklären.»

Ein älterer Kellner kam vorbei und nahm die Getränkebestellungen auf. «Sehr gerne. Je ein grosses Bier für die Herren.»

Als er wieder ausser Hörweite war, sagte Arno: «Erzähl, wieso warst du bei ihr?»

«Eine lange Geschichte. Aber sie bleibt unter uns.»

«Ich kann schweigen wie ein Grab.»

«Auch nach dem siebten Bier?»

«Nach dem siebten Bier bin ich bewusstlos. Milan, erzähl, ich will alles wissen.»

«Ich habe einen Kollegen, der bei der Polizei arbeitet. Der gibt mir teilweise wertvolle Hinweise. Durch ihn bin ich auf Veronica Schwertfeger gestossen.»

«Veronica Schwertfeger? Wer ist das?»

«Pst, nicht so laut. Die mit der Gelfrisur. Sie wurde in der Nähe von Glattfelden ausgeraubt. Ich habe sie danach besucht und ausgefragt.»

«Und sie hat dir Auskunft gegeben?»

«Ich habe mich als Polizist ausgegeben.»

«Dein Gesicht scheint sich nicht in ihr Gedächtnis eingeprägt zu haben. Es macht nicht den Anschein, als hätte sie dich erkannt.»

«Hast du vergessen, wie wandelbar ich bin?»

Arno lachte auf. «Ah, der alternde Theologiestudent?»

«Du solltest wissen, dass ich mehr draufhabe. Ich habe sie übrigens heute Nachmittag ein zweites Mal besucht.»

«Hat sie es dir so angetan?»

Milan lachte. «Nein, nicht deswegen. Mein Fall ist sie überhaupt nicht.»

«Wieso warst du nochmal bei ihr?»

«Sie hat die Täterin für einen kurzen Moment gesehen.»

«Ich auch. Und?»

«Ohne Helm.»

«Was, ohne Helm?!»

«Pst. Nicht so laut. In ihrem Fall war die Räuberin nicht mit dem Motorrad unterwegs.»

«Und du bist sicher, dass es dieselbe Gangsterin war?»

«Bombensicher.»

«Spannend. Dann konnte sie die Täterin beschreiben?»

«Ja, sie war jung, hatte schwarzes mittellanges Haar und war an beiden Armen tätowiert.»

«Das ist doch immerhin mal ein Signalement.»

«Schon, aber diese Beschreibung trifft auf viele junge Frauen zu.»

«Und die Fingernägel? Waren die auch rot lackiert?»

«Daran konnte sie sich nicht erinnern. Es ging alles sehr schnell. Die Täterin hat ihr nach wenigen Sekunden eine Ladung Pfefferspray ins Gesicht gesprüht.»

«Das war wirklich dieselbe Frau?»

«Bestimmt.»

«Wenn ich nur wüsste, woher ich die Rothaarige kenne.»

«Vielleicht kommt es dir wieder in den Sinn.»

«Vielleicht.»

«Veronica Schwertfeger hat die Sache ziemlich mitgenommen. Sie ist ganz schön durch den Wind.»

«Kann ich verstehen. So ein Überfall geht nicht spurlos an einem vorbei. Ich erwache manchmal mitten in der Nacht, weil ich schlecht geträumt habe, hat immer irgendwas mit dem Unfall zu tun. Vielleicht kann ihr ein Psychiater helfen?»

Flüssignahrung wurde geliefert und die beiden prosteten sich zu. Der Kellner wartete geduldig und nahm die Essensbestellung entgegen.

«Milan, ich wäre froh, wenn du meine Freundin nochmal etwas genauer unter die Lupe nimmst. Ich traue ihr einfach nicht über den Weg. Zudem hat sie für keines der Verbrechen ein Alibi.»

«Hat Irina Tattoos?»

«Nein. Gegenfrage: Müssen die Tattoos echt sein?»

«Natürlich nicht. Es gibt Armstrümpfe, wenn du die anziehst, sieht es aus, als wärst du tätowiert.» Milan stützte sein Kinn auf die linke Handfläche. «Traust du ihr wirklich zu, dass sie dich ausgeraubt hat?»

«Ich weiss es nicht, Milan. Ich weiss nicht mehr, was ich denken soll.»

«Wenn sie das nächste Mal am Abend weggeht, werde ich mich an ihre Fersen heften. Sag mir einfach Bescheid.»

«Noch eine Bitte.»

«Ja?»

«Es gibt da einen Kerl, den du überprüfen könntest. Wollte dich schon lange danach fragen.»

Milan nahm sein Notizbüchlein aus der Seitentasche seiner schwarzen Jeanshose. «Leg los. Wie heisst der Typ?»

«Florian Rubli. Er muss irgendwo in Zürich wohnen.»

«Und weiter?»

«Wie weiter?»

«Wieso muss ich ihn überprüfen? Wieso ist er für dich verdächtig?»

Milan hörte sich die Geschichte von der BrewBar an. «Der Kerl sass am anderen Ende der Bar. Er und Irina haben immer wieder Blicke ausgetauscht.»

«Das macht ihn natürlich wahnsinnig verdächtig.» Milan lachte auf. «Wieso hast du deine Freundin nicht darauf angesprochen?»

«Habe ich. Sie hat alles abgestritten. Ich weiss einfach nicht mehr, ob ich ihr trauen kann. In letzter Zeit ist sie so komisch. Am liebsten würde ich einen Schlussstrich unter die Beziehung ziehen.»

«Liebst du diese Frau? Lass dein Herz sprechen.»

Arno überlegte einen Moment. «Ja, ich liebe sie. Aber ich kann bald nicht mehr. Die Situation ist sehr belastend für mich.»

«Gib ihr nochmal eine Chance. Sprich mit ihr.»

«Trotzdem wäre ich froh, wenn du ihr hinterherspionierst.»

«Werde ich machen.»

«Übrigens, Florian Rubli trägt einen längeren Bart.»

«Jetzt mal langsam. Willst du damit sagen, er sei der Räuber und Irina seine Komplizin?»

«Könnte sein, oder?!»

«Strick dir da keine Geschichte zusammen. Nur Beweise bringen uns ans Ziel.»

20. Kapitel

Gleich am frühen Morgen hatte Milan mit Ruben telefoniert. Florian Rubli musste der Kerl sein, den er zusammen mit Irina im Restaurant im Hauptbahnhof gesehen hatte. Damals war er dem Typ gefolgt, bis er in einem alten Mehrfamilienhaus verschwand. Genau in diesem Wohnhaus hatte ein gewisser Florian Rubli seine Wohnadresse. Noch interessanter war, der Typ besass ein eigenes Motorradgeschäft in Oerlikon. Waren Arnos Gedanken gar nicht so abstrus? Kam er der Auflösung des Falls näher? Rubli könnte der Kerl mit dem weissen BMW sein. Nochmals ein kurzer Anruf und Ruben bestätigte ihm, dass Rubli einen weissen BMW fuhr. Die Sache wurde spannend. War Irina die Motorradfahrerin? Wurde ihr das Motorrad jeweils von ihrem Komplizen zur Verfügung gestellt? Beweise mussten her. Etwas machte ihn trotzdem stutzig. Die Polizei wäre Irina längst auf die Schliche gekommen, wenn sich wirklich alles so abgespielt hätte. Die DNA der Täterin wurde ja mehrfach gefunden. Die Polizei hatte auch Arnos Wohnung nach Spuren untersucht. Dort war Irinas DNA massenhaft zu finden. Also hätten sie ja nur eins und eins zusammenzählen müssen. Die DNA bei den Überfallorten konnte nicht von Irina stammen. War die Täterschaft ein Dreiergespann? Rubli, Irina und eine andere Frau? Vielleicht Zora? Er musste ihre DNA testen lassen. Auf Rubens Hilfe konnte er nicht zählen. Er musste das auf illegale Weise tun. Wer würde das für ihn machen und sollte er wirklich so viel Geld dafür ausgeben, um seine Freundin an den Pranger zu führen? Die Situation war beinahe nicht zum Aushalten. Er liebte

Zora. Wenn er herausfinden würde, dass sie ihm etwas vorgespielt hatte, wäre das Thema Frauen für ihn erstmal erledigt.

Er nahm einen Schluck Kaffee und zerbrach sich den Kopf darüber, wie er ein Labor finden konnte, welches für Geld auch illegale Dinge tat. Wenn genug Geld im Spiel war, bestimmt kein grosses Problem. An Zoras DNA heranzukommen war die einfachste Sache der Welt. Die grosse Knacknuss wäre, die ausgewerteten Daten von Zora mit den gesicherten Spuren der Täterin zu vergleichen. Da wäre ihm Ruben bestimmt nicht behilflich. Er konnte sich das viele Geld sparen. Er überlegte. Hatte er wirklich den richtigen Beruf gewählt? Er kam sich so klein vor, so winzig, so unerfahren. Dann jedoch kehrte das Selbstbewusstsein zurück. Es war noch kein Meister vom Himmel gefallen. Selbst van Gogh und Picasso hatten klein angefangen. Heute waren sie Legenden. Er würde sich von Fall zu Fall steigern, Fortschritte machen und irgendwann zur Koryphäe werden. Er konnte es schaffen. Er musste nur weiter an sich glauben. Eines Tages, das schwor er sich, wollte er den Tod seines Vaters aufklären. Das war er seiner Mutter schuldig. Mitten in seine Gedanken platzte eine WhatsApp-Nachricht von Zora. *«Gehen wir am Freitagabend auswärts essen?»*

«Geht nicht. Habe ein Konzert.»

«Hast mir nichts davon gesagt. Wo?»

«In Winterthur. Dachte, ich hätte es erwähnt.»

«Wäre gern dabei.»

«Kein Problem. Ich nehme dich mit.»

«Super.»

«Hole dich um halb sieben ab. Okay?»

«Freue mich.»

Er musste sie seinen Bandkumpels vorstellen. Eigentlich hatte er sich auf diesen Moment gefreut. Jetzt hatte er gemischte Gefühle. Wer weiss, vielleicht klickten schon bald die Handschellen bei ihr. Auch seine Mutter drängte ihn immer wieder dazu, ihr seine neue Liebe vorzustellen. Jedes Mal hatte er eine Ausrede parat. Es wäre zu peinlich, wenn er seiner Mutter kurze Zeit nach dem Kennenlernen sagen müsste, dass seine Flamme eine Verbrecherin war.

***

Pavel Jaskin ging fluchend zu seinem Wagen im Parkhaus. Alles Geld war futsch. Über 6000 Franken hatte er in einer Stunde im Casino verspielt. Diese Schmach hatte er erst mal mit alkoholischer Flüssigkeit wegzutrinken versucht. Sein Gang war schwankend. Endlich hatte er den Wagen gefunden. Das Einsteigen fiel ihm schwer. Mit Mühe und Not gelang es ihm den Schlüssel ins Zündschloss zu stecken und den Motor zu starten. Vor der Schranke blieb er stehen. Scheisse! Er hatte noch nicht bezahlt.

Er stieg aus, torkelte zum Ticketautomaten, steckte das Ticket ein und warf Münzen in den Schlitz. Als er zum Auto zurückging und einsteigen wollte, hupte der Typ im perlweissen Nissan Juke hinter ihm wie verrückt. «Besoffenes Arschloch, mach endlich Platz!», hörte er ihn fluchen. Erst überlegte er, ob er dem Kerl für diese Frechheit die Fresse polieren sollte. Er entschied sich dagegen. Er wollte nur noch nach Hause. Heim ins Bett.

Endlich gelang es ihm, das Ticket in den Schlitz zu stecken und damit die Schranke zu öffnen. Der Typ hinter ihm hupte munter weiter. Pavel fuhr an, streckte den Arm aus dem Autofenster und zeigte dem Kerl den Mittelfinger. Das Hupen hinter ihm hörte nicht auf.

Schon auf den ersten fünfhundert Metern baute er beinahe einen Unfall. Er hatte den Wagen, der von rechts kam, erst im letzten Moment gesehen und stemmte sich auf die Bremse. In geruhsamem Schneckentempo fuhr er weiter. Er war bereits kurz vor der Autobahneinfahrt, als ihn ein Streifenwagen zum Anhalten bewegte. Ein Polizist kam auf ihn zu. Er öffnete das Fenster. «Was ist?»

«Daniel Pfeuti, Kantonspolizei Aargau. Ich möchte gern Ihren Führerschein sehen.»

Er war völlig enthemmt. «Den kann ich Ihnen nicht zeigen. Den haben mir Ihre Kollegen aus Zürich vor einiger Zeit gestohlen.»

21. Kapitel

Soeben hatte ihn Arno darum gebeten, Irina am Abend zu überwachen. Er hatte ihm mitgeteilt, dass das nicht möglich sei, heute Abend ginge es auf die Bühne. In diesem Club in Winterthur hatte er mit seiner Band schon mal einen sehr erfolgreichen Auftritt gehabt.

Er packte seine Bühnengarderobe zusammen und ging nochmals in sich. Die Nervosität war schon da. Vor sich einen heissen Ingwertee, sass er mit geschlossenen Augen auf der Couch und ging Song für Song durch. Zum Glück war die kleine Erkältung, die er sich auf seiner nächtlichen Balkontour geholt hatte, bereits auskuriert. Ein Blick auf die Uhr. In gut einer Stunde musste er bei Zora sein. Was sagten wohl seine Bandkollegen zu ihr?

Er ging unter die Dusche und rieb sich danach trocken. Er liebte ‹The Ritual Of Mehr›. Ein Hauch von süsser Orange gepaart mit Zedernholz lag jetzt auf seiner Haut und versprühte etwas asiatische Magie. Er zog sich an, verteilte ordentlich Gel auf den Händen und arbeitete es ins Haar ein. Ein letzter Blick in den Spiegel. Die Frisur sass perfekt. Er war bereit für eine gute Show. Nicht nur Zora sollte begeistert von ihm sein, sondern das gesamte Publikum.

Er setzte sich in den Wagen und fuhr nach Bülach. Zora stand schon vor dem Haus und hob ihren rechten Daumen, so als wollte sie als Anhalterin mitgenommen werden.

Mit einem Knopfdruck öffnete er das Fenster auf der Beifahrerseite. «Hallo, schöne Frau, wohin soll es gehen?»

«Nach Winterthur.»

«Sie haben Glück. Ich muss auch dahin.»

Sie trug eine leichte kastanienfarbige Steppjacke und eine Skinny Jeans in hellem Grauton. Sie zog die Jacke aus und stieg ein. Jetzt bestaunte er ihr schwar-zes Crop Top mit Reissverschluss. Umgeben von Tattoos, glänzte am Bauchnabel ein silberfarbenes Piercing in Form eines vierblättrigen Kleeblatts. «Gut siehst du aus», sagte er lächelnd und gab ihr einen sanften Kuss auf den Mund.

Er fuhr los und begann von neuem mit dem Spiel. «Was wollen Sie in Winterthur, schöne Frau?»

«Ich gehe an ein Konzert, schöner Mann.»

«Ach ja? Wer spielt denn dort?»

«Die Band nennt sich ‹Milan And The Wolves›. Man sagt, die seien echt gut.»

«Ich kenne die Band und rate Ihnen dringend davon ab, dieses Konzert zu besuchen.»

«Wieso?»

«Der Sänger singt ziemlich falsch.»

«Egal. Ich habe gehört, der Typ sieht sehr gut aus.»

Er schaute kurz in den Rückspiegel. «Der Kerl sieht fantastisch aus.»

Beide lachten. Dann waren sie für einen Moment ruhig.

«Bist du nervös?», preschte Zora nach einer Minute in die Stille.

«Vor einem Konzert immer.»

«Das kommt gut.»

«Ich weiss, aber ich kann nichts gegen das flaue Gefühl im Magen tun. Das ist jeweils einfach da, einige Stunden vor Konzertbeginn.»

272

Er spürte Zoras zärtliche Hände auf seinem rechten Knie. «Mit welchem Song beginnt ihr heute?»

«Überraschung.»

«Du machst es spannend.»

Er nickte und konzentrierte sich auf die Strasse. Es ging über den kurvenreichen Eschenmoser. Kurz darauf fuhren sie durch Embrach in Richtung Winterthur.

«Ich bin auch nervös», sagte Zora.

«Du nervös? Wieso?»

Wenn du angespannt bist, werde ich es auch. Du bist mein Seelenverwandter. Schon vergessen?»

Etwa zwanzig Minuten später parkten sie in der Nähe des Clubs. Als sie händchenhaltend zum Lokal gingen, stand Alejandro rauchend vor der Tür. Milan stellte ihm seine Begleiterin vor. Für einmal tat Alej-andro ganz anständig. Er war sehr zurückhaltend und ruhig, was sonst nicht seine Art war. Zora gefiel ihm, schloss Milan aus seiner Reaktion.

Die drei gingen ins Lokal. Ruben und Tico standen schon auf der Bühne und prüften ihre Instrumente. Tico reichte Zora knapp die Hand, während Ruben sie mit einer freundschaftlichen Umarmung empfing. «Ich habe schon viel von dir gehört», sagte er lächelnd zu ihr.

«Ich hoffe, nur Gutes.»

«Aber sicher.»

Milan führte Zora an die Bar. «Willst du etwas trinken? Ich bin beschäftigt. Wir sehen uns nach dem Konzert.»

«Toi, toi, toi.»

Er küsste sie. Danach checkte er seine Mails auf dem Handy. Zora hatte schon einen Aperol Spritz vor sich und betrieb ein wenig Smalltalk mit der Barkeeperin.

273

Beruhigt ging er in Richtung Bühne. Sie schien hier gut aufgehoben zu sein.

Die vier Musiker sassen in der Garderobe. Vor Milan, Ruben und Tico stand je eine kleine Flasche Mineralwasser. Alejandro nahm einen grossen Schluck Bier. Milan schaute auf die Uhr. «In zwei Minuten geht's los.»

«Hast übrigens eine heisse Braut», sagte Alejandro und stupfte ihn von der Seite her an.

«Zora ist sehr sympathisch», bemerkte Ruben. Tico hatte nichts zu sagen.

Die vier standen auf und gingen in Richtung Bühne. Die Gebrüder Wolf betraten die Bühne. Die Geräuschkulisse im Publikum hob sich merklich. Milan blieb hinter dem Vorhang stehen. Das Intro von ‹Bad Side› erklang, im Original gesungen von den ‹Pedestrians› aus Baden. Zora hatte ihm kürzlich gesagt, dass sie diesen Titel wahnsinnig liebe.

Milan trat ins Scheinwerferlicht. Das Publikum tobte. Der Reggae-Song kam prima an. Die Band spielte schon den dritten Titel. Milan hatte Zora bisher nicht im Publikum entdeckt. An der Bar war sie nicht mehr. Cindy sass dort, vor sich ein grosses Bier. Die hätte er hier jetzt nicht gebraucht. Hoffentlich machte sie ihm nach Konzertende keine Szene. Gut sah sie aus. Aber ihr Charakter passte überhaupt nicht zu ihm. Er hoffte, sie schnallte endlich, dass er nichts mehr von ihr wollte. Sie tat, als würde sie sich nicht dafür interessieren, was auf der Bühne abging. Trotzdem, sie war bestimmt wegen ihm hier. Jetzt trat ein Typ neben sie und nach einigen Minuten begannen die beiden heftig zu schmusen. Milan atmete auf. Sie schien sein Desinteresse verkraftet zu haben. Jetzt hatte er Zora entdeckt. Sie wippte weit hinten im Publikum im Takt zur Musik.

Nach siebzig Minuten spielte die Band den letzten Titel und wurde danach mit einem langanhaltenden Applaus vom Publikum verabschiedet. Nach Konzertende sah Milan Zora plötzlich vor der Bühne stehen. Sie strahlte ihn an. Er deutete ihr an auf das Podest zu kommen.

«Super», sagte sie, als sie vor ihm stand, und umarmte ihn.

«Habe dich lange gar nicht gesehen ihm Publikum. Habe immer in Richtung Bar geschaut.»

«Eine Blondine hat mich von da vertrieben.»

Cindy, dachte Milan. «Wie vertrieben?»

«Sie hat mich derb angerempelt und gesagt, ich solle nicht so blöd im Weg stehen. Ich habe mich dann an einen anderen Ort begeben. Ein zweites Mal wollte ich an einem deiner Konzerte nicht k.o. gehen.»

Bis tief in die Nacht blieben die Bandmitglieder und Zora im Club. Milan merkte, dass sich Zora vor allem mit Ruben sehr gut verstand. Er erzählte ihr, dass er in vier Stunden schon wieder arbeiten müsse. Auf ihren fragenden Blick hin sagte er: «Ich arbeite bei der Polizei.»

***

Es war Sonntagmorgen. Ben machte sich bereit für den Hofgang. Er musste raus aus dieser winzigen Zelle, die Decke fiel ihm auf den Kopf. Wenigstens für eine Stunde musste er dieser bedrückenden Enge entfliehen. Die Tür wurde geöffnet. Zusammen mit fünf anderen Insassen ging es in den Hof. Still und schweigend drehte er eine Viertelstunde lang seine Runden und begab sich dann zu einer der Sitzgelegenheiten. Ein kleiner bulliger Albaner setzte sich neben ihn und bot ihm eine Marlboro an.

«Danke.»

«Was hast du angestellt?»

Ben winkte ab. «Eine Lappalie. Du?»

«Frag meine Alte. Musst aber lange buddeln. Sie liegt ziemlich tief unter der Erde.»

«Du bluffst.»

«Ich bluffe nur beim Pokern.»

Ein Mörder? War der sympathische Kleine tatsächlich ein Killer? «Mir wollten die Bullen erst auch einen Mord anhängen.»

Der Albaner schaute ihn fragend an.

«Ich hätte meine Ex umgebracht, haben sie behauptet.»

«Und?»

«Was und?»

«Hast du sie kaltgemacht?»

«Sicher nicht. Habe Geld aus einem Kiosk geklaut. Mehr nicht.»

«Wir könnten zusammen ein Ding drehen. Ich habe da eine Idee.»

«Ach ja? Was denn?»

«Musst allerdings mindestens vierzehn Jahre auf mich warten. So lange sitze ich bestimmt noch.» Der Typ lachte. Ein riesiges Gebiss mit einem fehlenden Frontzahn kam zum Vorschein.

Der Kerl hatte Galgenhumor. «Wieso hast du deine Frau umgebracht?»

«Sie war eine verdammte Nutte.» Ben erkannte den Zorn in seinem Gesicht.

«Eine Nutte?»

«Hab sie mit dem Briefträger in flagranti erwischt.»

«Die Briefträger haben es halt mit den Schlitzen.»

«He he, jetzt aber langsam.»

«Sorry. Wie geht's dem Briefträger?»

«Der schwebt noch immer zwischen Intensivstation und Leichenschauhaus.

Der Hofgang war vorbei. Die Häftlinge wurden in ihre Zellen zurückgeführt. Ben setzte sich aufs Bett und stellte den Fernseher an. Gedankenversunken starrte er in den Bildschirm. Wo wäre er jetzt, wenn der letzte Gefängnisaufenthalt für ihn heilsam gewesen wäre? Bestimmt nicht hier. Die Tränen, die er vergoss, waren echt. Er vermisste Nina. Sie hatte immer zu ihm gehalten und ihn regelmässig im Gefängnis besucht. Was hatte er ihr damals geschworen? Er würde nie mehr kriminell werden. Trotzdem hatte er sich wieder an fremdem Eigentum bereichert. Er verstand, dass sie ihm deswegen den Laufpass gegeben hatte. Am liebsten wäre er auch tot. Vielleicht könnte er sie dann wiedersehen. Tot zu sein und nichts mehr zu spüren. Keinen Schmerz, keine Trauer, einfach nichts, das wünschte er sich. Doch eines wusste er: Er war zu feige einen Strick an der Decke zu befestigen und sich die Schlinge um den Hals zu ziehen. Viel zu feige.

***

Milan schlief immer noch. Plötzlich stupfte ihn Zora leicht an. «Dein Telefon klingelt.»

Er erwachte mit Kopfschmerzen und schaute auf die Uhr. «Was für ein Arschloch ruft mich am Samstag um acht Uhr in der Früh an?» Er überlegte. Der Anruf könnte wichtig sein. Er stand auf. Das Handy lag auf der Spiegelkommode beim Eingang des Schlafzimmers. Er nahm es in die Hand und verliess den Raum.

Zwei Minuten später kam er ins Schlafzimmer zurück. Er legte sich neben Zora, drehte sein Gesicht dem ihren zu und küsste sie auf den Mund. Intensiv, leidenschaftlich. Seine Hände wanderten zu ihren Brüsten. Er zog ihr das Schlabbershirt aus.

«Deine Laune ist viel besser als vor einigen Minuten», sagte sie.

Er sagte kein Wort und strahlte sie an.

«Gute Nachrichten?»

«Nö.»

«Wieso bist du denn plötzlich so gut gelaunt?»

«Weil du neben mir liegst.»

«Das habe ich bereits die ganze Nacht. Schon vergessen?»

«Eben.» Von dem befreienden Anruf von Ruben erzählte er nichts. Vergangenen Abend hatte das Räuberpärchen erneut zugeschlagen. Kurz vor sieben Uhr, am Ortsrand von Rümlang. Zora konnte nicht die Räuberbraut mit den blutrotlackierten Fingernägeln sein. Zu dieser Zeit war er mit ihr unterwegs zum Konzert gewesen. Milan hätte seine Freude laut herausschreien können. Er hatte sich in Zora nicht getäuscht. Sollte er sie fragen, ob sie heute Nachmittag seine Mutter kennenlernen wollte?

***

Milan klingelte, Zora stand neben ihm. In ihren Händen hielt sie einen kleinen Blumenstrauss. Sie hatte ihn in einem nahen Tankstellenshop erworben. Milan bemerkte ihre Nervosität. Auch sein Herz klopfte etwas schneller. Wie würde Ma auf Zora reagieren?

Jetzt öffnete sich die Tür und er wurde mit einer innigen Umarmung begrüsst. Er wurde etwas gelassener. Seine Mutter drückte Zora nicht weniger herzlich an sich.

Die drei traten ins Wohnzimmer. Eva nahm eine Vase aus einem kleinen Schrank, stellte die Blumen ein und verschwand in der Küche. Kurz darauf kam sie mit einer fein duftenden Apfelwähe zurück. «Kaffee? Oder was wollt ihr trinken?»

Beide bejahten.

Die beiden Frauen mochten einander. Das merkte Milan an der Art, wie sie sich miteinander unterhielten. Sie plauderten bereits wie beste Freundinnen, als würden sie sich seit Jahren kennen. Das Glück war perfekt.

«Zora, du tust Milan gut.»

«Ach ja? Wie meinst du das?»

«Er wirkt viel gelassener, seit er dich kennt.»

«Ma.»

«Milan, ich rede mit Zora, nicht mit dir.»

22. Kapitel

Montagmorgen. Milan hatte soeben mit Arno telefoniert. Irina war mittlerweile die Nummer eins auf seiner Liste mit den Tatverdächtigen. Mehr noch, sie war die Einzige, die übriggeblieben war. Sie, Florian Rubli und eine zweite Frau mussten das Gaunerpärchen sein. Arno hatte ihm erzählt, dass Irina am Freitag die Wohnung am späten Nachmittag verlassen habe und kurz vor Mitternacht wieder zuhause angekommen sei. Was sie in der Zwischenzeit getan hatte, war für Milan logisch. Sie hatte zusammen mit einer Komplizin und dem bärtigen Typ aus Zürich eine junge Frau am Ortsrand von Rümlang beklaut. Wahrscheinlich war Irina die Drahtzieherin, die Frau im Hintergrund. Mittlerweile hatten sie sich auf Schmuck spezialisiert. Das Diebesgut, ein Frauenring mit neunundzwanzig Diamanten im Brillantschliff, hatte einen Wert von über achttausend Franken. Die Frau hatte ihn kurz zuvor in einer Bijouterie im Glatt abgeholt und war auf dem Heimweg nach Oberhasli gewesen. Als die Frau nach Rümlang auf der Glatttalstrasse in Richtung Oberhasli fuhr, bemerkte sie plötzlich einen weissen Wagen hinter sich. Er fuhr ihr nahe auf und betätigte ununterbrochen die Lichthupe. Die Frau schaute in den Rückspiegel. Der Fahrer deutete ihr an, dass mit ihrem Wagen etwas nicht stimme. Sie hielt an, der Wagen hinter ihr ebenfalls. Ein Mann stieg aus dem BMW und kam auf sie zu. Sie öffnete das Fenster. Der bärtige Typ sagte, dass mit ihrem rechten hinteren Rad etwas nicht in Ordnung sei. Die Frau stieg aus und wollte sich den Schaden genauer ansehen. Plötzlich hatte der Kerl eine Pistole in der Hand und zwang

280

sie, sich auf den Rücksitz ihres Wagens zu setzen. Da kam ein Motorrad angebraust. Es hielt auf der Höhe ihres Wagens an. Die Person stieg ab und nahm ihre Handtasche vom Beifahrersitz.

«Ist das Handy in der Handtasche?», fragte der Typ. Die Person nestelte in der Tasche umher und hielt kurz darauf ein iPhone in die Höhe. Sie schmiss es wuchtig gegen den Strassenboden.

«Kaputt?», fragte der Typ.

Die andere Person nahm das Handy vom Boden auf, schaute darauf und hob den Daumen. Sie schmiss das Ding in hohem Bogen in die Wiese und übergab die Handtasche dem Bartträger. Sekunden später schwang sie sich aufs Motorrad und raste davon. Der Kerl stieg in den BMW und fuhr ebenfalls los. Der Überfall hatte keine zwei Minuten gedauert. Auch die anderen Überfälle waren im selben Tempo abgelaufen. Top professionell. Einzig beim zweiten Überfall war etwas schiefgegangen. Der Verlobte der Monterubbianesi wäre bestimmt noch am Leben, wäre er nicht so wagemutig gewesen. Auch beim Überfall auf Arno hätte vieles schieflaufen können. Wäre sein Nachbar Pavel ausgestiegen, wer weiss, was dann passiert wäre.

***

Endlich tuckerte der alte Seat Ibiza aus der Tiefgarage. Milan startete den Motor von Arnos 250er Kawasaki und folgte dem Wagen. In der Fünfzigerzone fuhr Irina höchstens vierzig. Hundert Meter vor dem Kreisel bremste sie noch weiter runter. Nun fuhr sie in Richtung Niederhasli, ebenfalls schleichend. Er fuhr etwas näher auf. Sie hatte ihr Handy am Ohr, das erklärte vieles. Ziel ihrer Fahrt war bestimmt das in Oerlikon liegende Motorradgeschäft von Florian Rubli. Gut möglich, dass heute der nächste Überfall auf dem Plan stand. Milan wurde nervös. Dazu durfte es nicht kommen.

In Oberglatt fuhr Irina an die Tankstelle. Er wartete bei den vorderen Parkplätzen. Wenn sie Arnos Motorrad erkennen würde, war er geliefert.

Endlich kam sie wieder aus dem Shop. Im Rückspiegel sah er, wie sie in den Wagen stieg.

Es schien, als hätte sie nicht nur Benzin getankt, auch der rechte Fuss schien schwerer geworden zu sein; sie fuhr jetzt in forschem Tempo. Zu seinem Erstaunen bog sie am Ende der Flughofstrasse nicht nach rechts, sondern nach links ab. Seine Theorie, sie würde zum Motorradgeschäft von Florian Rubli fahren, hatte sich in Luft aufgelöst. Die Strecke, die sie nun fuhr, kannte er im Schlaf. Als sie in der Rankstrasse plötzlich den Blinker rechts setzte und kurz darauf in die Geissbergstrasse einfuhr, wurde ihm beinahe schwindlig. Die wollte doch nicht etwa …? Anscheinend schon. Wieso? Sie parkte wenige Meter vor seinem Wohnhaus und stieg aus. Er stellte das Motorrad hundert Meter weiter hinten an den Strassenrand, zog den Helm und die Handschuhe aus und legte beides auf den Sattel. Was wollte sie von ihm? Hatte sie ihn durchschaut? Hatte sie bemerkt, dass er ihr gefolgt war? Wollte sie ihn zur Rede stellen? Mehr noch, wollte sie ihn gar abmurksen? Ach was. Er war weder im ‹Tatort›, noch bei ‹Derrick›. Er war im realen Leben und da kam das nicht oft vor. Ein Toter in diesem Fall genügte. Oder besser gesagt zwei, Ninas Tod musste ebenfalls mit diesem Fall zu tun haben. Die Mordwaffe war identisch. Es durfte nicht noch mehr Todesopfer geben. Und der Detektiv, der den Fall lösen sollte, der durfte schon gar nicht sterben. Auf leisen Sohlen schlich er der Mauer des Hauses entlang. Sie war schon beim Eingangsbereich. Er schaute um die Ecke. Sie drückte eine Türklingel. Er war zu weit weg, um zu sehen, welche. Eigentlich konnte es nur die seine sein. Er atmete tief durch, ging auf sie zu und sagte mit lauter Stimme: «Hallo, Irina. Dich hätte ich hier nicht erwartet.»

Überrascht drehte sie sich um und schaute ihn an. «Hallo, Milan.» Sie begann zu lächeln. Ihre rechte Hand verschwand blitzschnell in ihrer Handtasche.

***

Arno erwachte. Gestern Abend hatte er den Rollladen im Schlafzimmer nicht runtergelassen. Auch zum Ziehen der Nachtvorhänge war er zu müde gewesen. Das bereute er jetzt zutiefst. Es war halb sechs, es drang bereits Licht ins Zimmer. Sollte er kurz aufstehen und wenigstens die Vorhänge zuziehen? Ach was, in einer halben Stunde musste er sowieso aus den Federn. Er schaute auf Irinas Bettseite. Sie lag da. Regungslos. Als er kurz vor ein Uhr pinkeln musste, lag sie noch nicht da.

Er ärgerte sich über den Detektiv. Er war Irina gestern gefolgt und hatte nichts von sich hören lassen. Eine kurze Nachricht aufs Handy hätte genügt. Er war sein Auftraggeber und es wäre seine verdammte Pflicht gewesen, ihn zu informieren. Wohin war er Irina gefolgt? Er regte sich furchtbar über den jungen Schnüffler auf, der es noch zu nichts gebracht hatte. Er kam nicht mehr von den Gedanken los. Mürrisch stand er auf und ging ins Wohnzimmer. Scheisse, er hatte sein iPhone im Schlafzimmer vergessen. Er hatte es vor dem Schlafen unter das Bett gelegt, damit Irina nicht zufällig eine Nachricht von Milan darauf entdeckte. Er schlich nochmals ins Schlafzimmer. Irina drehte sich unruhig im Schlaf hin und her. Er bückte sich, zog das Telefon unter dem Bett hervor und ging auf Zehenspitzen zurück ins Wohnzimmer. Er schaute aufs Display, immer noch keine Nachricht. Am liebsten hätte er das Handy gegen die Wand geschmissen. Auf diesen Kerl war einfach kein Verlass. Sollte er ihn heute kontaktieren und ihm mitteilen, dass er ab sofort auf seine Dienste verzichten wolle?

Er ging zum Kühlschrank und nahm einen Kaffeedrink aus dem obersten Regal. So viel Rücksicht hatte seine Freundin gar nicht verdient. Er hätte die Kaffeemaschine in Betrieb nehmen sollen. Das Mahlwerk hätte sie aufgeweckt. Er liebte diese kalten Kaffeedrinks. Am Morgen war ihm aber doch eher nach frisch gemahlenem Kaffee.

Er stellte den Fernseher an, zappte sich durch alle Sender. Nichts lief, was ihm zu besserer Laune verholfen hätte. Er stellte das Gerät wieder ab, schmiss die Fernbedienung auf die Couch und ging zum Fenster. Es schien ein schöner Tag zu werden. In seinem Herzen hingegen fühlte es sich an, als wäre tiefster Winter. Sein Herz schien für immer und ewig eingefroren zu sein. Dabei hatte er einmal so viel für Irina empfunden.

Er ging ins Bad, nahm eine Dusche, putzte sich die Zähne und zog sich an. Ein Blick auf die Uhr: Es war viel zu früh, um ins Geschäft zu fahren. Er setzte sich im

Halbdunkeln auf die Couch und stierte gedankenversunken an die Decke. Mal war er gedanklich bei Irina, dann beim Überfall, dann bei Milan, diesem elenden Versager. Sobald er im Geschäft war, wollte er ihn anrufen. Er musste endlich wissen, wo Irina gestern Abend gewesen war. Diese Ungewissheit trieb ihn beinahe in den Wahnsinn. Er schaute wieder auf die Uhr. Endlich war es an der Zeit zu gehen. Seine Freundin war noch nicht aufgestanden. Was soll's, sie konnte zu Fuss zum Bahnhof gehen. Ihm war es egal, wenn sie zu spät zur Arbeit kam. Er zog die Schuhe an, schloss die Wohnungstür auf und wollte in den Korridor treten. Er hielt inne. Er war einfach zu lieb. Zu nett. Er ging nochmals zur Schlafzimmertür, öffnete diese einen Spalt breit und sagte leise: «Irina, musst du nicht aufstehen?»

Langsam hob sie den Kopf und schaute ihn schlaftrunken an. «Ich habe heute frei.» Ihr Kopf fiel wieder aufs Kissen.

Er machte die Schlafzimmertür hinter sich zu und verliess innerlich fluchend die Wohnung. Frei? Und das sagte sie ihm erst jetzt. Da konnte etwas nicht stimmen. Mit einer riesigen Wut im Bauch stieg er in seinen Wagen und fuhr nach Bülach. Im Büro angekommen erwartete ihn das fröhliche Lachen seiner Bürokollegin. Selbst dieses wirkte heute nicht ansteckend.

«Happy Birthday!» Fernanda gab ihm ein freundschaftliches Küsschen und drückte ihm ein kleines Geschenk in die Hand.

Vor Überraschung brachte er erst kein Wort über die Lippen. Dann sagte er: «Danke. Vielen Dank.» Ach, du heilige Scheisse. An seinen Geburtstag hatte er gar nicht mehr gedacht. Viel schlechter als heute konnte ein Wiegenfest nicht beginnen. Zudem machte er sich nicht viel aus Feierlichkeiten. Am liebsten wäre es ihm gewesen, wenn ihn niemand daran erinnert hätte, dass er wieder ein Jahr mehr zählte. Trotzdem wunderte er sich, dass ihm Irina heute Morgen nicht mal zum Geburtstag gratuliert hatte. Da musste ein anderer Mann im Spiel sein.

***

Die Zellentür ging auf. Er drehte seinen Kopf nach links.

«Was ist?»

«Ihre Mutter ist hier.»

Für einen Moment herrschte Schweigen. Ben wurde es beinahe schwarz vor Augen. Dann schrie er: «Was?!»

«Sie wurden gestern Abend über den Besuch Ihrer Mutter informiert.»

«Wurde ich nicht.»

«Der diensthabende Aufseher hat Sie gestern Abend über den Besuch Ihrer Mutter informiert.»

«Flückiger, dieses Arschloch! Spielt wohl lieber an seinen Murmeln, als seinen Job richtig zu erledigen!»

«Herr Bissig, Sie beleidigen gerade einen meiner Arbeitskollegen. Bitte unterlassen Sie das.»

«Ist doch wahr. Der Kerl bekommt jeden Monat pünktlich den Lohn aufs Konto. Und was macht er als Gegenleistung? Nicht mal die ihm aufgetragene Arbeit erledigt er richtig. Letzthin hat er mich bei der Essensabgabe vergessen.»

«Bestimmt nicht mit Absicht.»

«Ihr habt immer für alles eine Ausrede! Aber wir Knackis dürfen keine Fehler machen.»

«Herr Bissig, Ihre Mutter wartet.»

«Eigentlich habe ich keine Lust sie zu sehen. Hätte Flückiger, dieser W…»

«Bitte, Herr Bissig.»

«Hätte er mir gestern den Besuch angekündigt, hätte ich dankend abgelehnt.»

«Sagen Sie Ihrer Mutter wenigstens selbst, dass Sie keine Lust haben mit ihr eine Stunde zu plaudern. Sie würde sich bestimmt freuen, Sie zu sehen.»

«Okay, ich komme. Aber ich muss mir erst etwas anziehen. Im Schlabberlook kann ich meiner Mutter nicht gegenübertreten.»

Hediger hatte ihn wieder mal dazu gebracht. Artig wie ein guterzogener Junge machte er eine Katzenwäsche und zog sich eine blaue Jeans und ein passendes Oberteil an. Er folgte dem Aufseher in Richtung Besuchszimmer. Hediger war in Ordnung, der Beste hier. Mit seiner Art nahm er manchem Häftling den Wind aus den Segeln, ehe dieser in einen Orkan überging. Wäre Flückiger vor der Tür gestanden, hätte das Ganze bestimmt in einem Hurrikan mit Kollateralschaden geendet. Er hätte diesem Kerl schon lange gerne die Mütze poliert. Er war ein Provokateur. Er benutzte seine Uniform als Mittel zur Macht. In seinen zivilen Klamotten war der bestimmt ein kleines armes Würstchen.

Ben hätte sich gewünscht, der Weg zu den Besucherräumen wäre unendlich gewesen und er wäre nie dort angekommen. Er hatte Angst seiner Mutter gegenüberzutreten. Wie würde sie ihn empfangen? Mit Vorwürfen? Er schämte sich, hatte ein schlechtes Gewissen. Sie hatten sich Jahre nicht gesehen. Immerhin hatte sie die umständliche Reise mit dem Zug auf sich genommen. Doch nicht, um ihm die Leviten zu lesen? Wieso wusste sie überhaupt, dass er schon wieder sass?

Hediger öffnete die Tür des Besucherraums und liess ihn eintreten.

«Benilein!»

Er hasste diese Verniedlichung seines Namens. Normalerweise hätte er lauthals dagegen protestiert. Nicht jetzt. Er sah in ihre roten wässrigen Augen und konnte die Tränen auch nicht länger zurückhalten. Wann hatte ihn seine Mutter zum letzten Mal weinen gesehen? Er überlegte. Damals war er noch ein Bub. Er nickte ihr zu und setzte sich auf den alten hölzernen Stuhl. Nur eine etwa zwei Zentimeter dicke Scheibe trennte ihn von ihr. Seine Mutter lächelte ihn an. «Wie geht's dir?»

Er sagte nichts und zuckte mit den Schultern.

«Ich habe das von Nina gehört. Schrecklich. Ich vermisse sie. Sie war immer so gut zu mir. Wer war das?»

Ihm versagte erst die Stimme, dann sagte er leise: «Das wüsste ich auch gern.»

Er sah die Unsicherheit in Mutters Blick. «Doch nicht etwa du?»

«Sicher nicht!» Seine Stimme war laut und bestimmt geworden.

Es schien, als würde ihr eine zentnerschwere Last von der Schulter genommen. Sie atmete tief durch und richtete ihren Oberkörper auf. «Benilein! Ich würde dich gern in meine Arme nehmen.»

Seine Antwort war ein leises Schluchzen.

«Was hast du angestellt?»

«Ich darf nicht darüber reden», sagte er und deutete auf das Kästchen unter der Trennscheibe.

«Was ist das?»

«Unser Gespräch wird aufgezeichnet.»

«Was?! Wieso?»

«Für den Staatsanwalt. Wir dürfen nicht über meinen Fall sprechen. Nur so viel: Es ist keine grosse Sache.»

«Dann bin ich beruhigt. Du lügst mich doch nicht an, oder?»

«Mutter!»

«Hast du genügend Kleider hier? Soll ich dir welche vorbeibringen?»

«Nein, schon gut. Ich brauche nicht viele Kleider hier drin. Ich kann sie jederzeit waschen lassen.»

«Brauchst du sonst was? Shampoo, Duschgel. Vielleicht eine Zahnbürste und Zahncreme?»

«Schon gut. Ich habe von allem genug.» Er zögerte, dann fuhr er fort. «Vielleicht kannst du mir Zigaretten bringen.»

«Hast du es immer noch nicht geschafft damit aufzuhören?»

«Im Gefängnis ist das schwierig. Draussen rauche ich kaum noch», flunkerte er. Wenn seine Mutter wüsste, dass er draussen noch viel härtere Ware konsumierte, würde sie ihn wohl nicht so anschauen. Ihr Blick wäre wohl noch um einiges besorgter.

Für eine Weile schwiegen die beiden. Eine unangenehme Situation. Er wusste nicht, wohin er schauen sollte. Schlussendlich entschied er sich den Blick auf die Fliege zu heften, die hinter seiner Mutter an der Wand hin und her spazierte.

«Was ist?» Seine Mutter drehte sich um. Die Fliege flog davon. Weit kam sie nicht. Der Raum war keine vier Quadratmeter gross.

«Soll ich dir etwas zum Lesen besorgen?»

«Zum Lesen? Mutter, ich lese nicht.»

«Das wäre gut fürs Gehirn.»

«Fürs Gehirn?» Er musste sich ein Lachen verkneifen.

«Lesen hält das Gehirn jung und fit.»

«Ich habe Hanteln. Tägliches Training hält meinen Körper fit.»

«Muskeltraining ist sicher keine schlechte Sache, aber es gibt auch gute Bücher. Ein gesunder Mensch ist fit im Geist und im Körper.»

«Mutter, hier drin haben wir Fernsehen. Ich kann mir Filme anschauen.»

«Sachbücher wären auch interessant.»

«Wir haben 3sat und ZDFinfo, dort laufen andauernd irgendwelche Dokumentationen.»

«Ich gebe es auf. Was machst du so den ganzen Tag? Musst du deine Zelle mit jemandem teilen?»

«Ich schlafe viel, trainiere täglich um die zwei Stunden und schaue fern. Zurzeit bin ich allein in der Zelle.»

«Gut so. Lieber in keiner als in falscher Gesellschaft.»

«Wie meinst du das?»

«Hier drin hat es bestimmt schräge Typen.»

Er vergrub sein Gesicht in den Händen. «Das brauche ich nicht. Behandle mich nicht wie ein Kind. Die meisten hier sind in Ordnung. Ich habe sogar einen Freund gefunden.»

«Ist er Schweizer?»

«Albaner.»

«Warum sitzt er?»

«Er hat, wie soll ich es dir sagen, er hat seine Frau umgebracht.»

«Siehst du?!»

«Ich gehe wieder auf die Zelle. Bist du nur hier, um mir Vorwürfe zu machen?»

«Ich meine es gut mit dir.»

«Ich bin erwachsen.»

«Tut mir leid. Darf ich dich nächste Woche wieder besuchen?»

«Nur wenn du …»

«Ich verspreche es dir. Ich mache dir keine Vorwürfe mehr. Ich bringe dir nächste Woche Zigaretten mit.»

«Danke.» Er hatte danke gesagt. Er war selbst erstaunt über sich. Ein Wort, das er höchst selten in den Mund nahm. Er verabschiedete sich von seiner Mutter und wurde in die Zelle zurückgeführt.

***

Arno war immer noch sauer auf Milan. Er hatte Feierabend und noch nichts von ihm gehört. Seine beiden Anrufe blieben unbeantwortet.

Er stieg in seinen Wagen und fuhr nach Hause. Der Wut auf Milan folgte die Angst um ihn. War ihm womöglich etwas zugestossen? Bisher war er jedenfalls zuverlässig gewesen. Wenn auch nicht sehr erfolgreich.

Er war müde. Er wollte nur noch heim und es sich mit einem Bier vor der Glotze bequem machen.

Zuhause angekommen nahm er die Post aus dem Briefkasten. Noch im Treppenhaus schaute er die Briefe durch. Die Zahnarztrechnung. Die Rechnung der Krankenkasse. Ein Brief von der Steuerverwaltung. Selbst an seinem Geburtstag wollten alle etwas von ihm. Er öffnete die Wohnungstür.

«Happy birthday to you! Happy birthday to you! Happy birthday, lieber Arno! Happy birthday to you!» Ein achtstimmiger Chor stand im Wohnzimmer und sang ihn an. Irina stand da mit offenen Armen. Ihr Strahlen war heller als die Sonne an einem heissen Sommertag.

«Was ist denn hier los? Hat jemand Geburtstag?», fragte Arno mit einem Augenzwinkern in die Runde und erntete lautes Gelächter dafür. Seine Eltern waren da. Ein Kollegenpärchen. Milan, zusammen mit einer fremden jungen Frau. War das seine Freundin? Hatte er ihn deswegen nicht zurückgerufen, um die Überraschung nicht auffliegen zu lassen? Er wollte nachher mit ihm das Gespräch suchen. Ganz zuhinterst erkannte Arno ein ihm ebenfalls bekannt vorkommendes Gesicht. Florian Rubli. Irina hatte ihn angeflunkert. Sie kannte den Kerl. Was hatte der hier zu suchen? Am liebsten hätte er ihn hochkant aus der Wohnung geworfen. Seine guten Manieren liessen es nicht zu.

«In der Tiefgarage wartet ein Geschenk auf dich.» Irina gab ihm einen Kuss. Kurz spürte er ihre Zunge in seinem Mund.

«Ein Geschenk? Für mich?» Die Situation war ihm unangenehm, wenn nicht gar peinlich.

Die gesamte Truppe folgte Irina in die Tiefgarage. Ihr Seat stand nicht auf dem Abstellplatz, sondern etwas, das mit einem grossen Tuch abgedeckt war.»

«Pack aus.»

Arno schaute sie fragend an.

«Na, mach schon. Zieh die Decke weg.»

Er hatte sofort erkannt, dass sich unter der Decke ein Motorrad befand. Zögernd griff er nach dem Tuch.

«Mach schon.»

Behutsam zog er die Decke weg. Er blieb mit offenem Mund stehen. Ihm fehlten die Worte. Eine Low Rider stand vor ihm. In Barracuda Silver. Von dieser Harley hatte er schon lange geträumt. Eine Wahnsinnsmaschine. Ein Schätzchen.

«Gefällt sie dir?» Irina schaute ihn fragend an.

Er nickte. Dann fand er wieder zu Worten. «Äh, für mich?»

«Nein, für den thailändischen König.»

«Ein Traum. Am liebsten würde ich gleich eine Runde drehen.» Er umarmte und küsste seine Freundin.

«Morgen. Ich glaube, es hat zu regnen begonnen. Zudem, oben wartet das Essen auf uns. Ihr habt doch Hunger, oder?» Alle bejahten.

Es ging wieder hoch in die Wohnung. «Arno, ich habe dir Florian noch gar nicht vorgestellt. Er ist Besitzer eines Motorradgeschäfts und hat mir einen sehr guten Preis für die Maschine gemacht.»

Er wollte Irina später fragen, woher sie so viel Geld hatte, um ihm diese Harley zu schenken. Der Moment war nicht passend. Er drückte Florian die Hand. «Wir haben uns auch schon gesehen.»

«Stimmt. In der BrewBar.» Er klopfte ihm lachend auf die Schulter.

Im Wohnzimmer war einiges los. Es wurde gelacht, getratscht, gegessen und getrunken. Irina tischte Schinkencroissants, selbstgemachten Flammkuchen und Empanadas auf. Die einen tranken Wein, die anderen Bier.

Arnos Mutter und Zora begnügten sich mit Mineralwasser.

Milan kam mit Irina ins Gespräch. Er hatte sie völlig falsch eingeschätzt. Plötzlich wirkte sie auf ihn sehr sympathisch. Die junge Frau hatte ihr Herz am rechten Fleck.

Arno und Milan zogen sich kurz auf den Balkon zurück. «Jetzt weiss ich, warum du das Telefon heute nicht abgenommen hast. Ich war ziemlich sauer.»

«Sorry, ich wollte Irina die Überraschung nicht verderben und dich natürlich auch nicht anlügen.»

«Schon gut. Wohin ist sie gestern gefahren? Zu Florian Rubli?»

«Zu mir.»

«Wie zu dir?»

«War selbst überrascht, als sie nach Kloten fuhr und plötzlich an meiner Wohnadresse anhielt.»

«Und dann?»

«Bleibt aber unter uns. Zuerst habe ich gedacht, mein letztes Stündchen habe geschlagen.»

«Wie? Was?»

«Als sie mich gesehen hat, griff sie blitzschnell in ihre Handtasche. Im ersten Moment dachte ich, sie zieht eine Pistole daraus.»

«Und?»

«Sie zückte eine Einladungskarte für dein Geburtstagsfest aus der Tasche und drückte sie mir in die Hand.»

«Bin ich froh, hat sie mit den Überfällen nichts am Hut. Bin total erleichtert. Trotzdem ist es für mich ein Rätsel, woher sie das viele Geld für die Harley hatte. So gut verdient sie nicht.»

«Sie liebt dich abgöttisch. Sie hat mir gesagt, für dich sei ihr nichts zu teuer.»

«Hat sie das wirklich gesagt?»

«Das hat sie.»

«Trotzdem, du kannst nicht mehr Geld ausgeben, als du hast. Sie hat doch um Himmels Willen keinen Kredit aufgenommen?!»

Milan schüttelte den Kopf.

«Du weisst mehr. Woher hat sie das Geld?»

«Frag sie selber.»

***

Milan gähnte.

«Bist du schon müde?»

«Schon? Es ist kurz vor Mitternacht.»

«Hast auch gesoffen wie ein Kamel, das kurz vor dem Verdursten ist.»

«Jetzt mal langsam. Es waren genau ein Glas Wein und drei Dosen Bier. Und übrigens, Kamele trinken Wasser.»

«Was willst du damit sagen?»

«Habe dich ziemlich viel Wasser trinken sehen.»

«Frechdachs.»

Zora ging an den Kühlschrank, schenkte sich ein Glas Pepsi ein und ging zum Sofa zurück. Milan lag mit geschlossenen Augen da. Er war ein Phänomen. Eben noch hatte er sie geneckt, jetzt ruhte er schon in den Armen von Morpheus. Sie drückte ihm einen sanften Kuss auf den Mund. Seine Mundwinkel waren nach unten gezogen. Die Stirn lag in Falten. Der trotzige Gesichtsausdruck hatte etwas Kindliches. Sie musste schmunzeln.

Schön, hatten sie sich getroffen. Er wurde ihr von Tag zu Tag vertrauter. Sie wollte ihren Traumprinzen nie mehr loslassen. Er ritt zwar nicht auf einem Schimmel; er fuhr einen weissen Mitsubishi. Er besass auch kein Schloss; er hauste in einer einfachen Wohnung. Sonst hatte er alle Eigenschaften, die einen richtigen Prinzen ausmachten. Er war attraktiv und zuvorkommend. Bestimmt würde er für sie auch einen bösen Drachen töten. Auf seinen Schutz konnte sie sich zu hundert Prozent verlassen. Na ja, das liebe Geld. Davon dürfte er mehr besitzen. Aber das kam bestimmt, wenn er als Detektiv so richtig durchstartete. Vielleicht bekam er irgendwann Fälle, die ordentlich Kohle abwarfen. Und wenn nicht? Egal. Sie schaute ihn lächelnd an und sagte ganz leise: «Schatz, du bist perfekt.»

Er blinzelte. «Was?»

«Nichts, ich habe mit mir selbst gesprochen.»

Er richtete sich auf und starrte in den Fernseher. «Gibst du mir auch einen Schluck davon ab?» Er deutete auf ihr halbvolles Glas. Sie drückte es ihm in die Hand.

Für einige Minuten schwiegen die beiden und schauten fern. Es lief Mrs. Doubtfire. Zora lachte immer wieder mal laut auf. «Findest du ihn nicht lustig?», fragte sie. Er sass mit versteinertem Gesicht neben ihr. «Ich habe den Film gefühlte hundert Mal gesehen. Er ist älter als du.»

Sie lachte. «Okay, gehen wir schlafen.» Sie drückte den Abstellknopf. Milan wurde an der Hand ins Schlafzimmer geführt.

«Was ist los? Kannst du nicht einschlafen? Dachte, du bist müde.» Sie hatte gemerkt, wie sich Milan seit über einer Stunde immer wieder von der einen auf die andere Seite drehte.

«Ich komme nicht von diesem Fall los.»

«Das Pärchen auf den Strassen des Zürcher Unterlands?»

«Ja.»

«Schlaf jetzt. Du kannst dich morgen wieder darum kümmern.»

«So einfach ist das nicht. Mein Gehirn hat keinen Schalter, den ich umschalten kann. Ich habe da auch schon eine Idee.»

«Eine Idee?»

«Ich glaube, ich weiss, wer das Gaunerpärchen sein könnte.»

Sie griff ans Nachtischlämpchen, machte Licht und schaute in sein Gesicht. Er kniff die Augen zu. «Erzähl, Milan.»

Er richtete sich auf. «Der Film hat mich darauf gebracht.»

«Welcher Film?»

«Mrs. Doubtfire.»

«Ich begreife nicht ganz.»

«Dann hör mir doch einfach mal zu. Ich hatte schon länger den Verdacht, dass etwas faul ist an dieser Geschichte.»

23. Kapitel

«Wir müssen.» Er schaute auf die Uhr, ging nochmals ins Bad und erhaschte einen letzten Blick in den Spiegel. Irina stand schon an der Wohnungstür und wartete auf ihn.

Sie gingen in die Tiefgarage und fuhren los. Am Bahnhof Dielsdorf liess er sie aussteigen.

«Heute Abend mache ich eine kurze Fahrt mit der neuen Maschine.»

Sie checkte die Wetter-App auf dem Handy und hob den Daumen. «Sieht gut aus. Ich versuche etwas früher Feierabend zu machen.»

«Danke nochmals für das tolle Geschenk.» Er verabschiedete sich von ihr mit einem Kuss und schaute ihr nach. Sie schwang ihren Hintern in Richtung Unterführung. Nachdem sie im Untergrund verschwunden war, stieg er aus und ging an den Kiosk. Er setzte grosse Hoffnung auf den Lottoschein in seiner Hand. Er war ferienreif. Irina würde es bestimmt ebenso gehen. Die Malediven reizten ihn schon länger. Ein Fünfsterneresort sollte es schon sein. Irgendwann mussten doch seine Zahlen gezogen werden. Er spielte immerhin schon seit fünf Jahren mit ihnen.

Zum Wagen zurückgehend schaute er in Richtung Perron. Irina und Levan standen zusammen. Sie diskutierten und lachten. Innerhalb von Sekunden machte dieses schmierige Arschloch seine gute Laune kaputt. War seine Freundin doch mit Levan unterwegs, wenn sie Hals über Kopf die Wohnung verliess? War der Kerl ihr Lover? Mehr noch, war er ein Verbrecher? Er war gestern Abend nicht mehr dazugekommen Irina zu fragen, wie sie die Maschine finanziert hatte. Und ausserdem: Einem geschenkten Gaul schaut man nicht ins Maul.

Wieso sollte ihm Irina eine Harley schenken, wenn sie doch schon längst einen neuen Typ an der Angel hatte?

Er stieg in den Wagen und startete den Motor.

***

Der Morgen schien nicht vorbeizugehen. Milan konnte sich nicht auf seine Arbeit konzentrieren. Soeben hatte er mit Ruben telefoniert. Dessen Antwort auf seine Frage hatte ihm bestätigt, dass er mit seiner Theorie, die ihm plötzlich mitten in der Nacht gekommen war, richtig liegen könnte. Eigentlich war sie ihm nicht unsympathisch gewesen. Etwas eigen vielleicht. Doch sie war ein Teil des Räuberpärchens. Mehr noch, sie war in einen Mordfall verwickelt. Wenn sie auch nicht selbst abgedrückt hatte, sie war dabei gewesen, als der Verlobte von Rosanna Monterubbianesi sein Leben lassen musste. Sie war eine Mitwisserin der Tat. Eine Komplizin. Beihilfe zu Mord wurde ebenfalls hart bestraft. Sie würde für einige Jahre versorgt sein. Die Kugel, die Nina Andermatt kurze Zeit vorher aus dem Leben gerissen hatte, war aus derselben Pistole abgefeuert worden. Die beiden hatten zwei Morde auf dem Gewissen. Sie waren völlig skrupellos. Wäre er Richter, würde er für beide die lebenslange Verwahrung aussprechen, um die Welt vor ihnen zu schützen. Milan wusste, die Justiz würde bestimmt nicht so hart mit ihnen ins Gericht gehen. In der Schweiz wurde viel zu mild bestraft. Er hatte das Gefühl, dass Täter oft den besseren Schutz hatten als ihre Opfer.

Endlich war Mittag. Milan fuhr den Computer herunter und verstaute die Arbeitsunterlagen in der Schreibtischschublade. Er hatte Feierabend und konnte sich ab sofort wieder um den Fall kümmern. Er verliess die Firma und stieg in seinen Wagen. Er wusste zwar noch nicht wie, aber er wollte den beiden eine Falle stellen. Möglichst noch heute sollten die Handschellen klicken. Ihm kam eine Idee. Es könnte klappen. Geldgeil waren die beiden allemal.

***

Hoffentlich hatte ihn niemand dabei beobachtet. Er hatte einen GPS-Peilsender am Unterboden des weissen BMWs angebracht und konnte von nun an jede Bewegung des Wagens verfolgen. Das kleine magnetische Kästchen war Gold wert und nicht mal teuer. Nicht ganz legal zwar, aber er wollte schliesslich einen Mord aufklären. Besser gesagt zwei. Er wartete in seinem Wagen, den er ganz in der Nähe abgestellt hatte. Jetzt musste nur noch Bewegung ins Spiel kommen. Er rief Zora an. Sie hatte heute ihren freien Tag und war zuhause. «Halte dich bitte bereit. Theoretisch kann es jeden Moment losgehen.»

«Theoretisch?»

«Ich hoffe, dass sich heute noch was tut.»

Mittlerweile war späterer Nachmittag. Der BMW stand immer noch auf dem Parkplatz. Aus Langeweile hatte Milan schon die ganzen Essensreserven verdrückt. Drei

Mars und zwei Sandwiches mussten dran glauben. Die Nahrung hatte er mit zwei Dosen Fanta runtergespült. Er hoffte, dass heute noch etwas ging.

***

Levan tippelte nervös das Niederdorf auf und ab. In seiner Jackentasche steckte ein Geschenk. Ein teures Geschenk. Schon zum dritten Mal ging er an der Kleiderboutique vorbei. Verdeckt schaute er ins Schaufenster, Irina war nicht zu sehen. Sie war doch nicht schon gegangen? Sollte er sie anrufen? Er ging um die Ecke, nahm das blaue Schächtelchen aus der Tasche und öffnete es. Die Ohrringe waren verdammt hübsch. Im abendlichen Sonnenlicht strahlten sie noch heller. Irina würde vor Freude an die Decke springen. Das Geschenk war perfekt. Er steckte es zurück in seine Jackentasche und ging wieder zum Schaufenster. Es war keine Kundschaft im Laden. Eine Arbeitskollegin von Irina tippte gelangweilt auf ihrem Handy herum, sie selbst war nicht zu sehen. Er zögerte. Nach kurzer Zeit ging er zur Tür und öffnete sie. Schnell verstaute die Verkäuferin das Handy in ihrer hinteren Jeanstasche und lächelte ihn an. Ihr Lächeln wirkte gekünstelt.

«Guten Abend, was kann ich für Sie tun?»

«Ist Frau Kiteishvili hier?»

«Sie ist vor einer Viertelstunde gegangen.»

«Gegangen?»

«Sie hat früher Feierabend gemacht.»

Scheisse! Er verliess das Geschäft fluchtartig und stürmte zum Hauptbahnhof. Vielleicht erwischte er sie noch.

***

Milan erschrak. Auf dem kleinen Bildschirm sah er, dass sich der weisse BMW in Bewegung setzte. Blitzartig war er hellwach und griff zum Handy. «Zora, es geht los. Setz dich auf dein Motorrad und warte auf weitere Anweisungen von mir.» Sein Herz klopfte schneller. Mit etwas Abstand fuhr er dem BMW hinterher. Er blieb mit Zora am Telefon verbunden.

«Es geht Richtung Glattzentrum. Die halten dort bestimmt nach dem nächsten Opfer Ausschau. Dumm nur, dass das nächste Opfer die Freundin eines Detektivs ist und sich als Opfer richtiggehend anbietet.»

«Nicht irgendeines Detektivs. Sie ist die Freundin des besten Detektivs», korrigierte ihn Zora.

Geschmeichelt lachte er kurz auf. «Die beiden werden in die Falle tappen. Das Motorrad hat mich soeben überholt und fährt jetzt direkt hinter dem weissen BMW. Meine Vermutung trifft also völlig ins Schwarze.»

«Haben die beiden Fahrzeuge Nummernschilder?»

«Im Moment sind sie noch dran.»

Einen Kilometer vor dem Glatt bog der BMW in die Industriestrasse ein. Dicht dahinter folgte das Motorrad der Komplizin. Jetzt war auch Milan auf der Industriestrasse. Im Rückspiegel entdeckte er Zora. Sie gab mächtig Gas und schloss zu ihm auf. Ein ungleicher Konvoi. Vorne fuhren die Gauner, dahinter die Verfolger.

Nacheinander fuhren die vier Fahrzeuge in die Tiefgarage. Der weisse BMW kurvte in die oberste Etage und parkte. Milan stellte seinen Wagen in der Nähe ab. Eine Person mit langem Bart stieg aus. Milan klatschte in die Hände. Jetzt war er sich zu hundert Prozent sicher, dass er auf der richtigen Spur war. Gleichzeitig bekam er ein mulmiges Gefühl in der Bauchgegend. Wenn sein Plan nur aufging. Ganz ungefährlich war die Sache nicht. Die Person mit Bart ging ins Einkaufszentrum, sie stieg aus dem Wagen. «Zora, ich gehe jetzt ins Glatt. Melde mich später.»

Er folgte der Person mit Bart. Sie ging in die mittlere Verkaufsebene. Lange war er nicht auf den Gedanken gekommen, dass dieser Bart unecht sein könnte. Die letzte Nacht, als er schlaflos dalag, hatte ihn auf die Idee gebracht. Stundenlang hatte er über den Fall nachgedacht. Zwischendurch war er gedanklich bei Mrs. Doubtfire. Keine Ahnung wieso. Und plötzlich war ihm die Blitzidee gekommen. Robin Williams hatte sich im Film als alte Dame verkleidet. Wieso sollte das nicht andersrum gehen? Es war beim Täter mit dem BMW immer wieder von einem jungen Mann mit feinem Gesicht und Bart die Rede. Und als ihm Ruben am Telefon beteuerte, dass Monika Hohl einen weissen BMW fuhr, wusste er, sie und ihre Kollegin und Mitbewohnerin Veronica Schwertfeger mussten das Räuberpärchen sein. Er hatte von Anfang an das Gefühl gehabt, dass an der Geschichte, die ihm die Schwertfeger aufgetischt hatte, etwas faul war. Aber wieso hatten die beiden Nina Andermatt umgebracht? Daraus wurde er nicht ganz schlau. Was hatte die Bankangestellte mit den beiden zu tun?

«Zora, komm in die mittlere Verkaufsebene. Dann legst du los, so wie wir es besprochen haben.»

***

Zora ging in die mittlere Verkaufsebene. Es ging nicht lange, da entdeckte sie Milan. Sie nickte ihm diskret zu. Vor der Bijouterie sah sie einen bärtigen Typen stehen. Vorsichtig suchte sie seine Nähe. War das tatsächlich eine Frau? Hatte Milan recht? Trug dieser Mensch tatsächlich eine Perücke?

Zora ging noch näher an die Person heran. Jetzt klingelte ihr Handy im Rucksack. Mit dem zweiten Telefon blieb sie mit Milan, dauerverbunden. Der kleine Knopf im Ohr war praktisch unsichtbar. Sie nahm den Rucksack von der Schulter, zog das Handy daraus und nahm ab. Milan war dran. Wie abgemacht.

«Du, ich bin noch im Glatt. Stehe vor der Bijouterie. Ich hole dort gleich meinen bestellten Ring ab. Vorher gehe ich noch kurz etwas essen.» Sie schaute verstohlen zu Monika Hohl. Diese schaute kurz in ihre Richtung. Sie begann noch lauter zu sprechen. «Treffen wir uns in einer Stunde bei mir in Bülach? Ich freue mich so auf den Ring. Der hat mich ein Vermögen gekostet. Über neuntausend Franken.»

Zora ging an einen Essensstand und verdrückte dort eine Kleinigkeit.

Fünf Minuten später betrat sie die Bijouterie. Aus dem Augenwinkel sah sie, wie Monika Hohl scheinbar gelangweilt vor dem Schmuckladen stand. Kein Mensch, ausser ihr und Milan, wäre auf die Idee gekommen, dass da eine Frau stand. Mit Bart, Perücke, dunkelbrauner Nietenjeans und schwarzer Bomberjacke, sah sie aus wie ein Typ. Die Form einer Brust war ebenfalls nicht zu sehen. Die junge Frau musste eine kleine Oberweite haben.

Zora ging direkt zur Kasse und liess sich einen günstigen Ring zeigen. Er passte. Sie bezahlte die dreissig Franken und verstaute ihn im Rucksack. Sie schlenderte aus dem Shop. Beim Vorbeigehen zwinkerte sie Milan kurz zu.

***

Milan beobachtete Monika Hohl aus sicherer Distanz. Ihr Blick blieb an Zora kleben. Sie träumte wohl schon von einer neuerlichen grossen Beute. Plötzlich tauchte Veronica Schwertfeger neben ihr auf. Für einen Moment wünschte sich Milan unsichtbar zu sein. Dann kam ihm in den Sinn, die Schwertfeger hatte ihn nur in der Verkleidung gesehen. Sie würde ihn gar nicht erkennen. Erleichtert atmete er auf. Jetzt setzte sich die junge Frau in Bewegung. Sie folgte Zora zu den Motorradparkplätzen. Bestimmt würde auch Monika Hohl bald zu ihrem BMW gehen und abfahren. So war es dann auch. Er folgte ihr.

Monika Hohl fuhr auf der A1. Er folgte ihr in seinem unauffälligen Wagen. Mittlerweile durchfuhren sie den Bubenholztunnel. Es ging weiter auf der A51 in Richtung Kloten. Er war in ständigem Kontakt mit Zora. Sie sprach pausenlos ins Headset und kommentierte ihre Fahrt. Sie und Veronica Schwerfeger mussten jetzt mit ihren Motorrädern kurz vor der Ausfahrt Kloten-Nord sein.

***

305

Zora blinkte und ging etwas vom Gas. Sie nahm die Ausfahrt Kloten-Nord, fuhr in den Kreisel und nahm die dritte Ausfahrt. Die Fahrt ging am grossen Hofladen vorbei. Im Rückspiegel sah sie, dass ihr das andere Motorrad immer noch mit vielleicht fünfzig Metern Abstand folgte. «Es geht gleich los», sprach sie ins Headset.

«Pass auf. Sei vorsichtig! Und keine Gegenwehr», hörte sie Milan sagen.

«Mache alles, wie besprochen.»

Kurz darauf begann sie ruckartig zu fahren. Sie täuschte ein Motorenproblem vor und hielt wenig später an einer Seitenstrasse, die in den Wald führte, an. Sie stieg ab und schob das Motorrad bis an den Waldrand. Veronica Schwertfeger hielt ebenfalls auf ihrer Höhe. «Probleme?», rief sie ihr zu.

«Nein, danke der Nachfrage. Ich muss nur mal für kleine Mädchen.»

Veronica Schwertfeger hob den Daumen. Ihr Gesicht war nicht zu sehen. Zora schaute ins abgedunkelte Visier.

«Wäre nett, wenn du so lange auf mein Motorrad aufpasst. Geht nur eine Minute.»

Erneut hob Veronica Schwertfeger den Daumen in ihrem schwarzen Lederhandschuh.

Zora zog den Rucksack aus und legte ihn auf den Sattel ihres Motorrads. Dann ging sie in den Wald.

Kurze Zeit später hörte sie ein lautes Scheppern. Ein Motorrad heulte auf und fuhr davon. Zora wartete eine Minute und kam wieder aus dem Wald. Der Plan hatte nur teilweise geklappt. Der Rucksack war verschwunden. Ihr Motorrad lag am Boden und der vordere Reifen war platt. Aufgeschlitzt.

«Milan, sie hat den Rucksack an sich genommen und ist mit ihm auf und davon. Ich habe einen Platten am Motorrad.»

«Scheisse! Bist du verletzt?»

«Nein, alles in Ordnung.»

«Bin gleich bei dir.»

**

«Steig ein.» Milan hatte neben Zora angehalten.

«Und das Motorrad?», fragte sie, als sie zustieg.

«Das holen wir später. Wir haben keine Zeit.» Milan gab Gas. Er zeigte auf die beiden Minibildschirme, die er oberhalb des Radios am Armaturenbrett befestigt hatte. «Die beiden Gaunerinnen sind jetzt auf der Höhe der Post Bülach. Schau auf den linken Bildschirm. Der BMW biegt ab in Richtung Embrach.»

«Wohin fährt sie wohl?»

«Keine Ahnung. Ist auch egal. Wir konzentrieren uns auf Veronica Schwertfeger.»

«Okay.»

«Schau auf den rechten Bildschirm. Sie ist mit der vermeintlichen Beute auf dem Weg nach Hause.»

«Genial von dir, den Peilsender in den Rucksack zu legen.»

Er lachte. «Bald werde ich als Polizist verkleidet bei ihr aufkreuzen. Du bleibst im Auto sitzen und überwachst weiterhin den linken Bildschirm. Sobald Monika Hohl in ihrem weissen BMW zuhause aufkreuzt, lässt du mein Telefon drei Mal klingeln und lenkst sie ab.»

«Wie?»

«Frag sie nach dem Weg oder der Uhrzeit. Verwickle sie in ein Gespräch. Ich muss einfach etwas Zeit gewinnen, um mich auf ihr Erscheinen vorzubereiten.»

«Und wenn sie mich erkennt?»

«Wird sie nicht. Auf dem Rücksitz liegen eine grüne Jacke und ein rotes Baseball-Cap. Zieh beides an.»

«Milan, ich habe Angst. Die Sache ist nicht ungefährlich.»

Er winkte ab.

«Milan, die haben immerhin schon gemordet und sind im Besitz einer Waffe.»

«Und ich bin Besitzer eines funktionstüchtigen Gehirns. Keine Angst, es wird nichts schiefgehen.»

«Und wenn sie den Peilsender im Rucksack findet, bevor du in der Wohnung bist?»

«Wird sie nicht. Der Rucksack hat einen doppelten Boden.»

Minuten später parkte Milan in unmittelbarer Nähe der Wohnung der beiden Gaunerinnen. Er stürzte sich in seine Maskerade, begutachtete sich im Rückspiegel und öffnete die Tür seines Wagens. Er wurde am Ärmel zurückgehalten.

«Was ist?»

«Du hast was vergessen.»

«Was?»

Sie deutete lächelnd auf ihren Mund.

Er gab ihr einen Kuss und blickte nochmals in den Rückspiegel. Alles sass perfekt. Er stieg aus.

«Pass auf.» Sie warf ihm einen besorgten Blick zu.

«Die beiden sitzen bald hinter Schloss und Riegel.»

***

Irina sass zuhause und wartete auf Arno. Sie war glücklich wie selten zuvor. Seit einem Jahr verwöhnte Arno sie richtiggehend. Er hatte die Restaurantbesuche bezahlt, ihr teuren Schmuck geschenkt und sie im letzten Herbst in die USA eingeladen. Der zweiwöchige Trip durch Florida war für sie der schönste Urlaub gewesen. Miami war zu ihrer totalen Traumdestination geworden. Endlich hatte sie ihm etwas zurückgeben können. Sie hatte jedes Mal ein schlechtes Gewissen gehabt, wenn sie ihm vorgeflunkert hatte, sie sei mit einer Arbeitskollegin unterwegs. Er war misstrauisch geworden. Doch sie konnte ihm schlecht sagen, dass sie abends manchmal in einer Zürcher Bar als Bedienung aushalf, um seine Harley zu finanzieren. Gut 4000 Franken hatten ihr gefehlt. Die hatte sie in kurzer Zeit verdient. Für ein Lächeln bezahlten viele Gäste ein gutes Trinkgeld.

Es klingelte an der Tür. Sie erschrak. Kein Besuch war angekündigt. Irina betätigte die Gegensprechanlage. «Hallo, wer ist da?»

«Irina, ich bin es, Levan. Bist du allein?»

«Was? Wie? Wieso?»

«Ich will dir etwas geben.»

Sie drückte den Türöffner. Eine knappe Minute später stand Levan ausser Atem mit einem Lächeln vor ihr.

«Levan, was ist? Woher weisst du, wo ich wohne?»

«Darf ich reinkommen?» Er strich sich mit der rechten Hand die Haare aus der Stirn.

«Arno ist bald da. Wir gehen noch weg.»

«Nur ganz kurz.»

Sie liess ihn eintreten und zog die Wohnungstür zu. «Was ist?»

Er griff in seine Jackentasche, zog ein Schächtelchen hervor und hielt es ihr hin.

«Was ist das?»

«Schau rein. Für dich.»

Sie nahm es an sich und öffnete es. Einen Moment blieb ihr der Mund offen stehen und sie stierte auf die flunkernden Schmuckstücke. «Was soll ich damit?»

«Sie gehören dir. Ein Geschenk.»

Sie schaute ihn kopfschüttelnd an, schloss das Schächtelchen wieder und legte es zurück in seine Hand.

«Levan, du bist verrückt.»

«Nein, ich bin …» Er errötete und schaute beschämt zu Boden.

«Du bist doch nicht etwa in mich verliebt?»

Er nickte, lächelte scheu und konnte ihr nicht mehr in die Augen schauen.

«Levan, ich habe einen Freund. Das weisst du.»

«Ich dachte, du hättest ebenfalls Gefühle für mich.»

«Levan, ich habe dir nie Hoffnungen gemacht. Ich liebe meinen Freund.»

«Gib es zu. Du liebst mich.»

«Jetzt ist aber Schluss. Nur weil ich stets freundlich zu dir war, bin ich noch lange nicht in dich verliebt. Bitte geh jetzt.»

Sie schaute in seine Augen, die sich plötzlich mit Tränen füllten. Dann drehte er sich abrupt um und stürmte aus der Wohnung. Sowas hatte sie noch nie erlebt. Sie hatte Mitleid mit dem armen Kerl.

***

Milan atmete nochmals tief durch. Dann betätigte er die Türklingel mit der Aufschrift «Veronica Schwertfeger / Monika Hohl».

«Bist du schon hier, Monika?», hörte er Sekunden später über die Gegensprechanlage.

«Hier ist nochmals die Polizei. Ich habe eine wichtige Frage an Sie.»

Er hörte einen tiefen Seufzer. «Muss das sein?»

«Es ist wichtig, Frau Schwertfeger.»

Der Türöffner ging. Milan trat ins Treppenaus. Die Stufen knarrten bedrohlich, als er schnellen Schrittes die Treppe in den ersten Stock nahm. Die Wohnungstür öffnete sich einen Spalt breit. Veronica Schwerfeger sah ihn fragend an.

«Wir haben soeben eine Frau verhaftet. Vielleicht ist es die Gaunerin, die Ihnen das Geld gestohlen hat.»

Sie öffnete die Tür ganz. «Kommen Sie herein.»

Er folgte ihr in die Küche. Beide setzten sich an den Tisch. «Wer ist die Frau?»

«Wir wissen es nicht.»

Sie schaute ihn mit grossen Augen an.

«Sie hatte keine Papiere dabei und schweigt wie ein Grab.»

«Was wollen Sie jetzt von mir?»

«Wir haben die Frau fotografiert. Vielleicht können Sie sie als die Täterin identifizieren, die Ihnen den Pfefferspray ins Gesicht gesprüht hat.»

«Zeigen Sie mir das Bild.»

Er griff in die innere Jackentasche, zog ein Handy hervor und suchte in der Bilder-App nach einem Foto. Er legte das Handy vor ihr auf den Tisch. Für einen Moment zuckte die junge Frau zusammen. Sie atmete tief durch.

«Ist es die Diebin?»

«Das ist ein Mann.»

«Es ist eine Frau mit Bart. Sie hat sich verkleidet.» Sie starrte richtiggehend auf das Foto. Er war gespannt auf ihre Reaktion und liess sie nicht aus den Augen. Sie sass in der Falle. Er hatte ihr ein Foto von ihrer als Mann verkleideten Kollegin Monika Hohl gezeigt, das er im Glatt heimlich aufgenommen hatte.

Für einen Moment schien es, als würde Veronica Schwertfeger zusammenbrechen. Plötzlich und ganz unerwartet stand sie auf. Er tat es ihr gleich. «Was ist?»

«Ich muss schnell auf die Toilette. Bin gleich zurück.» Sie ging in Richtung Korridor.

«Frau Schwertfeger!»

Sie drehte sich nach ihm um. «Ja?»

«Geben Sie auf. Sie sind überführt. Sie und Monika Hohl sind das Gaunerpärchen, das die Bevölkerung im Zürcher Unterland in Angst und Schrecken versetzt hat.»

Er zeigte auf den Rucksack auf dem Küchentisch. «Hier drin ist die Beute, die Sie heute gestohlen haben.»

Die junge Frau begann zu rennen. Er jagte ihr hinterher. Die Wohnungstür hatte sie bereits geöffnet. Er konnte sie gerade noch am Arm festhalten, bevor sie ins Treppenhaus stürmte. Er zog sie unter heftiger Gegenwehr zurück in die Wohnung.

«Lassen Sie mich los!»

Sie versuchte ihn in die Hand zu beissen. Er wich ihren Attacken geschickt aus.

«Lassen Sie mich endlich los! Ich werde Sie anzeigen!» Sie schrie und versuchte erneut sich aus seinem Griff zu befreien. Plötzlich fuhr sie ihre blutroten Krallen aus und erwischte ihn damit an der Stirn. «Nicht so leidenschaftlich.» Es brannte höllisch. Er tippte sich kurz an die Stirn und schaute auf die Innenfläche seiner Hand, auf der sich etwas Blut abzeichnete. Sie wollte sich erneut durch die Tür aus dem Staub machen. Er konnte sie erneut zurückhalten. «Schluss! Aus! Sie haben zwei Menschenleben auf dem Gewissen. Sie haben einer jungen Frau ihren Verlobten genommen. Eine andere Frau haben Sie kaltblütig in ihrer Wohnung erschossen.»

Sie sank weinend in die Knie. «Ich habe niemanden umgebracht», stammelte sie, «ich bin keine Mörderin.»

«Sie vielleicht nicht. Aber ihre Kollegin. Wie heisst es so schön? Mitgegangen, mitgehangen.»

Sie brach zusammen und lag jetzt am Boden. «Mit den Morden habe ich nichts am Hut.»

«Dann benehmen Sie sich wie eine Frau und nicht wie ein kleines trotziges Kind. Wenn Sie kooperieren, stehen Ihre Chancen auf ein mildes Urteil nicht schlecht.»

«Ich habe ihr immer gesagt, lass die Waffe aus dem Spiel.» Sie begann von neuem zu schluchzen.

«Sagen Sie das dem Staatsanwalt.»

«Was passiert jetzt?»

«Setzen Sie sich auf den Stuhl. Ich werde die Polizei anrufen.»

«Die Polizei?»

«Ich habe sie angeflunkert. Ich bin kein Polizist, sondern Privatdetektiv.»

Sie schaute ihn an. Wenn Blicke töten könnten, wäre er sofort leblos zusammengebrochen. Sie sagte nichts mehr, schien sich damit abgefunden zu haben, bald in Handschellen abgeführt zu werden. Er liess sie los. Sie schien resigniert zu haben und setzte sich auf den Stuhl.

Milan griff zum Handy und wollte die Nummer der Polizei wählen, da stand wie aus dem Nichts kommend Monika Hohl vor ihm. Sie hatte die Pistole auf ihn gerichtet. Offenbar war sie lautlos in die Wohnung geschlichen. Nicht mal das Knarren der Treppe hatte er gehört.

«Lassen Sie das Handy fallen.» Sie machte einen Schritt auf ihn zu und zielte auf seinen Kopf. Er legte das Handy auf den Tisch zurück. Ihr Mund verzog sich zu einem fiesen Grinsen.

«Wenn Sie sich jetzt ergeben, werden Sie vor Gericht bessere Karten haben.»

«Schnauze halten!» Sie machte nochmals einen Schritt auf ihn zu.

«Ob ich jetzt zwei oder vier Personen auf dem Gewissen habe, spielt keine Rolle.»

«Vier? Warum vier?»

«Der Typ, der mich aufhalten wollte, und Nina sind tot. Sie und die da», sie deutete mit ihrer Waffe kurz in Richtung ihrer Mitbewohnerin, «werden die nächsten sein.»

«Sie wollen doch nicht ihre Kollegin umbringen?»

Monika Hohl lachte kalt. «Meine Kollegin? Sie steht mir nur im Weg. Ich muss für mich selbst schauen und brauche die ganze Beute für mich.»

Milan schaute zu Veronica Schwertfeger, diese sass mit offenem Mund und starr vor Schreck auf dem Stuhl.

Monika Hohl war bereit zu töten. Sie machte einen entschlossenen Gesichtsausdruck.

«Sie können uns umbringen, doch weit werden Sie nicht kommen.»

«Haben Sie eine Ahnung. Es ist alles vorbereitet. In wenigen Stunden sitze ich im Flugzeug nach Bangkok. Die da hätte ich sowieso getötet. Pech für Sie, dass Sie jetzt auch hier sind.»

«Frau Hohl, man wird auf der ganzen Welt nach Ihnen suchen. Man wird Sie finden.»

«Sind Sie da so sicher?»

Er nickte. Sie lachte laut auf und zog mit der linken Hand einen burgunderroten Pass aus der Jackentasche.

«Ich heisse jetzt Giovanna Esposito und bin Italienerin. Ich beginne in Thailand ein neues Leben. Ein Leben in Saus und Braus. Niemand wird mich finden. Es ist alles von langer Hand geplant.»

Milans einzige Hoffnung war, dass Zora Hilfe organisierte. Wieso hatte sie ihn nicht wie abgemacht vor Monika Hohl gewarnt? Er musste Zeit schinden. «Einige Fragen habe ich noch, bevor ich sterbe.»

Sie lachte. «Schiessen Sie los. Ich habe noch ein wenig Zeit.»

«Wieso haben Sie Nina Andermatt erschossen? Und woher kannten Sie sie?»

«Wir waren Arbeitskolleginnen. Am Tag des ersten Überfalls auf den Mann aus Dielsdorf hatte ich meinen letzten Arbeitstag auf der Bank. Der Chef hat mich fristlos rausgeschmissen.»

«Wieso?»

315

«Egal, wegen einer Lappalie. Ich wollte mich von Nina verabschieden. Da stand dieser Typ am Schalter und hob über 30'000 Franken ab.»

«Es waren 36'000 Franken», korrigierte Milan.

«Elendiger Pedant!»

«Und wieso haben Sie Nina erschossen?»

«Ich habe sie einige Zeit später in der Stadt getroffen – zufällig. Sie hat mich gefragt, ob ich etwas mit dem Überfall auf den jungen Mann zu tun hätte. Keine Ahnung, wie sie auf diese Idee gekommen ist. Sie war eine kluge Frau.»

«Und dann?»

«Ich habe ihr gesagt, dass ich nichts damit zu tun habe. Die Sache ist mir nicht mehr aus dem Kopf gegangen. Ich bin dann am Abend zu ihr gefahren.»

«Sie haben sie kaltblütig abgeknallt?»

«Ich musste meinen Kopf retten. Hätte sie jemandem von ihrem Verdacht erzählt, wäre ich geliefert gewesen.»

«Hat es Ihnen nichts ausgemacht, eine ehemalige Arbeitskollegin zu töten?»

«Ich wollte nicht in den Knast.»

«Und der andere Mord?»

«Der Typ ist selbst schuld. Hätte er sich ruhig verhalten, würden in Bälde die Hochzeitsglocken läuten. Jetzt war es halt die Totenglocke.»

«Einen so kaltblütigen Menschen wie Sie habe ich noch nie getroffen.»

«Ich wurde auch nicht immer gerecht behandelt.»

«Wie meinen Sie das?»

«Die fristlose Kündigung, der Rausschmiss war sehr hart. Wobei, mir hat er schlussendlich geholfen. Sie wis-

316

sen gar nicht, was die Leute alles reden. Man braucht nur genau hinzuhören. Zeit hatte ich genug. Manche der Opfer haben sich mir sozusagen aufgedrängt. Jetzt ist aber Schluss mit der Fragerei.»

«Noch eine letzte Frage: Wieso nehmen Sie Veronica nicht mit nach Thailand?»

«Sagen wir es mal so: Der Bauer hat seine Schuldigkeit getan. Das Spiel ist aus. Schachmatt!» Sie lachte verächtlich.

Veronica Schwertfeger wollte vom Stuhl aufstehen.

«Bleib sitzen! Hättest du den Überfall auf dich selbst nicht inszeniert, wäre uns dieser Kerl da nicht auf die Schliche gekommen.» Monika Hohl zielte kurz auf ihren Kopf.

«Mit diesem vorgetäuschten Überfall wollte ich von mir ablenken. Ausserdem, ich habe keine Angst vor dem Tod. Vielleicht werde ich sterben, aber du wirst ganz sicher nicht ins Flugzeug nach Thailand steigen.»

«Schweig! Eigentlich wollte ich erst den Kerl erschiessen, aber wenn du dich geradezu aufdrängst, kannst du auch als erste den Weg zur Hölle antreten.»

«Spielt es eine Rolle, ob ich eine halbe Minute früher oder später sterbe? Ich sage dir eines: Ich habe dich schon länger durchschaut. Du wirst nicht in dieses verdammte Flugzeug steigen.»

Monika Hohl schien verunsichert zu sein. Sie überlegte. Sie machte einen Schritt auf die auf dem Stuhl sitzende Frau zu und sagte: «Ach ja? Und wieso nicht?»

«Ich habe vorgesorgt.»

«Du bluffst.»

«Nein, Monika, ich bluffe nicht. Ich wusste schon länger von deinem Plan. Ich habe das Flugticket nach

Bangkok heute Vormittag umgebucht, auf einen anderen Namen.»

«Was hast du?!»

«So ein Naivchen, wie du immer gedacht hast, bin ich nicht. Ich habe dich durchschaut. Du wirst nie und nimmer als Giovanna Esposito nach Bangkok fliegen. Auch wenn du uns beide erschiesst, wirst du noch heute im Gefängnis landen.»

«Ich glaube dir kein Wort.»

«Musst du auch nicht. Aber egal, zwei Morde geben vielleicht um die fünfzehn Jahre Gefängnis und die Chance irgendwann wieder in Freiheit zu leben. Mit vier Morden sitzt du ein Leben lang hinter Gittern. Ich sage dir zum letzten Mal: Du wirst dieses Flugzeug ins vermeintliche Paradies nie betreten.»

Der Streit zwischen den beiden Frauen ging hin und her. Milan hatte das Gefühl, dass Monika Hohl trotz Pistole in der Hand plötzlich die Schwächere der beiden war. Ihre Stimme wurde immer dünner. Sie begann zu zittern. Veronica Schwertfeger sprach klar, bestimmt und überzeugend und gewann mehr und mehr die Oberhand. Den Tod vor Augen zu haben, schien ihr wirklich egal.

Milan bewegte sich langsam. Die beiden Frauen waren nicht mehr weit von ihm entfernt. Er griff in Zeitlupe zum Handy auf dem Tisch. Monika Hohl schien ihn nicht wahrzunehmen, sie widmete ihre ganze Aufmerksamkeit ihrer Mitbewohnerin.

Milan zog seine Hand wieder zurück, das Handy liess er auf dem Tisch liegen. Die beiden Frauen stritten weiter.

«Und wie willst du davon erfahren haben?»

«Per Zufall.»

«Per Zufall? So ein Quatsch. Ich falle nicht auf deine Tricks herein.»

«Ich brauche keine Tricks. Dumm ist, wenn man seine Reiseunterlagen herumliegen lässt. Ich gebe es zu, ich habe ein wenig in deinem Zimmer herumgeschnüffelt.»

Plötzlich flog die Pistole in eine Ecke der Küche. Milan hatte Monika Hohl mit einem gezielten Kung-Fu-Schlag die Waffe aus der Hand gekickt. Er stürzte sich auf die junge Frau, rang sie zu Boden und fixierte sie. Sie hatte keine Chance gegen ihn.

Er schaute auf und sah, wie Veronica Schwerfeger nach dem Handy auf dem Tisch griff und aufstand. Sie ging einige Schritte und hob die Pistole auf. Milan bekam es mit der Angst zu tun. Würde er gleich sterben? Die junge Frau behielt die Pistole in den Händen und richtete diese auf Monika Hohl. Das Telefon reichte sie Milan. «Rufen Sie die Polizei.»

Er wählte mit der linken Hand die Nummer 117. Mit der rechten fixierte er Monika Hohl weiterhin am Boden, sie lag auf dem Bauch. Er drückte den rechten Arm der jungen Frau nach hinten, mit dem Knie hielt er ihren linken Arm fest.

«Wussten Sie wirklich, dass Ihre Mittäterin nach Thailand abhauen wollte? Haben Sie das Flugticket tatsächlich manipuliert?»

Sie winkte ab. «Alles erstunken und erlogen. Meine Devise hiess Zeit schinden. Ich sah darin den einzigen Ausweg einer Kugel zu entkommen. Ich habe auf ein Wunder gehofft und es ist eingetreten. Ihr Kung-Fu-Schlag hat mich in eine andere Situation gebracht. Ich werde jedes Urteil in Kauf nehmen, hoffe natürlich auf eine gewisse Milde des Richters. Mit den Morden habe ich nichts zu tun.»

«Frau Schwertfeger, ich war mir von Anfang an nicht sicher, ob ich Ihnen den Überfall auf Sie abnehmen sollte.»

«Klang alles so unplausibel?»

«Nicht unbedingt, aber ich habe dafür ein Gespür.» Nach etwa zehn Minuten waren Polizeisirenen zu hören. Kurz darauf stürmten die ersten Polizisten in die Wohnung.

24. Kapitel

Milan und Zora fuhren nach Bülach. Der heutige Abend hatte viel Kraft und Energie gekostet.

«Die Sache hätte auch schiefgehen können», sagte Milan.

«Und wie. Ich habe zwar auf dem Bildschirm gesehen, dass Monika Hohl den BMW in der Nähe ihrer Wohnung abgestellt hat. Nur hatte ich keine Kenntnis davon, dass das Haus einen Hintereingang hat.»

«Mein Fehler. Ich habe zu wenig gut recherchiert.»

«Zum Glück ging die Sache nochmal gut.» Zora machte einen tiefen Seufzer und streichelte Milan über den rechten Unterarm.

In ihrer Wohnung angekommen setzte sich Milan auf die Couch. Er zog die Jacke aus. Die Zeitung, die er Zora stibitzt hatte, befand sich noch darin. Er nahm sie aus der Jacke und legte sie auf den Salontisch.

Eine Minute später kam sie mit zwei Gläsern und einer Flasche Wasser ins Wohnzimmer. «Ich glaube, den Champagner gönnen wir uns ein anderes Mal.»

Er nickte und lächelte.

«Da ist sie ja!», schrie Zora auf. «Dass ich die hier nie gesehen habe!» Sie deutete auf die Zeitung.

«Liebe macht blind», sagte Milan augenzwinkernd.

Sie nahm die Zeitung in die Hand und blätterte darin. «Zu spät», sagte sie und legte sie zurück auf den Tisch.

Er runzelte die Stirn. «Was?»

«Wollte mich für einen Kochkurs anmelden. Die Anmeldefrist ist abgelaufen.»

«So schlecht kochst du nicht. Brauchst du das wirklich?» Er küsste sie.

***

Es war Punkt sieben Uhr morgens, als Milan die Nummer von Arno Früh wählte.

«Guten Morgen, Milan, wollte dich heute auch anrufen. Mir ist diese Nacht in den Sinn gekommen, wo ich Monika Hohl schon mal gesehen habe.»

«Ich weiss wo.»

«Ach ja?»

«Auf der Bank. Als du das Geld für deinen neuen Wagen geholt hast.»

«Hast du hellseherische Fähigkeiten?»

Milan lachte. «Etwas anderes: Das Gaunerpärchen ist hinter Schloss und Riegel.»

«Was?!»

«Deine gesamte Barschaft dürfte noch vorhanden sein. Es wird jedoch noch eine Weile dauern, bis das Geld von der Staatsanwaltschaft freigegeben wird.»

«Milan, mir fällt ein Stein vom Herzen. Wer ist das Gaunerpärchen? Wie hast du den Fall gelöst?»

«Spitz die Ohren …»

Ende

Danksagung

Mein erster Dank geht an den Neptun Verlag und seinen Verleger Roman Wild, der an meine Geschichte geglaubt und diese ins Programm aufgenommen hat.

Ein weiterer Dank geht an meine Lektorin Katharina Engelkamp, die dem Text den letzten Schliff verpasst hat.

Ebenfalls bedanken möchte ich mich bei meinen fiktiven Hauptfiguren Milan Sommer und Zora Zanetti. Die Zeit während des Schreibens war für mich sehr unterhaltsam und manchmal auch überraschend. Ich hoffe auf weitere Abenteuer mit euch beiden.

Ein letzter Dank geht an meine Leserinnen und Leser. Ich hoffe, euch mit diesem Buch gut unterhalten zu haben.

Liebe Grüsse

Stefan Roduner

Gleich weiterlesen!

Weitere Spannungsromane aus dem
Neptun Verlag

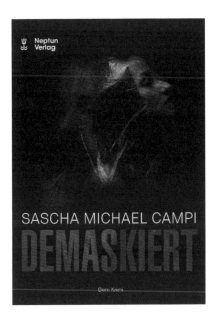

Der selbsternannte «Corona-Rebell» Matteo Meier sorgt mit seiner regierungskritischen Haltung und seinen Auftritten schweizweit für Schlagzeilen. Die junge Alina Lüpold verschwindet in der Nacht ihres achtzehnten Geburtstags, ohne eine Nachricht zu hinterlassen, spurlos.

Der ehemalige Berner Kriminalbeamte Walter Lehmann sitzt im Rollstuhl. Auf dem beschaulichen Bümplizer Friedhof lernt er die junge Witwe Lisi Badou kennen. Die beiden freunden sich an und eröffnen ein Detektivbüro, spezialisiert auf die Suche nach vermissten Personen.

«Ob Entführung, Maskerade, Trauer, Liebeskummer oder Sex, dieser Kriminalroman bietet alles ausser Langeweile!»

ISBN 978-3-85820-343-4

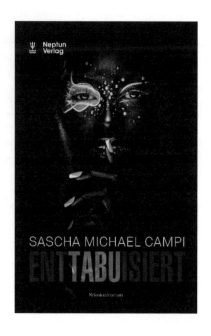

Eine brutale Mordserie, eine heisse Affäre, dunkle Geheimnisse und erotische Obsessionen. Ein vielschichtiger Kriminalroman, der sich im Milieu der Justiz abspielt und sich mit unterschiedlichen Tabus der Gesellschaft befasst.

«...In exakt vierundzwanzig Minuten wird er hier sein, mich in den Arm nehmen, er, den sie als Bestie betiteln, er, der als gefährlich gilt, er, der es immer wieder schafft, dass ich wie Wachs dahinschmelze, nur schon, wenn er mir kurz in die Augen blickt.»

ISBN 978-3-85820-346-5

Die Heldin der Geschichte, Snow Wasserfallen, lebt ganz alleine in einem grossen, unheimlichen Haus. Eines Tages sieht sie auf der Strasse zufälligerweise den Mann, der drei Jahre zuvor ihre kleine Schwester entführt hat. Gemeinsam mit dem Schreiner Bernhard nimmt sie die Verfolgung auf.

Eine atemberaubende Reise führt die beiden quer durch die Schweiz... Spannend bis zur letzten Seite.

ISBN 978-3-85820-324-3

Unser gesamtes Programm finden Sie unter
www.neptunverlag.ch

Die Bücher von Stefan Roduner und alle anderen im Neptun
Verlag erschienenen Bücher erhalten Sie in jeder Buchhandlung
oder bei www.neptunverlag.ch